單 One-way
讀 Street

月球

郭爽

上海文艺出版社

目录

001 / 离萧红八百米

037 / 挪威槭

105 / 月球

139 / 换日线

217 / 消失的巨人

263 / 峡谷边

299 / 后记　心的终端

离萧红八百米

没有鸽子，没有云，也没有飞机、飞艇或热气球刮起一丝风。天空只是空白无物的拟象。可以猜测蚁群的呓语或城市下水道的呜咽，但千万人口及鸟木走兽的声响都只来自想象。从几万公尺的高空直坠，道路、河流与房屋高倍扩大，从色块变成高清像素颗粒。比例尺拉回1:1000公里，又瞬间跃升太空，大天使或超级英雄的飞翔也不过如此。

魏是昀输入不同地名，免费在城市上空玩飞行游戏。

比例拉到最大时，地球变成一颗可以握在手心的蓝色球体，熠熠生辉。而跌到最低时，他清晰看见所住小区天台上的花盆。按照电子地图的更新时效，花盆下正对的601室的客厅里应该坐着一年前的他，他总是在电脑前的。

他所住的小区在城市北面，城里地势最高处。往南一路下坡二十公里，去到最低处就是珠江边。今天他没有往南边去，鼠标在自己家附近逡巡摇摆。再往北些，往城外围去些，三万一平方米的价格是不是就能降到两万？可银河园横亘在公路对面，截断了北去的风景。银河园是墓园，再往北一片荒凉。

他走进厨房时，隔壁邻居也走进了厨房。他只好关上窗。找房子时，他和鲍琳琳一起在地铁沿线东奔西走，但公寓楼里的小户型，往往朝向、布局、视野都最劣。想要朝南、视野开阔、安静私密，只需要把他们的房租预算上调两千，而他们承担不起。

这是他和鲍琳琳一起住的第四套房子，之前的房子各有优劣。邻居嘛，有过一位疑似性工作者的年轻女人，不同男人来敲门，很快响起叫床声。某个周六下午，他和鲍琳琳正好在家。琳琳听见叫声，从沙发翻坐到他腿上，抬手脱掉上衣。琳琳那时不到九十斤，胸部在纤细的身体上像风中的花一样轻微颤动。他们没关窗，也没有拉上窗帘。

鸡翅在锅里收汁，皮已焦黄。贝壳在水龙头下冲着，他双手揉搓。手一触上去，白贝个个紧闭。

做菜能让他纾解压力。这半年，他每天上午照例登录报社内部的通讯软件，可就像电影里等活儿的苦力，在码头上排成几排任由雇主点名，却总也点不到他。

不到一年，部门走了十几个人。走了的人在外面酒桌上吹牛，说留下来不走的都是老弱病残。过年回家时，他跟父亲一盅盅白酒灌下去后也会吹牛，领导喜欢他，大活儿都派给他。而现在，跟他同批进报社的人，鸟群般短暂聚合后终归散去。

留下来也不是不可以，你得找文字记者、找公关、找企业，他学会了一个新词：甲方。

部门同事老陈提醒他，跟紧几个文字佬，不愁没饭吃。在这座城市，文字记者又叫文字佬，他们这样的摄影记者是图片佬，菜市场里卖猪肉的是猪肉佬，卖菜的是菜佬。他才刚过三十岁生日，不确定余生要做什么佬。

他还是给梅芬发去了信息。

八年前刚进报社时他就认识梅芬了。这个行业里最不缺聪明能干的年轻女性，他以为梅芬也是其中之一。两人一起去一个叫归宁的县城出差，那里发生了轰动全国的命案。归宁县和所有县城一样，瓷砖外墙的小楼里人在搓麻将，流着鼻涕的小孩在桌子间拍皮球。他在县城四处蹲点，风物、人脸和疑点一张张在相机的显示屏上成型。

被打之前，只剩他们和北方一家报纸的记者还在坚守。对方也是一摄影、一文字。四人一起喝酒，把啤酒盖抛起，打赌三天之内就会"来票大的"。挨打确实也算"大的"，啤酒瓶盖并没有捣乱。只是镜头摔坏了，储存卡也被抢走。推搡时梅芬摔倒，无大碍，手肘破了皮。北方记者连夜离开。

他坐在床上，听梅芬在电话里跟领导争吵。梅芬不肯走，领导吼叫的声音冲破了手机话筒，"你他妈都不知道谁打了你还跟我犟什么犟！给我回来！"手机摔在床上，梅芬把衣物直接往箱子里揽。他坐在电脑前查看机票，来不及了，他们只能到最近的地级市，最快要明早才能飞回广州。两人决定先离开县城。

机场附近安顿下来后，他打包炒粉带回宾馆，梅芬盘腿坐在床上吃了几口就要啤酒。他用牙咬开瓶盖，瓶身上写着"勇闯天涯"。梅芬又要第二瓶。

他是买了三瓶，但不想让她再喝了，"别喝了。明天一早赶飞机。""那你买来干吗？不是还有一瓶么。""那瓶是给我自己买的。"

梅芬一把抢过瓶子，"别那么小气。"咚咚咚灌下一大口，又把瓶子塞回他手里。他拿不准要不要继续喝。

"那司机一直在听我们说话。"梅芬说。

"你意思他是眼线？"

"哪有那么巧，我们站在路边就来了辆黑车？巴掌大个县城，哪来这么多黑车？"

梅芬又把酒瓶拽了过去。他抬手看了眼时间，八点四十。也许像梅芬一样灌醉自己并不是件坏事，可以让剩下的时间没那么难熬。不自觉地，他举起瓶子喝了口酒。

"你知道讽刺的是什么吗？我们只能上那辆车。"梅芬说。

梅芬闹起来，是一小时后。这之前，她打开手机的K歌软件唱了几首歌，《传奇》《小情歌》《爱情买卖》。唱完像是来了力气，囫囵吞下已经冷掉的炒粉和烤串。食物缓解了梅芬的焦躁,她仰在窗边沙发上,安静了十几分钟,只淡淡说,回去就辞职,没意思干不下去了。

他把餐盒、竹签、酒瓶收拾进塑料袋里,捆扎起来放在门边,准备离开时带走。梅芬突然说,你是不是觉得我是个老女人?他回转身,沙发旁的落地灯从梅芬头顶打下一束光,她的轮廓甚至呼吸都一览无余。

"你跟我差不多大吧?"他说。

梅芬笑了。房间里的空气变得有些局促,两人像暴雨前的鱼,争相将头探出水面吸取氧气。

他想起某次一起出差,他敲开门,梅芬头上包着毛巾,湿漉漉的头发还在滴水。等她换衣服的两分钟里,他用手指挑起床上一条黑色的蕾丝吊带睡裙。布料轻得像不存在,裙子从他手指上滑落。

如今他俩只是两条落水狗。他没有走回去,只拎起塑料袋说,休息吧,明早七点大堂见。

梅芬从椅子上跳起来,光脚蹿到门前堵住去路,"不要走。"

他低头不看她。

"不许走",她的语调含混,像命令又像请求。

钉在墙上的穿衣镜映出他们俩的样子。他左边眉骨淤青,拎着塑料袋的右手指关节全部破损、涂着红药水。梅芬只到他胸口高,双手攥着拳。

"不能白挨打。"说完他拉开门。

梅芬从调查记者转岗去跑娱乐新闻时，报社一阵鼓噪。有人说，她跟男朋友分了手，准确说是男友劈腿，梅芬受了刺激。也有人说，这一年梅芬的稿子要么发不出要么就被删来改去，稿费少得可怜，人嘛总要吃饭。

无论哪种说法，同事们一面同情梅芬、感慨行业江河日下，一面带着轻微的嘲讽觉得最好的记者当了"狗仔"实在可惜。

梅芬像不知道这些，跟风餐露宿的日子相比，她终于有了点时间收拾自己。头发不再挽成髻用一根皮筋绑在脑后，衣服也不再是万年不变的T恤衬衫牛仔裤。娱乐部女人多、嘴杂，但她似乎迅速融入，常站在格子间跟同事讲明星八卦、名牌包包。她被压制多年的女性荷尔蒙集中爆发，男同事们嗅出了梅芬的变化，加入追求者队伍。

很快，局势变幻，他回去上班需拨开聚集在报社门口的层层人头和保安。横幅、鲜花与抗议的标语让他看不清这背后一张张人的脸。从一楼坐电梯到摄影部所在的十二楼，轻微的失重让不真实感加剧。

办公室里鸦雀无声，同事们都在刷微博，似乎网上的信息才能拼凑出真相，让大家明白究竟发生了什么。

后来有人说，梅芬才是聪明人，早早去了安全的水域。说这话的人，果然很快辞职投至马云麾下。只是杭州不可能是广州。

他跟梅芬没再搭档过。外地不让监督，本地民生新闻变成新出口。路网如毛细血管般铺开，镜头像一叶舢板载着他在城里游弋。民生新闻是柴米油盐，是车祸、纵火、情杀、拐卖之外升斗小民的日常哀喜。最大的事不过是诈骗，几乎天天都有老人、男人、女人、孩子上当。愿意出镜的，在他相机前缩变为吴先生、周女士、陈同学。更多的是物证、街道、房屋这些不会移动的物件，托举起慢慢缩小的视野。这样的新闻跑久了，他的愤怒被磨出一层厚茧，让他开始计较稿费的个位数。终究不过各人自扫门前雪。路过五星级酒店或大剧院时，看见门口装扮精致的人在抽烟，他会想起梅芬。跑娱乐口的同事老吴，经常带回这些高档场所的礼盒。他送不起的。

那时他跟鲍琳琳在一起已经三年了。三年里，琳琳迅速从清瘦的女学生，长成了明艳的女人。躺在床上时，琳琳的身体已经能填满他的臂弯。可两人像棋盘格里僵住的棋子。再往前，他应该买房、跟琳琳求婚。不然就是分手。男女之间还有什么出路呢？

琳琳比他更敏感于关系的僵滞，生活的锈爬上她的脸。她的五官并未移位，只稍稍显出苦相，曾经的甜美和灵动被锈层覆盖，像不知为何扔在小区草丛里的一口铁锅，被雨水与暴晒过早做旧。两人有时吵架，吵完后困在出租屋的夜里，隔壁的叫床声响起，他们刻意避开对方目光，似乎一旦交接就会引爆什么，而这样的躲避和无能里，简直就要彼此憎恨。

母亲忌日时，他决定回趟老家。意外的是，琳琳说要跟他一起回去。他在山脚的花店买了束花，琳琳捧着，两人就往山上走。

盛夏草木深，母亲的坟头爬满新草。他拧开矿泉水瓶，冲洗着墓碑。墓碑上抬头是"爱妻"二字，父亲的口吻，但这并不妨碍他又娶了新人。他俯身给母亲磕头，琳琳竟也跟着跪下，磕了三个头。山并不高，他们攀上最顶处，看着山脚下铺开的这座城。他在这里出生，长至十八岁。

继母留他们多住几天，父亲并不言语。多住几天，也只能住宾馆，家里并没有安置他们的房间和准备。他于是按原计划当晚离开。

父亲开车送他们去高铁站，他坚持让父亲在进站口把他们放下就走，父亲却想开去停车场。两人争执起来，父亲终于训斥他，白养你这么大，有什么用。他更生气了。终究父亲没有犟过他。摔上父亲的车门时，他用力得几乎夹住自己手指。

列车以每小时300公里的速度奔向广州，窗外风景被拉成长长的画片，长得让人无法将之卷起、摊平、回到起点。

琳琳泡好杯面递给他时，几乎像母亲了。他不确定，是杯面的雾气让琳琳的脸化成了虚线，还是自己竟然流了泪，又或者是他看到了未来老去的琳琳。

回到广州，他去银行查了自己几张卡上的余额。当晚，他跟琳琳商量，再攒两年钱，他们应该在郊区给首付买个小房子。

琳琳笑了，问他，你这算是求婚吗？

他也笑了，鲍琳琳，你愿意吗？

"愿意什么？"

"你愿意嫁给我吗？"

"我不愿意嫁给你妈，我愿意嫁给你。"

如今两年的期限已经过去，卡里的钱却停在一个数字不肯再增加。

他给梅芬发信息，如果有活儿老吴跑不过来的，可以随时叫他。老吴是梅芬现在的搭档。半小时后，梅芬才给他回了个表情包，"没问题。"

夜里十一点，梅芬发来信息，"明晚有个小活儿你去吧，签我的名字。我跟老吴有另外的采访。"第二条是签到时间地点、联系人手机号。他仔细看了几遍，是个话剧演出。

他走进卧室，琳琳正拿着手机打游戏，"明天有话剧看，想去么？""什么话剧？"他看了眼手机，"《生死场》。""哪来的票？""我拿采访证，到时你拿票进去看。""帮谁顶活儿啊？""还不是老吴那小子。"

琳琳没有想象中的兴奋。她大学是剧团的骨干。他第一次见到她，就是帮人顶活儿，去采访大学生戏剧节，她在台上演《白玫瑰与红玫瑰》。追光灯打在琳琳清秀的脸上，她明明还是白玫瑰，却裹着浴袍念红玫瑰的台词。

后来琳琳说起过，为什么要去银行工作，"每天数那么多钱，就算不是自己的，也让人心安。"她还告诉他，女明星郑裕玲的业余爱好，就是用熨斗把一张张港币熨平整。"红杉鱼，齐齐整整。"

他的粤语不如琳琳，但也知道，百元港币全红，是红杉鱼。千元港币全金，是金牛。那时翡翠台怎么都看不腻，从东站坐一个多小时火车出来就是红磡，九龙和港岛的高楼鳞次栉比，海面在薄薄的云层下闪耀金光，他们心中的美丽新世界。

他提前半小时到了剧场。说是剧场，其实是军区礼堂。老苏联式建筑，黄铜把手镶在玻璃推拉门上，水磨石地板铺着几张通向检票口的红色地毯。玻璃推拉门前，一个男人正跟人派名片，嘴里重复着对场地的不满，以及这个城市对戏剧的容纳是多么有限，改来改去最后给安排了这么一个"剧院"。男人高大、北方口音，嘴皮子几乎没停过。但他身边胖墩墩不说话的那位似乎更吸引人注意。沉默了许久，胖墩墩对围着她的一个女孩说："这么一场演出，你们最多也就写个八百字，咱们就不聊那么多了吧。"

他掏出手机，反复看了几遍梅芬昨晚发给他的信息，然后起身走去媒体签到处签下"梅芬"两字，领回装着车马费的信封。几个女记者开始跟胖墩墩闲聊，"陈导""陈导"喊个没完。他把装着相机的背包夹在两腿之间，可就算背包隐形了，行内人仍一眼就看出他摄影记者的身份：黝黑的肤色、结实的上臂、不合时令的登山鞋。他从信封里掏出那三张一百块的纸币塞进钱包，信封折叠再折叠，直至在手里揉个稀巴烂。梅芬当然知道这活儿把通稿改改就能发，让他来不过是施舍。但这算不得什么，跟网上的谩骂和酒桌上的羞辱相比，信封里装着的三百块钱实在文明。

琳琳带着吃的来了，在便利店里买的促销装面包豆奶组合。他一个人吃完三个抹茶面包，两盒豆奶。琳琳喝了一盒豆奶，掏出粉饼检查有没有掉妆。梅芬来了。还远远的，他就一眼看见了她。她径直朝他们走来，几乎是跃上台阶，却从他们身边擦了过去，对着胖墩墩喊"陈导！"

琳琳转过脸问他，"怎么样？"他突然有了耐心，仔细看那张脸，"口红再浓些。"

剧场再破也是剧场，戏一开场，舞台上北方的旷野、深冬的寒意就裹挟住他们往另一个世界去。

深红色丝绒幕布拉开，舞台上飘散着雪花。几乎是全黑。只一个火盆燃亮红光。四个男人猫着身子烤火。

风声呼啸，妇人紧了紧衣裳，比火盆大的肚子高高凸起，"哥！这东西要出来……"

妇人哭了起来。

男人走向妇人,"使劲儿!"

男人拖拽妇人双腿,众男人涌上,将妇人推来搡去。

妇人挣扎着。

男人们将妇人扛起,脸上是快活的。

"生老病死……吃饭穿衣……"

婴儿啼哭声破开暗沉沉的舞台,引出一束光。

舞台右边巨大、拙朴的木雕显出"生死场"三字,舞台灯光渐隐。

他端着相机躬着身子前后走动。中场休息前,相机显示屏上提示他已经拍了100多张。中场休息15分钟。女洗手间排队的长龙蔓延到大厅,琳琳也夹在里面。

他靠着卖饮料的吧台休息,梅芬走过来,"请我喝点东西呗。"他给梅芬选的椰子水埋单。

他舔了舔嘴唇,并没有给自己买饮料,只问梅芬怎么来了。

"这导演也拍电视剧的,马上有部大剧要上了。"她说。

他一如既往地话少,于是她又说起娱乐行业的浮沉,人人是势利眼,只因傻×遍地。

"我考虑辞职了。"他突然说。

"去哪儿?"她仍旧不看他。

"还不知道。"

"还不知道就先别动。"

"你呢?"

"我什么?"

"会走吗?"

"哈,"她捏扁椰子水的纸盒,"我还能干什么?"

他停顿了几秒说,"你不该干现在的活儿。"

"你不也签到领了红包吗?"她终于看了他一眼,却是嘲讽。

"是,谢谢你。"

她笑了,"要不你也来跑娱乐好了。"

"我想想吧。不行就去拍婚纱照。"

"别整天苦大仇深的,累。"

"你开心就好。"

"开心?我很开心呀。"梅芬把纸盒扔进垃圾桶。

琳琳走了过来。他给两人介绍。梅芬冲琳琳笑了笑,"这戏太好了,我都看哭了。"琳琳没笑,也没回话。

下半场,日本人第二次进村。

军车声、鸡鸣犬吠、日本话……声响混杂,闹哄哄压在舞台上方,又蔓延至观众席中。

王婆自杀又复活、她女儿金枝生下个闺女、她丈夫赵三摔死私生的婴孩。

人和牲畜一起生养、衰败、挣扎求存。

"生老病死!没啥大不了!"

"鬼子进了村,吃你、用你、打死你……"

"今天咱亲自去送死。为了什么?"

"活着!"

"我去敢死……你,好好活着!"

写着"生死场"的巨型浮雕在众人身后断裂。

散场格外有秩序,人多低着头默默走自己的路。他牵着琳琳往车站去。

这城市从不因夜的到来就睡去,今夜却是静的。两人在公车站前拥抱了一会儿,并不说话。

回到家,出租屋仍是40平米的一室一厅,吸饱了血的蚊子还是蠢得动弹不得,但他突然想起了些什么。

他打开电脑导照片。

琳琳躺在沙发上玩手机,过了一会儿说,"萧红的墓就在广州。"

"萧红是谁?"

"这个戏,《生死场》,原著小说就是她写的。"

"戏里说的不是北方的事么。"

"她在香港病死了,后来把骨灰移来广州埋了。"

"香港?"

"那时不是在打仗嘛,日本人。"

"可香港也沦陷了啊。"

"在广州的只是一半骨灰,还有一半埋在香港一棵树下,找不到了。"

"瘆人。"

"香港被日本人占领了,她丈夫担心墓被破坏。"

"可一半骨灰算什么啊。"

"离我们也太近了,在银河园。"

"银河园?"

"我看看啊,喏,地图提示,直线距离八百米。"琳琳的脚丫在空气中磴了两下,翻身朝向他,"我们离萧红八百米。"

他凑近,看着琳琳手机屏幕上的照片。谈不上美,但也不难看,女作家美一点自然更惹人遐想。

"写这小说时她才二十四岁。跟我一样大。"琳琳嘟囔着,"三十一岁就死了,太可惜了。"

他站起身来,走到窗边望了望。他们住得低,楼宇阻断视线,银河园虽在高处但也并不可见。

他去过银河园两次,参加朋友和同事妻子的葬礼。两次都是大热天,衣服的黑色布料吸收了过多的热量,炙烤着他,直至灵堂里低温的空调风将一切冷却。两次,他都带了花上去。其中一次在花店时,老板娘说也要送花上去,于是喊住他说一起走去,说都不想送上去的,客人又不加钱。记忆细密、纷乱,连缀起他与这个城市隐秘部位的连接。他回了回神,这个叫萧红的人竟安睡在不远处。半个萧红睡在不远处。

手机震动,一条信息进来。"你好,我是胡来贵的妹妹。我哥给你打电话了。没打出去。让我给你发条信息。谢谢你这些年对他的帮助。现在没人说他是杀人犯了。我们不打算回去了。今天八月十五中秋节,祝全家人身体健康。"

他给梅芬回:"什么时候发给你的?"

梅芬回:"去年。"

"怎么不跟我说?"

"他妹妹前几年给我也发过信息,我删了。"

"说什么?"

"咒凶手去死。还胡来贵清白。"

"对不起。"

"你没有对不起谁。"

"我不知道他们跟你还有联系。"发出去他又连着发,"你应该告诉我。""告诉我是没什么用,至少你没这么大心理负担。""我知道这样说很扯淡,但这事在我心里从没有过去过。"

梅芬不回,他又发,"还在吗?""你还好吗?"

"正在输入"了很久后,梅芬发来,"我觉得做错了很多事。但没有后悔药可以吃。操他妈,现在我觉得这些都是狗屎。只要收到这样的信息,我都想死。他们真心实意感谢你。你呢? 我甚至都把他的手机号阻止了。我知道我自己当时是怎么想的。写稿子是了不得的天大的事。现在看全是狗屎"。

"不要这么说自己。你是个好记者，你尽力了，这背后的错不是你的错。"犹豫了一会儿，他又发了一条，"你在哪？"

第二天，快中午时琳琳打来电话，说自己走不开，让他去火车站接姑姑。人头攒动的出站口，他一眼就认出了姑姑。虽然比琳琳发来的照片里的人老了些，但挺拔的身型在她的年龄段仍然醒目，就像芭蕾演员老去后仍有天鹅般的颈项。一会儿琳琳打来电话，他汇报说正带姑姑在家楼下吃饭，吃完饭让姑姑回家先休息，他安排好了再去报社。琳琳问吃的什么，他说湖南菜，琳琳才放心了。

放下行李，他跟姑姑讲解房子里的设施，像外人一样检视自己的家。一室一厅四十来平米，卫生间是阳台改建的，马桶坐下来膝盖就会顶着洗衣机。邻居的身影从厨房窗户的空隙里闪过，他拉上窗。他示范电视遥控器的操作、拿出茶叶水壶杯子。妈妈还在时，常来看他。妈妈会魔法，她在哪儿，哪儿就立刻变成家。他想了想，拉开衣柜取出干净的浴巾，再拎起琳琳的拖鞋摆在沙发边。钥匙也留给了姑姑。他于是背起相机，装作出门去上班了。

这屋子是寒碜了点。但搬家时琳琳坚持说，他们要攒钱买房，能省一点就省一点。结果，他们的东西搬进这40多平米的屋子时，根本放不下。只能买了几个塑料箱，把东西强塞进去，再把箱子叠罗汉一样堆在卧室一角。

琳琳是认真的。似乎并不觉得是跟着他在吃苦。至少她从不抱怨。他不明白琳琳为什么要这样。其实他愿意她花钱多买几件衣服，可她不。有时候想起这些，窒息感会稍微缓解，两人一室三餐四季不那么折磨人了。他觉得自己并不了解女性，就像不明白父亲常年在外出差时，母亲如何带大他。男人就算在墓碑上刻下"爱妻"两字，又有什么用呢。

琳琳姑姑并没有说什么，还像女主人一样给他也泡了杯茶，过了会儿摆摆手让他快去上班，"没得事，你去吧"。

他跟梅芬约在一家小咖啡馆。"六运小区"曾入时，但如今走在洋紫荆树下，店面的装修、招牌的字体都有点土了。这家开了多年的咖啡馆，连沙发布都变硬变黄了。除了他们俩，只有两个服务员在懒洋洋擦桌面。地方是他选的。还是搭档的时候，梅芬曾跟他一起来过这家。这家的装修毫无特点，只在天花板上镶了大块的镜子，客人抬头就能看见自己，也能同时看见屋子里的其他人。

梅芬没有化妆。衣服也只是黑T恤、牛仔裤。他轻微地失落，确认自己早已在梅芬心里降级了。昨晚他问梅芬"在哪"后，梅芬回："你女朋友很漂亮。"他没法再说什么。但今天上午，他一登录报社内部通讯软件，就看到梅芬发来的信息。发送时间显示是午夜一点。

"县城里只有一条主要街道。水泥路面,宽阔平直。商店、洗头房,全部的繁华和娱乐都聚集于此。本地方言里,'上街'一词可代指购物、遛狗、会友、宴饮。有一家电影院,但年轻人更喜欢网吧。跟这条唯一的街道相对应的,是蛛网一样细密的小巷和随处可见的麻将馆。有出租车,但男女老少更习惯骑摩托,从南到北、从东到西,五分钟就能跑遍全城。"

他当然记得,这是他跟梅芬去归宁县出差那次梅芬写的稿子。只是后来被删删减减,稿子只登了部分出来。

2009年的归宁县,高一女学生死在河里。尸体被打捞起来时,少女双目圆睁、脸上有伤痕。少女去世前,最后见到她的是给中学看大门的胡来贵。胡来贵口供说,少女跟两个校外的男生一起"往街上去了"。一个偏远县城少女的死,并不具备轰动全国的新闻要素,虽然其中暗含了强奸这样潜在的色情因素。真正让网民、记者都兴奋起来的,是第二次尸检后引发的县城暴动。

第一次尸检结果显示,少女是溺水身亡。家属开始上访、与公安反复交涉,要求再度尸检。死者父母都是农民,育有一儿一女,儿子比女儿大三岁,已考上省城的一本大学。女儿如不出意外,也应该考学、"争气"。调解中,经济补偿方案被提出,死者家属中一位"说得上话"的远房亲戚提出,"我们要三十万,让他们两家出"。

在这个县城,三十万等于三套120平米的住房,等于供十个农家子弟读完大学。参与打捞死者尸体的好心人，此时跑去找死者家属，"我没功劳也有苦劳，给我五千"。案发现场周围开始聚集起十里八乡的游民，矿难里吃亏的家属、拆迁安置里失地的农民、伺机而动的混混和黑社会，还有几十上百无所事事的年轻人——他们的父母多在广东打工，无人管教。看热闹的人群很快变成了失败者的阵营。

第二次尸检结果显示，少女处女膜完整。当天夜里，聚集多日的乡民围攻县公安局。照片在网上传开后，魏是昀和梅芬先飞机后包车连夜赶到县城。他们准备大干一场。但很快，县城贫瘠的表层土壤下露出犬牙交错的历史。

梅芬在笔记本上记：前年，副县长带队去发生移民纠纷的乡镇做群众工作，可交涉过程中人越来越多，把干部们团团包围动弹不得。公安去解围，双方僵持中发生肢体冲突，几个移民受伤。当天就有六十几个移民冲去把乡政府砸了。这样的事情发生频密，除了移民、拆迁，本地还有矿，只要警力出动，乡民就冲击执法机关。

被冲击的不只是公安。一次矿难后，死者家族组织了两百多亲族劫持矿主，要求给说法，政府调停也僵持不下，最后本地一位"和事"出马，在几方之间斡旋赔偿二十五万，息事宁人。

梅芬、魏是昀表现出了专业性，到归宁的第二天，他们已经采访了二十多个人。那时他相信，新闻就像折纸，只要你老老实实折对每一条虚线，纸青蛙就能跳起来。直到被打。并不是挨打本身，而是挨打后，他开始没法确定自己在局面中的位置。在他们被打前，死者家属也曾被不明身份的五六个男子围殴。归宁的黑社会在邻县也名声震天，只这年上半年，他们就在归宁弄了四次小型爆炸。三次在楼梯间、一次在荒僻的小路上。没有人员伤亡，但巴掌大的县城全听见了。他们要让人怕。

池水越搅越浑。

如果事情就停止在他们逃离、开庭、结案，似乎这只是千篇一律的县城叙事。但就在他们飞回广州的那个早晨，第二次尸检报告公布后的第八天，犯罪嫌疑人之一、与女死者一起去河边的少年小罗趁看守睡着时咬舌自尽。这之前，小罗曾被传言是县长的亲戚、父亲是开矿的。

梅芬看过他的照片，跟一般农家子弟不同，小罗生得白，有一对大眼睛。他寄居在归宁的姨妈家，母亲早已去世，父亲在福建茶场做季节工。正逢采秋茶的季节，梅芬见到他父亲时，他手指上有深色的茶渍。

胡来贵这个看大门的开始被人说是"杀人犯"。谁知道他跟公安说了什么？他不是唯一一个看见死者跟小罗去上街的证人么？不就是他害死了小罗？

梅芬的旧稿激起魏是昀的记忆，他给梅芬发信息：留言我看到了。我们应该谈一谈。

现在，似乎事情都淡成了烟，魏是昀和梅芬之间只剩两杯咖啡。窗外是浓绿树影，这个城市的树和花四季不停歇，似不知悲喜。他静静听梅芬说话。有那么一秒，或者比一秒更短的片刻，他想跟梅芬逃离这里。这里？这里是哪里？逃，又逃到哪里去？北京、上海还是像其他攒够了钱的同事一样，移民加拿大、澳大利亚？他哑然笑了，对自己摇摇头。有些失望于自己贫瘠的想象力。他从来鄙视去大理、拉萨寻找"灵魂"的人，就地重生的才是强者。可就地重生，在他的局面里，意味着要面对面拆毁现有的生活，跟琳琳，还有跟琳琳有关的其他。如果梅芬能像电视剧里的女人一样，逼迫他，他就能找到理由。或者琳琳不那么聪明，聪明得像会过一世的妻子，他亦可顺着下滑的力，做一个不道德的人。可是，没有那么多如果。

梅芬说在吃药，抗抑郁的药一吃上了就不能停。

停了会怎么样？他问。

睡不着觉。一直睡不着。梅芬说。

你不能这样下去了。

不然呢？我换个工作？回老家？还是嫁人？梅芬笑了。

他觉得自己说任何建议都很可笑。梅芬已经三十多了，想到这点，他惊觉自己对这个女人有某种责任感。责任感，比喜欢更可怕，或者说，更危险。

那药能长期吃吗？不会有副作用吧？他问。

我成天犯困，昏昏沉沉。

医生怎么说?

坚持吃药,药不能停。

你心太重了。干这行,不能这样。

天生的,没办法。

跑娱乐怎么样?

我喜欢娱乐新闻,虚假又肤浅。人需要肤浅的东西,不然分分钟会发疯。

他犹豫了一会儿说,梅芬应该换个手机号,不要再陷在过去的记忆里。那些人是可怜人,但他们的生死,本质上跟梅芬无关。

"新闻是冷血者的事业。对吧?"梅芬像自问自答。

"我不想劝你什么,更不是想改变你的想法。但如果你身体垮了,什么也做不了了。"

"魏是昀,你从来都这么现实吗?这么理性?"梅芬笑了。

"我就是怂。"

他说起昨晚看的戏,说不知道为什么,看完后就想起了归宁,然后翻出了当年的文件夹和照片。

梅芬眼神迷糊,像是没听见他说的话,只说某次在地铁上,到站了,她该挤出去,可是腿不听使唤,怎么也完成不了这么一个最简单的动作。她只能蹲在地上,像农民工那样抱住自己的头。她知道自己应该是病得很厉害了。

"到现在我们也不知道谁是凶手,不是吗?我们太可笑了。"梅芬说。

他觉得胸口堵得慌,"我们出去走走吧"。

"走,走去哪儿?"

"去哪儿呢。"

"跟我走吧。"

街景在车窗外迅速闪退,梅芬在往北开,也就是往魏是昀和琳琳的住处方向开。但他可以确定,梅芬并不知道他住在哪儿,就任由她开下去。半个多小时后,车到银河园门口,她方向盘往右一打转进辅道。他终于开口:"去银河园?"

"对啊。"梅芬看着后视镜倒车。

"干什么?"

"看个人。"

两人往山上爬。梅芬带路。爬到最高处,成排的木棉亭亭而立。虽才初夏,但满目深翠。从高处俯瞰,坟茔消隐,只剩一整座山的岑寂。梅芬往低处走,没走几步左拐进一排阔落的墓道,又往前过了十来米才站定。

母亲过世后,他常常往山上去。一般人眼里的生死结界,也许都会因为至亲的离开而被动摇。那时他还是个高中生,只身上山逗留半日却并不曾害怕。也许他认定,母亲在庇佑他。此刻他有些恍惚,似乎又一次在追索母亲的痕迹。

梅芬扬扬手,让他看。他看过去。那个叫萧红的女作家的瓷照片贴在墓碑上。碑上还用红漆描了一朵阳刻的花，托举着女作家的脸庞。傍晚的太阳在迅速偏移，金线般的阳光散射在墓园，空气里浮着细微的粉色颗粒。他掏出相机来，相机的咔嚓声像最轻的剪刀，裁剪着此时此刻的时空及其他。

梅芬点燃一支烟，放在墓碑前。又给自己点了一支，坐在墓前台阶上抽起来。他不抽烟，但也陪梅芬抽着。

"昨晚我采访了几个观众，问他们看了戏什么感觉。你猜说什么？"

"人命太贱？"

"狗日的日本人！"

两人一起笑。

"该带花上来的。不知道她喜欢什么花。"梅芬说。

"红玫瑰。"

"你俗不俗？土不土？！"

"真正的玫瑰一点也不俗。"

"鲁迅倒是说过她，穿红上衣，就要配红裙子，不然就黑裙子，不能配咖啡色的裙子。"

"鲁迅跟她什么关系？"

"什么关系。"梅芬重复。

"什么关系？"他又问。

"你和我什么关系？"

他不知道该接什么话，把烟头戳灭了。

"我喜欢她。"

"谁？"

梅芬扬起下巴点了点萧红的方向。

"喜欢她什么？"

"想做的事都做了，又早早死了。"

"三十一岁，人生还没开始呢。"

"那是现在。那时的人开始得早。"

"我没读过她写的东西。我没读过几本书。"

"所以你才不会抑郁。"

"你要天天这么损我，也不会抑郁。"

梅芬转过脸，盯着他看了一会儿，不再说话。

他告诉梅芬，自己租的房子离这里直线距离只有八百米。小区外就是个城中村，一到傍晚，小贩的推车就把唯一的道路堵得密不透风。泡在糖水里的青芒果和木瓜，烤面筋和炒米粉，还有炒瓜子炒花生和烤红薯。各种味道，各方口音，全在这条不足两百米的小路上。小路两边是密密匝匝的"握手楼"，穷学生、打工仔，一个月一千包网费水电。上班时他有什么烦心事，下了班在这条路上走两趟，就都冲淡了。他再没用，一张图片最低也能赚两百块。这些推车叫卖的小贩，没有城管的日子只能赚几十块钱，那得卖出几十个芒果或木瓜，或者炒几十上百碗炒粉，人才会把钱从兜里掏出来给你。

"忙着生，忙着死。"他念昨晚的台词。

"现学现用啊,不错。"梅芬嗤一声笑了。

"没想到吧,银河园边上也这么热气腾腾,都是活气。"

"是那边?"梅芬指指不远处贴着瓷砖外墙的矮房子。跟所有县城一样,城中村的房子外墙都贴着瓷砖。

"那边……下去就越来越热闹,越来越热闹了。"

"你还记得那个冰棺吗?"梅芬说,"发电机很吵。那女孩被放进去,被拖出来,被割几刀,又缝回去。她家里人让法医每次都切一点。"

"那是取证和解剖需要。你不要往坏处想。"

"我觉得自己也是个残废。你呢,是不是残废?"

"什么意思?"

"你说昨晚戏里,王婆为什么要自杀?"

"她女儿丢人,她男人窝囊?"

"为什么女儿丢人、男人窝囊,这个娘、这个老婆就想死?"

"人活一口气?"

"他们不是像牲口一样活着吗?"

"我应该是个残废。"

"小时候我抓周,抓了两样,一盒胭脂、一面镜子。你说怎么一点都不准啊?"

"哪里不准了,你还不够好看啊?"

"应该是我妈骗我,我肯定抓了别的。"梅芬回身,拔着墓脚的杂草。

"我也抓过。我抓了印章,这才不准吧。"

"如果人生重来,你要做什么?"

"其实随时都可以重来,不用如果。"

"是么。"

他喊了声"梅芬",声音轻微得像软风。梅芬拧头看他,橙红色夕阳中的脸定格在他相机里。他端着相机,拇指轻轻拂过显示屏上梅芬的脸。

他给梅芬看照片,"昨晚我看了很久归宁的照片。我有点吃惊,那个地方看起来那么穷,那么小,那么普通。跟我记得的一点也不一样。我记得的,那是个不一样的地方。但事实上它没有一点不一样。有几张相片里还有你。那时的你跟现在倒是不一样。不是说你现在好,还是不好。就那是另一个你。如果你总是从取景框里看世界,就会排除很多杂音和干扰,只剩下画面里的信息是有效的。然后我发现,只有瞬间是真实的。比如现在,是真实的。刚才我给你拍的这张照片,是真实的,但在我说话的时候已经过去了"。

沉默了一会儿,梅芬说:"我努力了,你知道么。我正在努力,一点点把我自己缝好。不然心上都是破洞,像纸糊的房子,一有点风吹草动就呼呼响。我必须缝好,不然就不完整。没人在乎这个,可是我在乎,我必须完整。"

"你必须忘记。"

"怎么忘记？你还记得小罗他爸那双手吗？全被茶渍染黑了。我他妈还问他，你儿子现在有很大杀人嫌疑，你怎么打算？"

"小罗也许并不是无辜的。"

"这重要吗？他死了。死了！"

他沉默了。他们未尝没有死过。完整是什么。他们身后的萧红并不曾完整。

一阵大风刮过山顶，他们的头发胡乱飞舞，拍打着脸颊。梅芬的长发打在他脸上，他并不伸手去拨开。父亲快乐吗？是快乐的吧。继母是个热闹的小个子女人。现在每个周末跟父亲一起打麻将、吃农家乐的朋友，都是继母的朋友。父亲跟继母学会了很多事，打麻将是其中之一。他看过父亲上牌桌。他打得不好，喜欢做大牌，输的时候多。输了，父亲并不介意，继母总会赢回来的。就这么松弛着，父亲从沉默的鳏夫，跟儿子相对时只闷声喝酒，成了牌桌上随和的魏伯。他曾嫉妒。父亲在他和母亲原本闭合的关系之外新建了一重关系，而他必须参与其中。但后来，随着跟琳琳慢慢结成伴侣，日常与精神双重意义上的，他选择把对继母的嫉妒替换为其他，比如理解后的忍耐。他父亲的家，因此而完整了。关于"完整"的脚注也可如此。

梅芬要缝好她自己。这谈不上选择或决定，而是活下去的必须。他想起曾去拍过戒毒人员。他疑心，现在梅芬和他的精神痉挛，跟戒断反应时的身体痉挛并无二致。拔掉针头，痛会如百蛇啮身，但难道还有别的办法吗？

他仍不动。除了说话，似乎找不到可以靠近梅芬的方法。如果靠近只是为了安慰她，或者安慰他自己。

"记得在沙漠那次吗？你说看见了房子，但其他人都没看见。我也看不见，用相机拍，相机看见了。"他说。

"海市蜃楼。"

"你想看那些照片吗？我能找出来。"

梅芬笑了，"除了拍照，你还会点别的吗？"

他抬起手，停在半空又放下了，风在他们之间回旋，"舒克有贝塔，鸣人有佐助，服部有新一。你可以把我当朋友，不行的话，像大雄有哆啦A梦也行。"

"哆啦A梦和大雄……这朋友标准有点高。"

"梅芬老师，别嫌弃啊。"

梅芬笑了，肩膀耸起来的笑。她终于放松了点。

梅芬说，侯麦电影《绿光》的结尾，两个人在海边看日落。传说中，谁能看到绿光，谁就能得到幸福。日落光辉灿烂，绿光就算真的出现，又会被注意到吗？很多人以为，绿光只是侯麦的隐喻，但其实你知道么？叮咚——答案是，只要你在电影院里看，就能真的看到绿光出现。如果从网上下载，是看不见的。获得幸福的秘密如此简单。

琳琳让他从衣柜顶上拿被褥、枕头。姑姑跟琳琳睡大床，他睡客厅沙发。就一晚上，琳琳悄声说。

客厅只贴着玻璃窗纸，即使是深夜，外面还是很亮。他伸手推开窗，躺着看天。光污染的夜空是淡蓝色的。他把手伸到窗户外面。只有一丝风。

获得幸福的秘密如此简单。

许多张脸在他脑子里走马灯一般闪过。如果归宁的女孩没有死在河里，今年她就二十四了，跟琳琳一个年纪。

如果没有十六岁就死掉，那女孩现在还跟小罗在一起吗？那小罗也不能死。他们或许像父母一样，来广东打工，不过不是在流水线而是做白领。或许去了省城，运气好的话，考上公务员，改变了家族的身份底牌。他们不会留在归宁那个烂泥塘里。

或许又像梅芬说的那样，他们太蠢了，到现在也不知道谁是凶手。照片和文字固定住了什么吗，又或者流失了更多。他们夺走了人的什么吗，又或者他们自己一次次被暴力夺取。

他拍了很多张河边的灵棚。少女的亲戚中有人出钱租了冰棺，尸体冻在里面。红白蓝塑料布铺在竹竿上，支起简易的棚子。梅芬采访法医时他在。第二次尸检时，尸体冻得太硬没法完成下体检查。法医让亲属把冰棺断电、放置，再送回来。这个少女一共被解剖了三次。最后一次汇集了省城来的著名法医。尸检过程中，每动一个地方，医生都要跟家属确认,"看清楚了?"至于化验结果,用法医的话来说,家属指望着那些"割下来的东西"能给他们点希望。

小罗自杀后,三十万没人再提了。他上网搜过,案发五年时,有记者去回访。归宁县还是只有一条主街,人们继续骑摩托打麻将。没有死去的年轻人长大了,生儿育女,为每月人情往来的份子钱焦虑。在归宁,二十四五岁的人看起来都像三十四五。他拍下的那些人,脸被时间加速揉碎。

风吹过他的手臂。这风会吹到归宁去吗?从这高楼鳞次栉比的近海城市,一路向西,深入内陆的腹部,直到在县城的街上吹起一个姑娘的红裙子,或者让洗头房门口晾晒的毛巾一阵乱舞?风从哪里来?

摄影部的同事都更喜欢拍外景,拍日光下的人,不喜欢拍室内,尤其是演唱会和剧场。日光下,光线虽猛烈,相机却更容易捕捉住人。剧场就不同了,昏暗的场地里,人眼看见什么、怎么看见,是由灯光师调制出来的。对相机来说,人眼的规则并不适用,摄影师需要在短时间内摸清光线的布局,才有可能捕捉住舞台上的人。但无论如何,幕布拉开,戏就开场。光造就了舞台的世界。演员与台词、肢体与精神、象征与故事,在光的主宰下成型。

这算是他的长进么?在漆黑中慢慢看清了自己?正如在电子地图中不断缩小又可无限放大的那个黑点,那属于他的坐标，是片刻，对他却是永恒。

第二天一早，琳琳和他一起送姑姑去高铁站。回到市区，两人去吃茶餐厅。他问琳琳，你姑姑怎么不姓鲍？琳琳埋头吃她的餐蛋公仔面，只唔了一声。他又说，刚给她取票，身份证上的名字是刘丽丽。

"她是我爷爷的干女儿。"

"噢。"

琳琳突然放下筷子，"也是我爸以前的女朋友。他们谈过很久。但这事太复杂了，几句话说不清楚"。

"姑姑对你挺好的。那么多东西真不知道她一个人怎么带来的。"

"我很喜欢她。"

"嗯，我也是。"

"我想过如果她跟我爸在一起会怎么样。"

"你怎么会这么想？"

"我爸一辈子都爱她。"

"你怎么知道？"

"我妈说的。我妈什么都知道。也知道他俩就是不能在一起。"

"她年轻时一定很好看。"

"不知道。是他们老了吗？还是有比在一起更重要的决定？"

"人都有没法解释的部分吧。"

他和琳琳抄近路，从城中村不足两百米的小路回家。

周末，还大白天小贩们就统统出动，小推车把路堵得密不透风。呛人的油烟、高音喇叭的促销广告、人冒着油光的额头，声响与颜色如潮流拍打又退落。在这个城市，小贩被叫作走鬼。他突然觉得，做个什么佬可能不是太重要。

他牵着琳琳的手，两人紧挨着往前挪。他知道头顶很远的地方，卫星正摄录他们的影像，不久后更新的电子地图上，他和琳琳的头顶也许能幸运地成为两颗黑色圆斑。而更多的黑色圆斑和他们的气味、体温、心跳，只有现在的他知道。未来他可以一次次在地图里飞行跳跃，但比不上此时此刻一步一步往前挪时无声的快乐。电子游戏里，血耗尽了，角色在消失的同一秒总是就地重生。何况他并不孤独。他有真正的朋友。在夕阳金色的光线中，在粉色的空气颗粒里，那个比他们更不幸又更幸运的作家看着他们，看他们用沉默的誓言编织出最轻又最韧的网，而这将承托住他们。

"你知道吗，我开始喜欢萧红了。"琳琳转过头对他说。

挪威槭

把父亲带到莫斯科，不是个容易的决定。他牙不好，对食物也就挑剔得很。嫌弃食物常常变成对人发火，脾气愈发显得古怪。她怀疑父亲跟她一样，习惯用愤怒掩盖不适，牙齿只是借口。比如，他总是埋怨把他一口好牙弄坏的庸医，只因是某位熟人介绍，才错信送上门，把好牙变坏牙。错信这回事，在父亲的人生中发生的次数不多也不少。在小地方，公共空间的缺失让信任变成吊诡的事。医术好坏的评估，往往夹杂了几辈的人情世故。细究下来，如果信了谁，事后被证明是错误，那只暴露出当时处境的难堪。弄牙时父亲才三十出头，私人牙科诊所远不如现在这般普及，他那时还没什么钱。她能分析原因，但一口好牙生生被弄坏了的终究是父亲。而且，跟他那些隐秘的、沉睡在记忆底层或心湖深处的烦恼不同，牙既暴露于人前，也日日使用，才成了发泄的出口。

现在，父亲就在她对面咀嚼。一张圆桌，七八人围坐。其他人都三两熟人挨着，只有她跟父亲隔桌相对。早上，父亲不听她劝，在红场边上的百货公司买伏特加。她说回国前再买不迟，酒瓶子这么重，一路颠簸碰碎了麻烦。父亲坚持买下来，说要回头找东西太麻烦了。她吼了父亲几句，转头就后悔，但也不肯就此道歉。旅程才开始，她还执意一切由自己做主。

三十七人的旅行团，再赌气，吃饭还得回到一张桌子上来。一对夫妻隔在她和父亲之间，年龄比父亲略小。妻子挨着她坐，让她多夹菜。她也就留心了对方的样貌穿着。平常的休闲服，没有化妆，包是名牌，不知真假。

她客套回了几句话，得知对方姓柴。柴女士让她看邻桌，一个狮子鼻的女人在高声说话，笑闹之余伸手拍打相邻老年男性的肩膊。

柴女士说："她老公。"

"不是她爸吗？"

"她老公。"柴女士拖长尾音。

"是她爸吧？"

"咿……她自己说的。"

"年纪太大了吧？"

"你听她口音，哪个乡下。"

她仔细听了听，回看柴女士一眼。

柴女士似笑非笑，"你妈妈没来？"

"我妈妈啊……"她像往常那样答道："去世了。"

"不好意思。"

"没什么，都二十几年了。"

父亲还在慢慢咀嚼。父亲虽然快六十了，但没秃顶没发福。而她呢，嫌室内暖气太足脱了外套，是年轻饱满的身体。她跟父亲长得一点也不像。狮鼻女人声音又高了起来，倚着老人撒娇，五官挤在一起像揉皱的漫画。柴女士用手肘顶顶她，意味深长地笑了。

旅行团里的人混乱又古怪，嘴上说是夫妻的有多少是真夫妻，大概只有导游知道。虽然人天性就喜欢议论别人的坏处，但暂时聚集的人不需要确认那么多真假。被误会了也谈不上冒犯。她看向柴女士，柴女士正给丈夫夹菜，而丈夫瞟着她。或许，让人误会她是父亲的情人也不是坏事。至少，柴女士的丈夫就不会在列宁墓门口搭讪她。

她大剌剌开了罐啤酒，咕咚咕咚往肚子里灌。这下父亲倒是瞪着她了。她冲父亲举杯，算打平。

更年轻的时候，她总在别人的目光和自己的观察间摇摆。她知道邻居和同事们怎么议论父亲。那些人的孩子鹦鹉般把父母的话传递。而她把男孩子打了几次后，就长出了一层厚厚的茧，包裹住耳朵和身体。爸爸只是她一个人的爸爸，只有她才了解他。

在她和父亲生活的小城，跟世上其他小地方一样，处处有欠缺，却不欠缺正常人。正常人没了妻子后，很快再娶，生养新的孩子，像什么都不曾发生。而父亲呢，却执意让自己的伤疤不平复，人们也就难以忘记。还有，正常人务实，要算得失，也就不喜欢不愉快的记忆，哪怕这记忆可以比对出他们短暂的幸福，却会消磨掉他们太多时间与感情。总是不值当。

所幸，父亲的植物学专业和教书匠的职业，让他抵抗住了九〇、〇〇、一〇年代的变革，中间虽受过穷，但搞农学的人始终没有失业。人的流言和轻蔑，也就不能从根本上动摇他生存的根基。他做实验、讲课、下乡、种植，靠工资养活自己及女儿。而正常人们，在几十年里，间或被钱冲散家庭，走向他们没有想过的离婚或噩运。如白炽灯泡里的钨丝，某一刻忽地断裂、黯哑了。

于是在别人口中，父亲的形象渐渐转变，从"败坏"变成了平常人。是啊，后来婚姻再不能约束性行为了，父亲又算什么呢。

而她也长大了。谈了几次恋爱，失恋也背叛过别人后，她对父亲反而轻松了。既然她不是个完美的女儿，更不是个完美的人，那么父亲也尽可以自私度过他的一生。只是她希望，这个跟自己一样自私、时而软弱时而倔强的父亲，不要那么快离开她。父亲如果不听话，比如现在，又固执买了酒，她就气他。然后两人对饮，把一瓶啤酒分了。酒喝得见底，跟父亲的怄气也就消散了。

离开饭馆前，她挽着父亲的胳膊走向大巴。狮鼻女人在她前面，年迈的丈夫腿脚不灵便。跟其他团员各自打量着伴侣之外的人不同，狮鼻女人被丈夫的身体牵绊住，亦步亦趋，像被动的刑罚。嫁给老头子的年轻女人就是这样吧，被人看不起，无论是美还是丑。道德的天平倾向于定性这婚姻是出于利益，而非感情。即使在这么一个对他人知之甚少的临时小团体里，人们也迅速建立起轻易的道德鄙视链。坏话比人想象的传得更快。女人们都站得远远看着，似乎道德瑕疵是种病症，会传染。

母亲逃走是因为这个么？母亲后来嫁了个外科医生。听说外科医生在国外都很有钱。母亲生了两个孩子，彻底取代了她。在枫叶之国加拿大，没人计较母亲的前史，也无从知晓吧。

卡通式地拼凑出母亲的全貌并不是件难事，可她常常怀疑，这么做跟真实相距甚远。一个人对另一个人的了解，能到达什么程度？就算是跟她共同生活的父亲，她又了解多少呢。从她记事起，就不乏陌生的阿姨试图照顾和讨好她。她从高中开始寄宿，偶尔回家时，会发现女人过夜的痕迹，水池里长长的头发，或者一把新的牙刷。

她试着去喜欢她们，但又不敢真的喜欢她们，担心她们迟早会从她生活里消失。而她就会像弹簧坏掉的玩具一样，被失控的余震摇出一颗更破碎的心。父亲向她示范着爱，但这是对女儿的爱、血缘之爱，而不是一个人对另一个无关的人，一个男人对一个女人，需要忍耐、渴望恒久的爱。

父亲问过，为什么非得现在去旅游，我不爱旅游。

她说，你去年跟团去台湾不是很喜欢吗，回来唠叨了半年。

父亲说，你工作也挺忙的，不用陪我。

她说，谁要陪你啊，我抽奖抽中的。

父亲说，那叫鹏远跟你一起去。

他啊，她说，他去过了。

她觉得在她成长的日子里，父亲也是这么哄她的。

双人旅行套餐是年会抽奖抽中的，不过不是她，是陈鹏远。兑换券过期前，他们打算一起用掉，反正他们也很久没有一起旅行了。

他大方让渡东西给她，自己搬出去，车留给她，还有一屋子零碎。其中包括这张该死的双人旅行套餐兑换券。

瓦力还是黏她，蹭着她腿绕圈，每三天吃一个罐头，只是陈鹏远的衣服上再也不会粘满瓦力的毛了。

跟父亲说了后，她又有些后悔。上一次跟父亲旅行是什么时候？这两年，父亲自己倒是去过台湾、新疆，但都是她去旅行团报了名，父亲独自出发。她搬出去跟陈鹏远同居后，慢慢有了自己的生活半径，父亲也习惯了一个人生活。但这次，父亲却早早开始准备起来，上网查资料、听俄罗斯民歌，她也没太当回事。周末她回家吃饭，楼道里遇见邻居，跟她说，你要带爸爸去俄罗斯啊！真是厉害。

她厉害么？她点点头侧身走了。那天父亲做的是炝锅鱼，她最喜欢的菜之一，但失了手，辣得两人掉眼泪。她放下筷子，让父亲也别吃了，伤胃。父亲像没听到，把她剩的半碗米饭扒拉进自己碗里，吃得满头大汗。她擦干净鼻涕、眼泪和汗水，问父亲，你前两天听的那首俄罗斯民歌叫什么来着？

父亲站起身，手机很快响起旋律。她听了一会儿说，那就去吧。父亲没听清，问，啊？她摇摇头，跟着哼了一句歌曲的旋律，歌声好像明媚的春光。

好歹，旅途开始了，带着抽象的意味，投影在她的身体上。大巴车载着他们沿莫斯科河往前走，手机地图里闪烁的蓝点显示他们在城市里爬行的痕迹。陌生人们拥有共同的旅途终点，时间进程也被设定，一切将结束于五天之后。完美的出逃。

父亲并不知道这些，也不需要知道。就像填入境表时，父亲认真看她写英文，其实多半是拼音。父亲小心把入境表夹进护照，又仔细看起护照来。跟她已快没有空白页的护照不同，父亲的护照是崭新的。

她没法开口跟父亲说什么，多半是羞愧。或许她在等候时机。飞机上密闭相处的时间里不行，新圣女公墓的阳光和阴影下不行，克里姆林宫围墙与卫兵的包围中不行。他们滑过这些空间和时间的表面，前方有什么隐隐在呼唤他们。

昨天，抵达谢列梅捷沃机场时已入夜，大巴车拉着一团人往城里去。导游用俄语唱《莫斯科郊外的晚上》迎接他们。并不动听的歌声从麦克风传导至头顶的喇叭，再被窗玻璃回弹进车内封闭的小世界。零星灯火闪烁，俄文字母确认着异国的身份。父亲暂时拘谨着，并不像其他团员一样在导游的带动下跟着唱歌。也许只是累了。先飞到乌鲁木齐，从乌市出境飞莫斯科。折腾了十来个小时。

现在，父亲在团友众目睽睽下跟她争吵再和好后，反而松弛了。早早暴露出他们的身份，突然争吵，又很快和好，内向的父亲一开局就亮了底牌。在导游的领唱下，父亲唱起《喀秋莎》，"她在歌唱心爱的人儿，她还藏着爱人的书信"。

车窗外偶尔闪过教堂的金顶，天空阴沉。上午参观完列宁墓后，导游带队去天使报喜教堂。东正教圣人们的骨殖装在镀金的骨匣里，在枝形吊灯和烛台的光影间沉默。地板华丽，燧石、玛瑙和碧石像要隔绝尘世的哀喜。中国人对此并无感知。不远处，无呼吸的列宁在昏暗光线中被士兵守护。她和父亲放缓了步伐，转山一般绕着列宁凝视。

她对着父亲唱，"喀秋莎站在那峻峭的岸上"。

"歌声好像明媚的春光。"父亲应道。

在莫斯科只停留了一天，旅行团就向彼得堡进发。临行前，导游大声打电话，咒骂电话那头的人。

父亲说，他同屋的男人昨晚出去了就没回来，导游这是在找人呢。

她回想父亲同屋那五十来岁的男人，很胖，衬衫领口露出条金链子。

胖男人的同伴，一高一矮两个男人跑去宾馆门口的马路上张望。

昨晚，她去宾馆大堂的自助机器买口香糖，导游正给高男人和矮男人分配女孩。一个黑头发，一个金头发，不知国籍。两个男人各自挎一个出了门。导游目送两对上了出租车，回身看见她，若无其事。

莫斯科安排的景点，除了列宁墓和克里姆林宫，当天下午去的新圣女公墓和莫斯科大学都不用买门票。导游还见缝插针把他们带去琥珀商店。她没买，父亲也没买。导游对她没好脸色，她也懒得应付。

不久，高男人和矮男人夹着胖男人一起回来了。

胖男人凑上来，低声对父亲说，自己赢了一千美元。一叠绿色纸钞甩在巴掌上啪啪响。

"我就跟司机说，casino！"胖男人说。

"casino是什么？"父亲说。

"赌场！"

"你会俄语？"

"这是英文！跟美元一样，世界通行。"胖男人笑起来。

"你胆子大!"

"我就这点爱好……"胖男人得意扬扬揽住父亲的肩膀,又回头问同伴,"俄罗斯小妞香不香?"

上了去彼得堡的火车,刚坐定,她就跟父亲说要提防同屋那胖子。

"他也不是什么坏人。"父亲说。

"你怎么知道?"

"就是个小老板。小老板嘛,出来转转就找找乐子。"

"他一个小老板没事出来转什么转?"

"小老板也有跨国业务啊,人家是出来考察的。"

"考察赌场啊?"

"他是做药材的。"

"俄罗斯人又不吃中药。"

"武先生就有亲戚在这边做中医。"

"谁是武先生?"

"柴女士的先生。"

"要有人问,你就说你是种火龙果的。一穷二白。"

"我怎么就成种火龙果的了?"

"你整天弄那些植株,不就是种火龙果的吗?"

"那人家要是问我火龙果多少钱一斤怎么办?"

"你就说你老年痴呆,记不住。"

"人家又不傻。我也没那么傻。"

"那电视购物买回来的那些是啥?"

"人嘛，免不了吃亏上当。"

"你别给我找麻烦就行。"

"给人骗骗，就当慈善事业。"

"好，回头你自己跟导游报名。"

"报啥？"

"你不是要去看芭蕾舞吗？"

"对，老樊也要去。"

"老樊又是谁？"

"我同屋啊，赌神。"

"他不去casino啦？"

"他说在巴黎看过红磨坊，精彩得很。"

"那是大腿舞……"

出来后，父亲脾气好得很，对比之下，她暴躁又苛刻，还咄咄逼人。她觉察到了，停了嘴。或许潜意识里，她在保护一句英文也不会讲的父亲？她摇摇头，走出包厢。

临行前，她去给父亲收拾行李，清理出一堆旧衣服和破烂。父亲站着看她把东西全塞进垃圾袋，趁她不注意，又悄悄把东西掏出来。争了几句，父亲同意旧衣服进小区回收箱，"破烂"放进小阁楼。

小阁楼得站在梯子上才够得着门，她爬上去了。里面堆着更多破烂。翻检了一会儿，她看见已经长霉点的琴盒。母亲离开后，父亲再没拉过小提琴。

傍晚父亲出门散步，她把琴盒取下来。松香从盒子里滚落出来。琴弦上积着虫壳。连蛀虫都早已僵死。她犹豫了一会儿要不要把琴带走，最后还是放回了阁楼。

小提琴有四根弦。弦与弦并不相交，只有在琴弓和手指的触摸下，它们才发出和弦。父亲应该比她更懂得这一点。

车厢连接处没人，牲畜、村舍和大片的农田掠过。村舍的屋顶有红有蓝，农田则是黄绿色。色彩闪烁跳动进入她的眼底。

很小的时候，她就显露出了对色彩和造型的敏感，对父亲擅长的植物学和音乐则毫无天赋。父亲鼓励她专注观察事物，比如在他们兴趣的交集——植物上。植物也是万物之一，父亲正巧懂得它们。叶片里汁液涌动，会低语。光合作用呼唤出植物的活力，根茎在运动。她于是知道，只要看得足够久，足够仔细，事物的面貌就会如试纸上析出的盐一样显形，留下人类眼睛可辨认的痕迹。从眼睛到头脑，从头脑到双手，她试着记忆、想象与转化，用色彩和线条来表达。可在传达这件事上，天赋将人区隔。极少的幸运者才能创造，她只是转译、搬运，学会一些东西，再教给人。

像父亲一样，当个教书匠没什么不好。从美院毕业后，她找了所中学当起了美术老师。对她这样的本地人而言，工作并不是决定能否在这小城活得像样的关键，她也就随意处理自己的喜好和职业。陈鹏远对她的工作倒是满意，每年两个假期，又无升学压力。男人兴许都这样，妻子和女友最好是幼儿园老师，其次是护士，都不会占用过多精力，又能为家庭做出贡献。她不经意哂笑了，像是对过去的自己。

倒也有许多快乐的事。比如看学生的作品。孩子不关心人类社会既有的分类和所属，只描摹心中的图景，因为手里有一盏小灯。这灯照亮他们的感官，让他们能听到最细微的噪音，主要是相信能听到，比如：昆虫们的振翅何尝不是低语？于是，孩子拥有自己的王国，万物有独特的命名方式。其中部分孩子，日后会将这些幻想的名字与正式的命名相对照，从而获得秩序，成长出大人的形状。但少数孩子，却可留住手中的火。

或许，她应该对手中的火苗更加确定。她快步走回包厢，想马上找到父亲。

父亲正跟邻座的俄罗斯大妈比画着说笑。大妈分巧克力给父亲。两人喝着红茶。茶很香，氤氲着水汽。

老樊趴在包厢门上，大声对父亲说："老彭！你可以啊！"

父亲冲他摆摆手。

老樊不走，"我也想有个喀秋莎啊！"

老樊跑到父亲身边挤着坐下，打量着俄罗斯大妈，"绿眼睛！"又对父亲说，"这导游也不安排我们去看看马戏！俄罗斯大马戏，多好看，多刺激！死人坟头倒是看了好些！"

"今晚不就看芭蕾了么？"父亲说。

"你真该去拉斯维加斯走一趟。"

"美国啊，太远啦。"

"澳门也行啊！男人怎么也该去见识见识。"

老樊发现她一直瞪着自己，就笑嘻嘻说，"哎哎，我跟你爸爸可是有缘。我们俩下乡的知青点，只隔着两个大队呢"。

又对父亲说，"老哥哥，你们知青点当时是不是烧死过人？你在不在？"

父亲半垂着眼，像是陷入回忆，半晌才对她说，"诶，我的伏特加你收哪儿了？"

"爸爸！你就不能不喝吗？"

父亲缩着手，像挨骂的孩子，"跟你樊叔叔吹两句"。

老樊来了劲，"我去拿香肠，老哥哥你等着啊"。

她把两瓶迷你伏特加扔给父亲，"还有四个小时就到站"。

父亲笑嘻嘻。

香肠慢慢被啃得只剩个尾巴，父亲和老樊喝得脸泛红了。

老樊想起了似的："所以，你们村是烧死了人吗？我记得是两个？"

"两个。是被村民烧死的啊。"

"被村民烧死？"

"说是偷了他们的粮食，堵在山洞里。起火是意外，后来火烧大了，没人敢去救，就烧死了。"

"不能吧。"

"就是这样。"

"我怎么听说是两个知青去山洞里耍朋友，点火取暖，起了山火烧死了。"

"是男女朋友。"

"那就是喽。我们那个点，也有搞对象搞得全村都看不下去的。"

"那个我知道。"

"你知道啊？那个女的漂亮是漂亮，就是……"

"嗯，是我前妻。"

"老哥哥，你不是开玩笑吧？"

"你信不信嘛？我们村那两个，真的是被村民烧死的……"

她看着父亲，酒精把他的脸烧得很红。她不能确定父亲说的是实情还是醉话。关于母亲的那一句，蛇的信子般吐出。母亲是她和父亲之间的禁忌。也不是不可以提，但只有那么数得出来的几次。现在父亲却对老樊随意说起母亲来，而且是她不知道的事。她瞪了老樊一眼，想阻断老樊说话的热情，父亲如果要说，怎么也该先说给她听。

"爸,你休息一下吧。"她说。

父亲像是没听见,趴在窗户上认真看飞驰的村庄。继而转身说,"有个俄罗斯小说,讲一个峡谷里的村子。这是个什么样的村子呢?说是个教堂执事在丧宴上吃光鱼子酱的村子"。

"穷地方?"

"穷地方。连跳蚤都要烤来吃。"

"我们当时也老偷粮食,肚子饿啊。"老樊没头没脑接了一句。

"饿昏了什么都吃……"父亲说。

"背枪的老知青捉了人家狗儿炖来吃。"老樊说。

"背枪的都横着走。"

"我也是听说的。我们去的时候,没有枪没有炮,天天挑大粪。"

"沃田啊?"

"往田坎上挑。"

"也怪不得他们恨。那时候太能吃,一顿四碗苞谷饭都吃不饱……"

"反正我是怕!老哥哥你那时好歹有力气,我才十五啊……"

"那你还是初中生?下去是为了啥?吃粮食?"

"嗐,下去,每个月有八块钱生活费,头十个月还有三十五斤供应粮,我争破头也得去啊!是不是?下定决心，不怕牺牲，排除万难，去争取胜利！你那时候……是背枪的？"

"我比你大不了多少，也是中学生。下去是家庭情况，没办法。"

"难怪不认识你。那时候出名的，都是老三届。"

"他们下去得早。咱们就赶了个尾巴。"

"你记得离我们公社不远有个林场吗？有条河从中间穿过。"

"河……河坝边上山坡上有棵消息树，是金丝榔。"

"就是那个公社，好多树，现在修成高尔夫球场了。"

"球场！那些树呢？还在不在？"

"留了些大树，以前种粮食的山坡全部清理了。"

"哎呀！"父亲拍了下大腿，力气大得眼镜都歪了，"那么多金丝榔，可惜了。"

"金丝榔值钱是么？"

"就是榉木，现在比不上黄花梨、红木，但也是好木料。"

"嘿，那时候知道是值钱货，还刨什么土坑种什么地？直接把树放倒。"

"你放吧，一放，你这是破坏国家资产，抓你树个典型！"

"那我就扎根农村一辈子了。"

"农村？想得美！你扎根大牢一辈子。"

两人大笑，握着酒瓶子碰杯。

她在手机上搜索父亲插队的那个村子。父亲跟她说过好些次那个名字奇怪的村子，她逐字问过怎么写，也就记住了。搜索结果为零。电子地图里，一个小红点显示着这个穷乡僻壤的村落在世界里的位置。

一条黄色的断头路从最近的城镇通往村子，此外，橙色线条是国道，修建于1934年，沿用至今。再远些，高速公路与村子平行。她记得父亲说过，当时他都是靠走路走回城的，要走一整天。

奇怪的是，她记忆里有清晰的画面，她跟母亲站在村子对面的山头，隔着小小的湖泊眺望那村子。母亲说，你爸爸当年就在那里当知青。山苍翠，水寒青。除了这些颜色，那村子什么也看不见，就是贫瘠本身。困在村子里的父亲，也许也像她一样爬到山头这样远眺过吧。

景深一旦拉开，真实就可比对而出。如今父亲已六十岁，一生的命运已悉数掷出骰点。她知道父亲后来考上大学，没有再回过村子。像父亲生命里的其他秘密一样，他任由它们沉默下去。即使像现在，偶尔被拔出记忆的土层，父亲也三言两句，让往事静止在语言的边缘。

她一直觉得小城太小了，兜兜转转都是同学、亲戚。可小城似乎又很大，大得可以把很多秘密埋到地底，除非像父亲和老樊这样，被意外的挖掘机从陈旧的土层里翻挖出来，才能相逢。

车窗外色彩飞驰。她几乎有些嫉妒地听父亲和老樊在酒精的鼓舞下一起唱着歌。不是俄罗斯民歌,而是她不会唱的,老樊和父亲知青时代的歌。

老樊说,老哥哥,我就羡慕你这样的,考上大学,起点不一样。我当年也去考了,第一年没考上。第二年再考,上了中专。

父亲说,那年头,上中专的人也不多。你学的什么专业?

"我说出来你别笑。"

"兽医啊?"

"真学了兽医,我也就没这么苦了。"

"就是,兽医那时候吃香的啊。"

"猜不到吧,你肯定想不到。我学护理的,男护士!"

"男护士比较少见。"

"还不是怪家里,我五个姐姐,我老幺,给我取个名叫樊小花,好养活。分配专业的老师估计一看这名字就默认性别女了。全班二十七个女同学,就我一个男的。读了一年我才转到药剂班去。"

"那你现在还叫樊小花啊?"

"改了改了!"老樊笑道,"改成樊大花了!"

父亲笑。

老樊继续说:"我想着改学药剂,要再把我分派下乡,就用不着去抓计划生育,是不是?我怕那玩意,走村串户的，还鸡飞狗跳。结果咱们又是药材大省，一来二去，还是往乡下跑。但那时候好药材真是多，山越大的地方越多。下去一趟，打几只斑鸠，再搞只竹溜，那确实打牙祭了。"

父亲问起老樊去收药材的地方，两人你来我往，更多陌生的地名涌现，连缀起他们年轻的日子，也就是八十年代。父亲研究的是经济作物，近年果树收益高又培育火龙果、百香果苗，但药材也是植物，跟老樊聊开了就没完没了。又说到土壤、水源，省内北部的高原草甸、南部的河谷地貌对种植的影响……她插不上话。

她还小时，父亲会带着她去乡下出差。他们住的是穷地方，乡下就更加破败。或者不能说破败，破败是光辉后的颓丧，而那些地方，只有石头和黄土，连房子都是草草盖成，更不要提人的衣着日用。父亲培育的植株，栽到黄土里很难存活。他说这是土壤太坏，如果是东北平原肥沃的黑土，作物就会欣欣向荣，连叶片都会油光锃亮。可他又说，这土壤不是农民能决定的，太金贵的作物，他们记不住办法也种不活。许多村子指望着靠天吃饭，其实并不是全然懒惰。自然，穷地方的人愚昧、有时可恨，可如果苞谷能填饱肚子，他们也就无所求，并不想搬离。

父女俩一起坐乡村巴士在泥泞路上晃荡，她总是晕车，吐出来的是在乡下吃了还没来得及消化的苞谷糁子。那就是她跟父亲最初的旅行吧。跟现在在俄罗斯不同，那些旅程往黑暗的土地深处去。

父亲与老樊已经说到薏仁的精加工了。话题在迅速跳转，两人不时拍拍对方肩膀，大呼小叫。

她对着车窗外彩色的村庄发愣。被烧死的年轻人，胃里也装着苞谷糁子吗？他们是不是父亲的朋友？父亲却没有再提了。

一起啃过香肠喝过伏特加后，老樊跟父亲更亲近了。去看芭蕾时，他跟父亲坐在一起。吃俄餐时，跟父亲大声议论三种鱼子酱的好坏。

自由活动的一小时里，老樊执意要请客，既不是饭点，只能在夏宫里找了家咖啡馆坐下。老樊打发两个手下走开，又对父亲说："自己玩都不会么？真是！"

她问老樊这次考察得怎么样，老樊说，要等折返莫斯科才能见到自己的客户。又嘀咕说，老毛子效率太低，但愿不要让他白跑一趟。

父亲说，返回莫斯科，就待一天半，来不来得及？

老樊说，时间约好了，就去碰个面，该签字签字，小事情。

父亲说，你这趟成本不低。

老樊说，老哥哥，不带两个人，不像样子。做不做得成，都要做啊。我们生意人，可不能看天吃饭。扭头看看窗外又说，咋没有泡温泉的地方呢，这风吹得，能泡泡温泉多好。

父亲笑。

老樊说，我也想做票大的就收山了，可钱挣进来又花出去，没个头。

父亲小声说："你发现没有？他们水龙头里出的都是热水。之前我以为是宾馆条件好，刚才去上厕所，水龙头也出热水。"又感慨说，这国家能源确实丰富。

"热水是政府免费供应的，直接入户。"老樊说，"暖气也是，国家财政补贴。"

"这么好啊，"父亲感叹道，"现在我们单位一入冬还在发取暖费呢。以前还每家弄个铁炉子，烧煤、烧蜂窝煤。"

"他们吃的没我们好啊，"老樊说，"咱们到了后，这都几顿了，带叶子的只有白菜。不带叶子的蔬菜也只有洋葱、胡萝卜。一年三百六十天，这怎么受得了。"

"不知道他们教育、医疗怎么样。"

"就那样吧。搞石油的都去伦敦买房、享受，哪里的有钱人都这样。"

父亲望向窗外不远处的水平面，"我以为这是条河，听导游讲才知道是挪威湾，那不就是海？来俄罗斯，我以为起码要看看河。伏尔加河、顿河……"

"静静的顿河！"老樊笑了。

"你也看过？"父亲问。

"拼命翻啊翻，要翻到格里高利和阿克西妮娅搞恋爱的地方！"

"你这抓重点抓得好。"父亲笑道。

"我还真看过。红的来了，白的遭殃。白的来了，红的遭殃。不是东风压倒了西风，就是西风压倒了东风。"

"噢噫，静静的顿河，你的流水为什么这样浑？"父亲扬起声调半唱半念道。

"啊呀，我静静的顿河的流水怎么能不浑！"老樊应着，又说，"怎么样？怎么样！"

"你去过么？顿河。"父亲问。

"没！上次来也是莫斯科、彼得堡。跟团就是麻烦。"老樊说。

"俄罗斯不能自由行么？或者商务签证？"她问。

"不能吧，办起来很麻烦。我怕麻烦。"老樊随口答道，又说，"回彼得堡能坐船游河。也算是条河吧。"

她从包里翻出行程表，"船上还有歌舞表演。"

"主要看看风景。"老樊说。

"昨晚两个芭蕾演员跳完了，我看其他桌有人给小费，就也给了十块，十美元。"父亲说。

"嗨，"她叹气，又对老樊说，"我爸平时花钱让人擦皮鞋都不肯。"

"留着来俄罗斯给小费的。"老樊说，"我儿子也笑话我,去俄罗斯干吗?英法德意怎么排,也轮不到它啊。我说你们年轻人不懂,不懂……"

"真来了吧,跟想的又不一样。"父亲说。

"老毛子不收美元这个太讨厌了,"老樊说,"昨天你们啥也没买是吧?刷卡机没信号,刷了我好几次也刷不出来,美元又不收。"

"导游手里有卢布,跟他换点。"父亲说。

"是!那是后来。刷不出来吧,又不收美元,那个胖大妈还一脸不耐烦。跟欠了她钱一样,有那么看不上吗?我说dollar, dollar,她装听不见。我把钱拿出来给她看,她直接摆手,不收!"

"你要拿着美元去黄果树景区买东西,还跟人dollar, dollar地喊,肯定也没人敢收啊。"父亲说。

"这不是莫斯科吗,好歹也是首都。"老樊又嘀咕着,"其他钱倒是收得挺痛快的。"

老樊招手,指着茶壶跟服务员说hot water,服务员走过来看了看,表示不明白。老樊揭开壶盖,给服务员看见底的空壶,嘴里念着"咕嘟咕嘟",模拟往壶里倒热水。服务员把壶拿走了。老樊说,我其实不爱出国,费劲,跟他们要个开水都不明白。

父亲说:"可以啊老樊!我就不行,哑巴一个。"

"嗐,我也是去加拿大看儿子,逼出来的。我住不惯,我家那婆娘,见了儿子就守着不走,一住一个月。"

"加拿大……"父亲低头喝起已变淡的茶。

"加拿大没意思,要去就去拉斯维加斯!"老樊又开始说赌场的事了。

她站起身,说要去散散步,把父亲留给老樊。

出去没走几步,看见导游在集合点的长椅上坐着。导游主动跟她打招呼,请她喝格瓦斯。她看了一眼卖格瓦斯的小推车,说格瓦斯我喝过。导游说,尝尝,跟国内的不一样。

报团时,她在旅行社网站查看过导游的资料。如今所有老板都想跟上社交网络的浪潮,不额外投入就指望员工能带来更多红利。这个本名叫孟凡的年轻人的头像旁边被一堆不同颜色的关键词簇拥:认真负责、细致耐心、有错就改、热爱祖国。对一个导游来说,这些词似乎提供了可靠的品质,可关于对面这个微胖的年轻人,却没有任何有效信息。

她意识到自己在打量他的背影,心里不自觉地把这人跟陈鹏远作比较,不禁吃了一惊。

孟凡把给她买的那杯格瓦斯插上吸管。她开玩笑般说:"我有男朋友的啊。"

"嘻,我也有女朋友啊。"

两人都笑了。

"怎么样?"孟凡问。

"什么怎么样?"

"格瓦斯怎么样?"

"还行。"

她咬着吸管,慢慢喝饮料。她并不知道怎么跟导游说话才是合适的,或者她太久没有跟陌生的年轻男人说话了。

"感觉还行吧?"孟凡问。

"好喝。"

"我是说这儿,莫斯科、彼得堡。"

"我爸喜欢这儿,跟我说什么白桦林三套车,刚才又说想去伏尔加河、顿河。"

"这两条都不是俄罗斯的大河。你爸爸肯定是看过《静静的顿河》。"

她沉默几秒,突然想到一个话题,"你看过一个电影么,讲意大利人在俄罗斯的,动物园有只狮子跑出来了,撵得他们满街跑"。

"《意大利人在俄罗斯的奇遇》。"

"对对!小时候我在电视上看了好多遍。"

"里面好多景咱们今天都路过,明天就要去,喀山大教堂啊,涅瓦河啊。"

"我就记得那只狮子了。"

"那只狮子已经死了。"

"啊?"

"说来话长。那只狮子是有家人养的宠物,那家除了狮子还有豹子。"

"我看过把熊当宠物养的图片,说战斗民族什么的。是真有人养熊么?"

"那不能。熊一巴掌你就没命了。小熊倒是有养来演马戏的。但你别说,也有不少老外以为中国人养熊猫当宠物的。"

"你有宠物么?"她笑着问。

"有啊!养了只猪。"

"真的啊?"

"真的啊,我女朋友嘛。我就是动物饲养员。"

她笑了,猛然想起陈鹏远说过几乎一模一样的话,要像养猪一样养活她,让她膘肥体壮,全身散发出幸福的光芒。

夏宫的建筑外墙刷着明丽、崭新的涂料。不知是不是高纬度地区独特的阳光投射角度,色彩和光影都带着蒸汽般氤氲的光圈,像罩在大玻璃罩子里的玩具模型。

孟凡问她去过哪些国家。

她报出几个国名,意识到这是她第一次跟团出游。已经没有空白页的护照,都是跟陈鹏远在一起的前三年出去用掉的。最初的快乐总是像海浪连绵不绝。他们发现共同的爱好,再发明共同的爱好。如今,她却怀疑是过度透支了快乐的份额,才只留苦涩。

在一起第三年时她提出过分手,理由是她没有跟谁维持过超过三年的关系，再下去就要崩溃，不如提早收场。陈鹏远说，你为什么总是逃避呢？为什么要预设一个糟糕的结果，然后早早就放弃？她说，我就是这么有病，你受不了就走吧。他说，你看，一说起来，你就逃避，把责任推到别人身上，然后自己躲起来。她说，对，我就是这么没用，你现在才知道吗？她知道自己在试图激怒他，然后以近乎戏剧化的方式破坏掉现有关系。一团混乱中，人无须再辨认对错，只用耽溺于情绪，就像孩子推倒积木墙。所谓失恋疗伤，多是认定自己是受害者，自怜自艾。这些她都知道。可是除了父亲，她没有跟谁有过长期可信任的关系。而父亲是不需选择的关系。

她和陈鹏远又度过了三年。后三年与前三年截然不同，不同到她的记忆里白茫茫一片，什么也没有留下。朋友们说她，这样拖下去，不结婚不生小孩，两人会散的。她当时不信。她看过一张旧照片，父亲拉小提琴，母亲跳舞，年轻的脸会发光。父亲后来再也不拉小提琴了，母亲呢？还跳不跳舞？

很难说是谁把关系搞砸的。最终成了讽刺剧，陈鹏远像母亲一样，成了逃走的人。跟母亲留给父亲羞辱一样，陈鹏远也用跟另一个女人的关系破坏了他们之间曾有的信任。如果这信任真的是双方面的话。在道德上具备了真正的受害者资格后，她却没有一丝开心。无论关系好坏，无论其中一方对关系的走坏负有多少责任，被人背叛，仍是剧痛。朋友试图安慰她，跟她说，陈鹏远起码是主动跟她承认有了别人，不像某某的丈夫，留下一张字条就消失了，手机销了号，工作辞了，父母也一问三不知。"一个人凭空消失，并不会减轻伤害。"朋友说。所以对遗迹也要感恩么？在一起住了六年，房子的角落遍布线索。

　　半夜偶发的噩梦里，她看见自己坐在墙上，双腿晃来晃去。似乎人生已走到一个十字路口，再往下，不是变成父亲，就是学习变成母亲。而她的痛苦在于，她不想要二手的人生，不想重复任何人，哪怕是父亲和母亲。

　　孟凡问她有没有投币许愿。

　　"许愿？"

　　"喷水池，你看见水里的硬币了吗？都是人投下去许的愿。"

　　"我不信这个。"

　　"干吗不信，试试呗。"

　　"我在罗马投过，在凡尔赛宫也投过。"

　　"两次不中，那说不定这次就中了。"

　　孟凡摸一个硬币给她。

　　"嘿，你这人到底怎么回事啊？"

　　"什么怎么回事？"

　　她接过硬币，"没事。我可不会买琥珀的啊"。

　　"你怎么老把我往坏了想。"

　　在陌生人的陪伴下，往参孙徒手掰开狮子嘴的雕像投币，多少有些荒诞，像人生更多时候的错位。硬币入水，瞬间沉底。她的心也咚的一声，不知被什么所击中。

"我也来一个。"孟凡说。他摸出硬币，向着参孙掷去，"明年买房！"

"明年？那你还有六个月。"

"你这人怎么回事啊。"

"谁让你说出来？谁会把自己的愿望说出来啊？"

"为啥不说出来？"

"为啥是明年？"

"明年我女朋友就二十九了。"

她不再说话，跟孟凡挥挥手，往咖啡馆走去。

老樊不见了。她坐下，看菜单准备叫喝的。看菜单看了许久，她抬头叫侍应，发现父亲看着她。

"还是自己姑娘好看，是吧？"她打趣道。

"我姑娘好不好看，看看我就知道了啊。"

"哼，我看你现在眼里只有樊小花了。"

"哎，他也不容易。"

"哪里不容易了？人家带着两个马仔呼啦啦来俄罗斯签单，去赌场休闲一下还挣美元。"

"带两个人出来，也得花不少钱吧。"

"没用的话带出来干吗？他一个当老板的，肯定算过成本。"

"没看出来有什么用。"

"你真相信他在你附近的知青点吗？"

父亲沉默了一会儿才说，"我也没什么可骗的啊"。

她想了想说，"火龙果确实没什么药用价值"。

父亲笑了。

大巴载着他们回圣彼得堡。宾馆就在涅瓦河边，天色尚早，团员们三三两两到河边溜达。她、父亲和老樊也沿着河走。河面宽阔，风吹得头发乱飞，也吹乱正在拍婚纱照的新娘的白纱。几个团友见到金发的新娘都借景拍照，把一对新人、河面、远处彼得保罗要塞的金色尖顶定格在同一画面中。新娘的白纱在高纬度的日光中燃烧般反射出耀眼白光。

老樊最先看见熊。他激动得语无伦次，手指在空气中击打方向。顺着他的指尖看过去，先是一个卖冰激凌的木头小推车，接着是河堤和路面的圆石，不断扭转身体调整视线，才看见那只小小的、被冰激凌推车挡住了的棕熊。棕熊一动不动站立。老樊叫道，好家伙，屁股底下有根棍子！小熊坐在一根竖起来的木头上，稳稳当当。它四周并不见驯兽人。直至他们三人走得近了，穿马甲的卖艺人才从河堤背后的草坪上闪出来。这么近距离地看一只熊还是头一次，父亲和她都有点怯，站得远远的不肯动。老樊却不怕，靠上前去，扔了张一百卢布的票子到卖艺人的帽子里，抱着手准备看热闹。

卖艺人吆喝了几声，小熊却不动，仍旧坐在木头上。他又吆喝了几声，像念咒，小熊挪了挪屁股，木头掉到地上。老樊鼓起了掌。艺人往熊嘴里塞了点东西，小熊直着身子走了几步就耍赖不走了。老樊吆喝起来，stand up！Good boy, stand up！熊并不听他指挥。艺人又往熊嘴里塞了点东西，但小熊似乎打定主意不配合，继续赖在地上。老樊叹气道，这熊太小了，还驯不起来呢！又回头看看自己扔在帽子里的一百卢布，摆摆手说，算了算了。等他们仨走开了，艺人才吹起口琴。小熊呢，又坐回木头上去了。

"骗人的玩意！昨天买的巧克力也是假东西，全是糖和淀粉！"老樊愤愤道。

"熊这么在街上蹲着，不犯法啊？"父亲说。

"你说咱们出来图什么？老遇上些骗子。"

"你跟头熊生什么气啊，那是畜生。"

"我就等着回莫斯科了，赶紧签单，完事，回家吃火锅！"

"不去casino啦？"父亲逗老樊。

"去啊，怎么，你改主意了？"

"我连麻将都不会打，去了给人当傻子骗，有辱国威啊。提振雄风就交给你吧！"

老樊乐了，扭头对她说，"我就爱跟你爸爸说话。我们哥俩能聊到一块儿去"。

父亲遇见老樊，或者老樊遇见父亲，多少让他们的旅途有些不一样了。她想到父亲的好朋友，她口中的陶叔叔。二十年前，父亲跟陶叔叔也是这样消磨掉一个个白天和夜晚的吧。行酒令时，陶叔叔会自己瞎编口诀，比如，五魁首啊六六六啊，美不美啊看大腿啊。那是九十年代初，小城的夜晚静谧也热闹。静谧的是街道，路灯昏黄，梧桐树叶低垂。热闹的是家家户户窗户里边的人声。作业总是做不完，她就在那盏红色的塑料台灯下写啊写。隔着门，父亲的声音几乎听不见，陶叔叔的声音却高亢而兴奋。陶叔叔的身体里像有一台永动的马达，轰隆隆运转，带给他无穷的力。他会跟父亲争论花生米到底怎么才能炸酥，要偷偷克扣多少车队的油钱才能给一大家子置办好年货。母亲离开后，父亲最落魄的日子里，陶叔叔总是带吃的过来。发现父亲老煮面条给她吃，陶叔叔一把夺过锅子冲父亲吼，"你要把姑娘整死啊！"陶叔叔死时不到五十岁。如今的医学统计概率是，内向的人易生癌，外向的人易爆心脏。陶叔叔外向甚至急躁，却生癌。四十多岁健壮的身体，一年之内衰朽如枯木。父亲挂黑袖套，参加葬礼，骨灰盒入土时，父亲跟扶灵的陶家亲属一样大声吼叫。不是哀哭，不完全是，是比哀哭奇怪的声音，不知从身体什么部位发出。

陶叔叔走后，父亲再没有一起消磨，不，浪费时间的朋友了。成年人守着自己的堡垒。她现在多少可以理解父亲的沉默。从某个时候开始，跟最亲密的朋友巨细靡遗的分享，似乎被年龄或其他更钝重的力截断。她也一样。不再去麻烦别人，独自慢慢领受。无论老樊是真是假，几分真几分假，她感激他的出现，哪怕旅途即将停止。

父亲指着河对岸的彼得保罗要塞，跟老樊说以前这里是关苦刑犯的地方，还有铸币厂。

她想起临行前父亲塞进包里的小笔记本，密密麻麻都是网上摘录的景点要览。而她呢，在莫斯科一直没什么精神，到彼得堡后好些。她喜欢欧洲。油画是欧洲人被自然启示后伟大的见证。彼得堡悬在俄罗斯西端，有老欧洲的韵律和节奏。连天空、树、野花的颜色，也如印象派来临前的时代，荷兰画家们在市井小民的肖像、野味珍禽的静物画里所铭记的那样——带着上帝亲吻的遗迹，洋溢的却是俗世的喜悦。

她停下来，看父亲和老樊渐渐走远了。她冲着父亲的背影喊，我累了，我先回去了。

她独自回到房间。床窄小，但好歹是单人房。她裹着毯子躺了一会儿，翻看在冬宫买的画册。冬宫有提香、达·芬奇，有伦勃朗。她试着回想在原画前驻足时的色彩与光影，尽量不去在意眼前印刷品的轻微反光。抱着耶稣的玛利亚被达·芬奇画得像人而非神。还是婴儿的耶稣看向画面之外。是达·芬奇让他看向画面之外，如蒙娜丽莎看着一代代人般,婴孩耶稣也看着一代代人。

她戳亮手机。没有信息,没有未接来电。她花了那么贵的国际漫游费。

那天下午,接到陈鹏远的电话后,她茫然地把日期和时间写在玄关的月历上。她感觉不到好或坏的迹象。她吃得比平时少,可并没有消瘦。除了偶尔做梦,她没有掉入回忆的黑洞。甚至她看起来也还好。学生们没有投诉,同事们如常,在走廊和休息室跟她点头聊天。可她身体里某个看不见也摸不到的部分在出问题。她能听到轻微的咝咝声。

约定的日期,陈鹏远来搬走她整理出来的几箱东西。她没有扔掉他的拖鞋,他也就换上那双蓝色的拖鞋,蹲在地上开始清点。"不会再打扰你了。你脸色不好,有时间去看看中医。"

为什么他用这种朋友般的语气跟她说话?

放下画册,她拿起钱包,打算下楼去买酒把自己灌醉,让这个夜晚赶紧过去。她讨厌清醒着的自己耽溺于无解的情绪中。她只想沉沉睡去。

就在她拎着伏特加瓶子走回大堂时,电梯门开了,孟凡和狮鼻女人迈出来,跟着是担架队。她还没来得及开口问话,狮鼻女人却冲到她面前,抓住她的胳膊,"我不会说……我不会跟医生说……姑娘,你帮帮我,帮帮我!"

狮鼻女人头发蓬乱,扣子错位。担架上,她年迈的丈夫神志清醒，却上了氧气。

狮鼻女人抓得她有些疼了，她皱了皱眉头，本能地抬手想甩开她。女人的声音更急切了。她仔细看老人的脸，嘴角没有涎水，嘴唇也不发青，脸是有些白，可呼吸还平稳。护士推着轮椅不紧不慢往救护车走。

"他平时有没有高血压、心脏病？"她问。

"我不知道……"女人答。

"没体检过吗？"

"我认识他不久。"

她转头看看孟凡，"医生怎么说？"

"测了心电和血压，血压有些高，得去医院检查。"孟凡说。

"你们去吧。明天见。"她转身准备离开。

"诶，"这次是孟凡叫住她，"你能跟我们去吗？阿姨这边可能有些事不方便。"

狮鼻女人脸红了，似有难言之隐。

她跟女人并肩坐在救护车左侧的长凳上。医护人员和孟凡坐在对面。已入夜了，可是天空不管不顾地亮着。救护车红蓝交织的闪光偶尔映进车内，把他们的头发、脸庞和身体染上颜色。窗外背景没那么亮的时候，她在车窗上看见自己的样子，跟来俄罗斯后看见的街头醉鬼别无二致：披头散发，抱着酒瓶子。她身边的狮鼻女人，现在她知道她叫匡福琴，正拿着她自己和丈夫的护照反复翻看。

她忍不住提醒:"信用卡是你的吧?"

"什么?"

"看病可能需要预付押金。一般用信用卡。"

匡福琴愣了,"我刷他的卡、签他名字,行不行?"

她跟孟凡对视一眼。

孟凡说:"到那边再看吧。"

孟凡站在医生旁边做翻译,听医生问诊。

"都好好的,他说想那个,我们就……都好好的,他的脸突然埋在枕头上不动。我掰开他,他整个脸变形了。我不知道该怎么办,他喘气喘不过来,捂着胸口。我把被子、枕头全部垫在他背后,不让他从床上滚下去,就跑去找小孟了。"匡福琴断断续续说。

医生从电脑上看检查的片子,很快给了诊断。病人送院时扩张压180,但从心电图和其他检查综合看来,心脏并没有问题。先留院观察一晚。因为是外国人,又马上要回国,建议不再参团,回国后立即入院检查。

"心脏没问题?他刚才很严重。"匡福琴看着孟凡,不相信丈夫没有生病。

孟凡翻译给医生。医生很短地说了句话。孟凡没有翻译。

"医生说什么?"匡福琴问。

孟凡皱了下眉头说,"医生说,他只是老了"。

医生看看他们三人,又说了几句话。

孟凡翻译道：您或者您的女儿可以留下来陪伴病人。我们会给病人用药和观察，也有医护人员在。

医生把她当作匡福琴的女儿了，她哑然失笑，有点想鼓起鼻子，把自己的鼻子变得跟匡福琴一样瞩目。退一步讲，真是自己父母的话，因为超龄的激烈性爱而送医院急救，她除了笑一笑，也不能做别的。

从医生办公室退出来，他们一起走去病房。躺平了的老人看起来更老了，几乎要被病床的围栏吞没。这么一个丈夫，还能跟匡福琴走多久呢？如果真如匡福琴所说，他俩认识不久，那么这段仓促的婚姻又是为了什么？她摇摇头。

旅行社的本地人员赶来了，让孟凡和她先回宾馆，明天一早还有行程。匡福琴和丈夫他们会提前办票回国。

他俩站在路边等车。医院门口有一片小树林，树干细而长，林冠呈黑色。黝黑的林冠之上似有薄雾升起。她感觉到扎骨头的冷，跺着脚咒骂几句，拧开伏特加瓶盖灌了一大口。

"我第一次见像你这样的老师。"孟凡说。

"哪样啊？"

"中学老师不都戴个金丝眼镜，头发弄根皮筋一扎，白衬衫配毛背心，动不动就拷问你的灵魂。"

"人类灵魂的工程师嘛。"

"这话是俄国人说的。"

"哪个俄国人?"

"斯大林还是加里宁,记不清了。"

"书是人类进步的阶梯,也是他们的名言。"

"我也能背:'理智无法理解俄罗斯。'"

"哈,还么?"

"俄罗斯有两大不幸:道路和傻瓜。"

"可以。你俄语专业?"

"俄语是自学的。我学的是政治学。"

"政治学?"

"想不到能找什么工作是吧?"孟凡笑道。

终于来了辆出租车。上车后两人沉默了一会儿。

孟凡突然说:"匡福琴是个老姑娘。"

"你怎么知道?"

"我打电话给他们,接电话的是老头的女儿。"

"女儿?"

"反正我知道,匡福琴是儿女给老头找的伴。"

"女儿也孝顺啊,还让后妈出国。"

"你猜老头多大?"

"七十?"

"还要大。那你猜匡福琴呢?"

"四十多?"

"三十五。"

"她看起来……"

"农村人都不保养的。"

三十五,几乎是她的同龄人,却被医生认作是她母亲。而病床上老头松垮嶙峋的皮肉……仰起头时稀稀拉拉的牙齿……是比父亲更衰老的男人。

"我妈也嫁了个老头。你知道吧,外国老头看起来更老。"她说。

"我以为你妈过世了。"

"跟过世了是没什么差别。"

"你有兄弟姊妹吗?"

"我爸就我一个。"

"我有个姐姐。跟你一样大。"

"在老家还是?"

"在老家。我爸妈都是农民,跟你不一样。"

"你们这种健全家庭的小孩还有什么可抱怨的。"

"也是。我父母感情挺好的。现在就我和我姐养他们。"

"做导游来钱吗?"

"今年考核如果成绩好,我明年调去欧洲线收入就会高很多。"

"为啥?"

"这边最多就买买琥珀什么的,欧洲……去瑞士怎么也得整块表吧?"

"挺好的。"

"你瞧不起我吧?"

"赚钱多好的事。谁不喜欢钱?"

"也是。你说,老头有钱吗?"

"我觉得不是很有钱。有钱的话,不会找匡福琴这样的。不过,男的就喜欢年轻的吧?越年轻越好。"

"看人吧。我就喜欢比我大的。"

"嚄……"她笑了,摇摇头。

回到宾馆,等电梯时她对孟凡说:"我也没见过像你这样的导游。"

"不是文盲是吧?"

"还行吧。认得几个字。"

"谢谢彭老师肯定。"

沿着长得像没有尽头的走廊走回房间,孟凡跟她一个方向。到房间门口,她停下脚步,突然想说句"谢谢"或者别的。孟凡却先开口说,再见,对了,夏宫喷泉许愿真的很灵的。

她顿了一下,不知做何反应,僵硬地伸手拍拍孟凡的肩膀。

一扇门开了,老樊走出来,接着是父亲。

父亲问:"你们干什么?"

"没干什么。"她说,"你们干什么?"

老樊抢着答道:"我们要出去。"

"去哪儿?"她盯着父亲。

"去……出去走走。"父亲说。

"你们不能随便脱团啊,我会有麻烦的。"孟凡说。

"你不许去。"她对着父亲,不知怎么来了脾气。

父亲不说话。

"我们又不去干什么坏事。"老樊说。

"为什么非现在去?这都几点了?你有心脏病你不知道吗?"她又说。

父亲还是不说话。

"你去吧。什么都不用告诉我。"她说完拧身就走。

推开大堂的玻璃门,暴露在她头顶的是一片白夜。她抬手看表,不敢确定自己是不是已经有点醉了。云朵清晰。白对照出淡蓝,显得更白。白夜让人产生错觉,时间并未往前移动,而是被凝滞。跟暂时聚集成形的云相比,她是有年岁的。可是跟云背后的天空相比,她年轻得不值一提。她努力让眼睛跟上天空色彩的变幻,用自己懂得的那些原理,去分拨出光和颜色的秘密。那么,她多少会获得不能被人拿走的东西。

"在看什么?"父亲问。

"重要吗?"

"出什么事了?"

"没什么。"

"那小子骚扰你了?"

"你想什么呢爸爸?!"

"晚饭也找不到你。"

她抱着手不说话。

"他要是敢动歪脑筋,我跟你樊叔叔就去揍他。"

"不是你想的那样。"

"那你生什么气呢?"

"对啊,我生什么气!我凭什么生气!我爱跟谁出去就跟谁出去。"

父亲摸烟出来,点上,抽了几口。

她晃动着手里的酒瓶子,却根本不想喝酒。是伏特加吧,她大可这么借口。她可以任性地发泄情绪。

"你什么都不知道。"过了一会儿她说。

"是啊,我是种火龙果的啊。"父亲说。

她努力绷着脸,但还是笑了。

几分钟后,她和父亲坐在她房间里,四目相对。似乎谁也找不到话头,但又不能就这样离开。她掏出手机,反复阅读同一条信息。手机屏幕慢慢熄灭,她靠向床头。

母亲走后的一个晚上,父亲喝了很多酒,抱着她哭起来,"妈妈不要我们了"。她陪着父亲哭。她才五岁,只能贡献出自己的哭声。用更大声的哭,来掩盖父亲的哭声。

现在她的某些能力却丧失了,包括在父亲面前哭出来。他们能看见彼此的局部,更大的部分却被淹没。就像一根笛子上的孔洞,他们各自敞开、闭合,却栖身于同一根笛管之上,由同一株竹子所造。

"我跟陈鹏远分开了。"

"出什么事了?"

"他要结婚了,那个女的怀孕了。"

父亲沉默了几秒,"不结婚也没什么的"。

"是我搞砸了。对不起。"

"什么对不起?"

"我以为我可以做好的。有好的感情,好的婚姻。像其他人一样,生孩子,变老……可以不像你和妈妈一样,可以有完整的家庭。"

"你会有这些的。"

"什么时候?我已经老了。"

"爸爸还在,你就不会老。"

她鼻子一酸,却没有哭出来。她不能哭出来。这个晚上她已经向父亲发泄了过多的情绪,而这样的发泄并不能使她回到父亲的怀抱。她也回不去。

搬去跟陈鹏远同居的那天,父亲陪着她收拾东西。之前她有些恐惧于向父亲开口说这件事,拖了很久,最后让陈鹏远直接上门来跟父亲说了。父亲没说什么,她觉得,就是同意了吧。东西搬下楼,塞进车里,陈鹏远拉开车门先坐了进去。她也马上跟着坐了进去。父亲独自站在单元门口,两手垂着。陈鹏远倒车,打算掉头。她从后视镜上看见父亲,父亲还站在那儿。她摇下车窗,伸出头对父亲喊,回去吧!父亲没有回答,也没有动作。车开走了,她摇上车窗。陈鹏远问她怎么了，哪里不舒服。她说不出来，父亲的样子像印在了车窗上，然后被风吹散。

当晚她睡得短，却很沉。醒来时才六点。拉开窗帘，天空经历了短暂的休眠后又开始准备亮起来。

昨晚她翻开的画册摊在书桌上。父亲进来时，小心地把画册从床上移到桌上，并不合上，保留她摊开的样子。从小，父亲就是这样收拾她的房间的。

那画册不知何时被风翻动，不再是她昨晚看的达·芬奇所画的圣母与耶稣，而是一个跪地的男人，光头赤脚，扑在穿红袍的父亲怀中。她扫了一眼，知道是伦勃朗晚年的名作《浪子回头》。她曾以此画为例子，向学生讲解：伟大如伦勃朗，如何在并不让人震惊的戏剧场景里，唤起观者对现实的激情与情感；人的关系和精神状态，在画面中如何达至美……

并不让人震惊的戏剧场景。是对昨晚轻微的嘲讽么？

她掀开毯子，走进浴室。拧开龙头，热水从莲蓬头里喷射出来，打湿她的脸。她任水冲刷着面部、脖颈和身体。匡福琴的身体是怎样的？是跟她一样的构造吧：视网膜、味蕾、声带、肺叶、阴道……

十三岁时的某一天，也是这样热水从莲蓬头里冲出来、以均匀的水柱击打着她的脸的一刻，她意识到了身体的存在。跟素描课本里希腊神祇洁白赤裸的身体不同，这属于她的身体全然崭新。新是相较于人类拥有身体的历史长度而言。如果说人类的其他承载物，如艺术、建筑、宗教、音乐也自有历史的话，每一具新诞生的身体，又何尝不是人类身体史构成中微茫的一粒小黑点呢？而她竟然拥有它。她与它会终生相伴、不离不弃，直至生命终结。

发生在匡福琴身体上的事，跟发生在她身体上的事，都只有她们自己可以吞咽吧。能说出的，只是简略的事实。更多的，消融在茫茫背景音中。

跟陈鹏远一起的第一次旅行，是从阿姆斯特丹一路向南。在阿姆斯特丹的宾馆，他们一边吃大麻蛋糕一边喝酒，很快失去意识。醒来时是清晨，电视开着，声音很大，两人半裸着身体，不能确定记忆里的是幻觉还是事实。让人略微悲哀的是，激情照进洞壁，刹那亮如白昼，但激情不会持久，难以持久。他们之后也做过些疯狂事，但那个麻醉后清醒的清晨，房间里淡蓝色的空气和窗外的雾霭，都不再降临于他们的精神与身体。

此刻也一样。她问自己的皮肤、头发和心：人和人，一个人和另一个人之间真正的对话可能吗？如何在各自的特性不受损失的同时，彼此自由地沟通？

她可以做到不对父亲撒谎，但真正的话，她无法说出。他们之间，注定有些事只能沉下去，再沉下去。

回想过往几段恋爱，跟对方最炽热、密集地谈论形而上问题的阶段，往往是性刚开始发生之时。两人恨不得能有一根隐形的管子，接通二人的心思意念。只因有强烈的靠近对方、永远不再孤独的渴望。这应该是长大后的世界不再那么有趣的原因之一。性被许可后，人和人之间需要克制、专注及付出时间才能结成的友谊和进而能达成的沟通被瓦解了。

她感激孟凡昨晚的表现。他恪守了距离，就像童年时蹲在她身边捉虫子的伙伴，只拎起虫子说，"你看"。

她任水冲刷在脸上。跟自己家乡不一样，冲在脸上没有重量感。

这一天他们仍在彼得堡，第二天才坐火车折返莫斯科，从莫斯科回国。自选项目时，父亲想坐船游涅瓦河，她想去艾拉尔塔艺术博物馆，合计之下就分头行动。老樊则不见人影。她叮嘱了父亲几句注意安全，就搭上去博物馆的商务车，只有五个人选择去博物馆。

柴女士热情地冲她招手，示意她后排三人座还有空位。她刚坐定，柴女士就问："听说出事啦？"

她扭头。柴女士用食指把鼻子戳成朝天鼻的形状，冲她眨眨眼。

"你听说啦？"

"都知道。听说出了丑。"

她想起老头陷在病床里的身体和匡福琴涨红的脸，不太想谈这个。

柴女士又说,"你爸爸同屋那个人,今天一大早就出去了"。

"今天?几点?"

"六七点钟吧。"

"就他一个人么?"

"还有那个高的和矮的。"

"又脱团了吧。"

"神神秘秘的。我看他不像是做生意。"

"那像什么?"

柴女士没答,一会儿又说,"你爸爸平时挺受欢迎吧?在夏宫那天,好几个女的都找他帮忙拍照呢"。

"都拍糊了吧?"

"我可以帮你爸爸介绍……"

她学柴女士用食指戳起鼻子,"有这样的吗?"

"我说你还像个小孩呢。"

柴女士安静下来,转头看看她睡得打呼噜的丈夫,随即也闭了上眼。

在艾拉尔塔艺术博物馆只待了一个多小时,地陪就带着他们去午饭定点的餐馆跟大队会合。父亲在船上吹风着了凉,正捧着杯子喝茶,见她来了,兴冲冲掏手机给她看自己拍的照片。不知是不是没戴老花镜,照片多半失焦,模糊成了印象派的风景。也有几张父亲在构图正中,矜持地微笑。

她从包里掏出笔记本翻开,让父亲看她给他的礼物。一片彩色的叶子。在博物馆门口的草坪上捡的。被笔记本压了后,叶子平展开,从绿到黄再到红渐变。

父亲很高兴,小心举着叶子的柄细看说:"挪威槭。"

"国内有吗?"

"也有的。这树耐旱,喜欢阳光。"

"听起来性格很好。"

"零下二三十度也耐得住。咱们那边没有。"

"留个纪念吧。"

"漂亮得很。"

团餐快吃完时,老樊和两个助手才现身。其他人陆续离桌,在这家专做旅行团生意的中餐馆转悠,柜台前有各式俄罗斯套娃卖。

老樊囫囵吞下几口,问父亲看没看见餐馆门口的海报。

父亲说没留意,问是啥。

"俄罗斯代孕是合法的,你知道么?"

"这个不清楚。"

"现在除了美国,就俄罗斯、乌克兰合法。"

她和父亲同时向门口张望,是有张大大的易拉宝广告。金发碧眼的妈妈扶着腮,旁边是金发碧眼的宝宝。是有五个大字:俄罗斯代孕。小字看不太清楚:为中国××精英宝宝,为世界××生命之光。

"俄罗斯便宜!美国得上百万。"老樊说。

"俄罗斯呢？"父亲问。

"只要一半。乌克兰就更便宜了。"

"那可以考虑。"父亲说。

她看父亲一眼，不明所以。

"就是就是，了解一下。"老樊说。

"孩子怎么领回国呢？合法吗？"父亲又问。

"如果俄罗斯本国是合法的，就好办。"老樊边说边递烟给父亲。两人往餐馆门外走去。

她溜达到孟凡身边低声问，"那个老樊，有老婆孩子吗？"

"彭老师，这我可不能告诉你。"孟凡笑道。

"我担心他骗我爸呢。"

"怎么了？"

"两人神神道道商量什么代孕的事。"

"他是已婚。紧急联系人……好像就是他老婆。"

"有孩子吗？"

"人口普查啊？彭老师。"

"问你呢。"

"还真不知道。"

她皱着眉瞪着不远处的老樊和父亲，"我爸是个书呆子，随便就相信人，被人卖了也不知道"。

"你一会儿好好问你爸。没事，反诈骗我在行。"孟凡说，随即高声招呼团友们上大巴。

下午安排的是自由购物。父亲说有点累,想在宾馆午睡,她想了想就也没出去了。三点钟,估摸着父亲差不多睡起来了,她拿着些超市买的零食去敲父亲的房门。

不知是否刚睡醒的缘故,父亲头发乱蓬蓬的,人也矮了一截。父亲比以前走得慢了,她看着父亲的背影想。

父亲烧水给她泡茶,又打开她带来的零食检视。母亲离开后,父亲学着给她梳头。最开始总弄不好,辫子歪东倒西,后来慢慢熟练了,皮筋衔在嘴上就给她扎小辫。二年级她有了零用钱,三年级自己做主去理发店剪成了男孩般的短发。父亲当爸又当妈,她也就是女儿也是儿子了。

"爸爸,想出去走走吗?我地图上看这附近有个小公园。"她玩着手机。

"行啊。博物馆好玩吗?"

"你真该跟我去的。"

"这么好啊?"

"老樊为啥要找代孕?"她问。

父亲迟滞了一下,不看她说道:"他儿子没了。"

"什么时候的事?"

"几年前。在加拿大留学,跟同学去露营时游泳,湖太深,淹死了。大学都快读完了,就要回来的。"

"他就这一个孩子?"

"他以前也在单位上班的,下海下得晚。年轻时也没敢偷偷多生。"

"可是代孕……怎么个代法呢?"

"他和老婆做过试管婴儿,试了两年多了,可能年纪大了,女方采卵成功,但没法着陆。说是什么萎缩了。"

"可现在生个孩子,他俩都五十多了,怎么带这孩子呢?孩子还没成年,他俩都七十多了……"

"我能理解他。以后你也会理解的。"

"为什么一定要生孩子呢?对孩子来说,他没法选择父母。以后才十几岁父母就不在了的话,孩子又怎么办?"

"汶川地震的时候,也有失独家庭五十多岁要孩子的啊。"

"是他想要还是老婆想要?怕是他想传宗接代吧?"

"白发人送黑发人,总是可怜的。"

她顿了顿,抬头问父亲:"我如果是个男孩,你会更开心吗?"

"我现在已经够开心了啊。又开心,又受罪……"

"我还没全部发挥呢!"

她跟父亲开着玩笑,收拾东西准备去公园。

"我以后会不会变成匡福琴那样?"她说。

"哪样?"

"被人说是老姑娘。"

"那个柴某某跟你这么说?"

"她倒没说这个。医院的医生以为我是匡福琴生的。"

父亲愣了一下,笑了。

"你樊叔叔倒是说,你女儿跟你好像。女儿像爸有福气。"

"他真是说假话不打草稿。"

公园入口很隐蔽,看着地图绕了好几圈,他们才找到一扇小门。门票六十卢布。入园后,花园的美丽出乎意料。这里原是私人宅邸,新近改建为博物馆和公园。除了高大的乔木,还有平如镜的池塘,但曲折延绵又像围墙内部的小型运河。几座石桥,鸭子在水面静泳。花坛里种植着大量玫瑰,花的馥郁与高大树木的清新气息直冲鼻腔。从周围热闹的城区闯进来,这里就像隐秘的绿洲。

父亲的疲惫一扫而光,色彩、植物与户外的味道比茶更给他带来活力。他走几步,蹲下,拍照,然后心满意足地摸着植物的枝干或落叶。怎么不给孟凡塞个红包呢,这样她就能带父亲脱团,去植物园走半天。父亲会跟现在一样开心。至少比老樊带父亲出去更开心。她有些懊丧,但很快被远处圣母升天教堂的景致吸引。曾经这宅邸的主人,一定拥有传奇。

她走进凉亭。凉亭圆形底座,五角形顶盖。柱子也五根,刷白漆。顶盖铜绿色。她站到凉亭正中,感觉像剧场舞台。她咳了一声。神奇的是,声音格外清晰圆润。应是有独特的声学构造。园子的主人曾在这里演讲么?还是演出?凉亭并不大,只适合一到两人立于其中。有点园林中听昆曲的意味。她对着不远处的父亲轻轻喊了声"爸爸"。

跟平时听到自己的声音不同，这声音像是来自另一个她。其他时空里的她。

"干啥？"父亲从草坪中起身看向她。

"爸爸是个大笨蛋！"

父亲笑了，冲她挥挥手。

她又喊了一遍，"爸爸是个大笨蛋啊！大笨蛋！"

上午在博物馆里，她在一个综合材料作品前看到一段话：

我们的生活是一张白纸，每个人都在上面写下自己的故事，还是我们被编程有标准的功能，类似于一台机器？

哪一个是正确的选择——接受生命为我们准备的东西并停留在它的圆形边界内，还是从陷阱循环中挣脱出来？

我们真的从一开始就有这个选择吗？

如果我们挣脱出来，一个人如何在限制内保持理智，以及在限制之外又会有什么呢？

她想把这个作品跟学生们讲。也许有孩子能感受到她的想法。自然，也可以不给孩子们增加负担，只在教科书里找样本，比如换个角度谈伦勃朗，讲讲后期的伦勃朗。

在冬宫时，地陪导游领着他们穿梭在俄罗斯帝国的宝藏中。看了达·芬奇后，导游把他们领到荷兰画家专区，讲解画布上锃亮的玻璃瓶、古雅的金饰和人物的关系。导游说，第一眼看这些画，很难不被人物手上的戒指、低垂的头巾和房间里灵动的物品吸引，这些物品像是说明了主人的身份、心情和生活。团友们凝神细看,跟围观达·芬奇圣母像时轻微的漠然不同,她能感觉到团友们的目光投注在那些细小物品时的专注,以及洋溢的愉悦。

父亲在他身边,歪头看着画面上的手和戒指。手和戒指的主人是个普通市民,虽是年代久远的荷兰人,但跟父亲和她一样,是个普通市民。然后他们往前走,在熙熙攘攘的人流中穿过人类文明的长廊。看到伦勃朗真迹时,她非常震动,以至于掉队,在画面前驻足许久。但这是她自己的选择,她的小世界。再没有第二件艺术品,像荷兰画那样将三十七个中国人凝聚在一起了。

此刻,她站在凉亭中央,这个神奇的讲台上,想起了平时在课堂上想说但从未说过的一些话。

"在伦勃朗年轻时,像所有天赋卓绝的画家一样,他会用高纯度的颜色,热爱闪亮的光线。那时照相机还没被发明出来,人想要看到逼真又美丽的自己,想要让画家把自己的容貌留存在画布上以至不朽。

"伦勃朗满足这些人,讨好这些人。他画得非常像主顾本人,又柔化了他们脸上的瑕疵。每一个人都能在画中看到令人愉快的自己。

"画的表面光滑、均质、平整。主顾们可以得意地在沙龙里展示,没有谁看不懂一张肖像画!画面里的人儿看起来多么尊贵又可爱!

"但伦勃朗的天才引导他越来越远离这种安全的作画

法。他画了《夜巡》,想要永垂不朽的赞助人们,被他的画笔埋入了幽黑暗影中。

"这种画法让人不安。似乎在占据画面更多的暗影中,有很多人不能一眼看穿的神秘在发生。伦勃朗开始下滑,与曾经的成功相对,他开始失去名望、濒临破产。

"伟大的画家有很多种,伦勃朗毫无疑问是伟大的色彩画家。他用令人震惊的方式运用色彩,全新讲述色彩的关系。可到了晚年,他几乎只用土红色、灰色、紫色来画单色画。在单一的色彩中,色彩在更奇妙地变化,已经不来自材料本身,而是他的手和灵魂。笔触的轻或重、笔法的节奏,伦勃朗自己化为色彩的表达。

"和谐能达至美。单色的和谐中,是画家对绘画本身更透彻的领悟。光在颜料颗粒的表面折射,如何把握住每一个颗粒的特质?哪怕它们是单色。

"伦勃朗让每一颗色彩的微粒,都迸发出无与伦比的生命质感。就像颜色本身那么神秘又普通。"

她长长地舒了一口气。睁开眼睛,父亲远远站着,不知什么时候开始听她的话。

老樊告诉父亲,他已经跟代孕中心签了预订合同。顺利的话,明年下半年,他就能从俄罗斯抱回自己的孩子。

"这么快?"父亲问。

"只是没想到,下个月我又得来了。跟老婆一块儿。"

"你这也太快了。这可不是小事情啊,得想想清楚……"

"就得当机立断。哎你不知道有多难。"

"一会儿我请客,怎么样?"

"用不着。去的路上包被二毛子抢了,让他抢,我钱包护照都在贴身兜里。"

"人没事吧?"

"没事……我跟代孕中心说了,得给我找个纯种的。纯的,你知道吧……"

"知道,我给奶牛配过种。"

老樊大笑:"老哥哥真有你的。"

父亲缓了缓,递烟给老樊,"这趟来得好,来得顺当"。

"阿弥陀佛。"

老樊看起来很开心,像就是奔着代孕来的。

她忍不住开口道:"樊叔叔,你签合同了吗?"

"签了签了。"老樊愉快地抽了口烟。

"中文的啊?"

"我请了翻译……"老樊说了半句不说了,笑着瞟了她一眼,继续跟父亲抽烟。

"樊叔叔,"她又喊老樊,"你认识我妈吧?你们还有联系吗?"

"你妈妈……"老樊吓了一跳似的,"你妈妈不是过世了吗?"

"你说呢?"

"我听你说的啊,你妈妈过世二十多年了。"

"你不是认识她吗,你们在一个知青点当知青来着。"

"对啊,等等,你把我绕晕了。我跟好些人都没联系了。我要是跟你妈妈有联系过,我能不认识你爸爸吗?对吧?"

"樊叔叔认识大志。大志你记得吗?"父亲打圆场道。

"哪个大志?"她想不起来。

"老书记的小儿子,大志,也来过我们家的。有阵他来城里打工,给我们送过核桃,一麻袋核桃。"

"有点印象。"

"大志在工地上弄断了手,半残,回村里受欺负,是樊叔叔给他安排事情做了。"

"我自己公司用不上,托了个朋友让大志去看店了。"老樊说。

她有些鲁莽,但老樊并不在意,像是对她的攻击性有所准备。

老樊揽着父亲的肩往前走了。她半眯着眼,看父亲和老樊的背影越来越小,越来越难以分辨差别。

老樊会再有一个孩子,从这个陌生的国家抱回一个属于自己的孩子。不管事实如他所说是临时起意,还是如她所想是早有计划,总之,让自己再做一次父亲,让一个新生命因他而来到世界……一边抱怨这里的种种不如意,一边又决断着人生中的大事。

这是个主动的人哪。也许,主动与被动并无绝对。她看似被动的恋情失败,父亲看似被动的婚姻破裂,部分决定于他们的主观态度。事情都是一点一点变坏的,并不是某个瞬间。在变坏的过程中,在场者皆不能逃脱干系。

她想过,耗费数年、数十年的时间去与另一个人相关,到底能带来什么?并不是约定俗成、可归纳的陪伴、相濡以沫之类的词。如果没能成为一个更好的人,如果不能真的自由,像空白画布呈现的那种绝对自由,那么一切的关系都是可质疑的,不可靠的。陈鹏远也好,曾经的男友们也好,并不是阻碍。母亲也不是父亲的阻碍。风景的铸就是一个运动着的过程,哪怕凝缩在画布上,也带着时间的深度与印记。

她打开背包,掏出笔记本翻开,里面夹着另一片挪威槭的树叶。她作为礼物送给父亲时,备份般留了另一片给自己。

环顾旅行团的其他人,和煦,热闹,正常。她太可笑了,竟然向老樊求索母亲的信息。还是上帝太可笑了,让她只能以这种方式去确定老樊的真假?

她拣出叶子,松开手指,叶子坠落在泥地上,不会被她带走了。叶子混入叶子堆里,像不曾被她捡取、短暂收藏。彩色的叶子混入更多的色彩里。她已不能只像女儿般看待父亲和母亲了。属于她的色谱里,早早混入了不同颜色。

她站起来,独自走开。

花二十卢布去洗手间后,出来时她看见孟凡坐在树下的长椅上等团友集合。最后一个项目参观莫斯科地铁结束了,明天一早他们就回家。

"我帮你查了。"见她走过来,孟凡低声说。

"什么?"

孟凡努努嘴,示意凉棚下站着抽烟的老樊和父亲。

"怎么样?"她问。

"人家是企业巨子。"

"我忘了问你,他真名是不是叫樊大花。"

"谁跟你说他叫樊大花。"

"行吧。"

"我搜到几条他的新闻,都是投资什么的。"

"那还省啥钱,去美国做不是更好?"

"俄罗斯姑娘漂亮啊。"

"还查到啥了?"

"其实这事挺常见的,我带过的团里都有好几个。"

"你意思说这是他的隐私,跟我隐瞒了也合理?"

"出来玩嘛,回去多半都不联系了。"

"我爸好像挺当真的。"

"我泛泛说啊,也有成了朋友的。"

"有跟导游成了朋友的吗?"

"肯定没有。除非这导游不是一般的导游。"

她笑了。

"匡福琴怎么样了?"她问。

孟凡抬手看了眼表,"应该已经落地了。同事给联系了救护车,落地也别回家了,直接拉去医院"。

"他女儿知道了吗?老头女儿。"

"但愿不要有什么事吧。扯起皮来,索赔什么的就麻烦了。"

"但愿吧。"

"你别再想了,我说老樊这事。谁没点秘密,是不是?"孟凡说。

"有些事你不知道。"

"什么事?他走私原油还是枪支?"

"尽瞎贫。"

"我跟你说吧,真人不露相,露相不真人。老樊这么咋呼,藏不了什么大事。你知道那人是干什么的吗?"孟凡努努嘴,意思是柴女士的丈夫武先生。

"知道啊,色狼。"

孟凡笑了,"他才是特殊职业,军工厂里造军机的"。

"这种身份,不容易出来吧?"

"他开的在职证明是一家商业银行,是高管。第一次签证不过,补了资料才过关。"

"这年纪都该退休了。"

"差不多吧。诶我得先去忙了。记住我的话。"

"哪句啊？"

孟凡匆匆走开。草坪上，几个俄罗斯姑娘在晒太阳。长发如瀑，浅金色的大瀑布。老樊要找个"纯的"，就得这么纯吧。

团友们三三两两踱步，组合出不同的关系与未知的秘密。她喘出一口气。在别人眼里，父亲又何尝不古怪呢？一个天天搓泥巴种水果的人，看餐厅里的芭蕾舞竟然感动得要流眼泪？而她呢，一个中学美术老师，又为何对冬宫里人人叫好的金孔雀不屑一顾？风把散碎的阳光从她脸上扫过，树叶的色彩叠加了阳光的温度，她闭上眼仍能感到一片橙色，快乐的汽水般的橙色，细小的橙色气泡在涌动。

父亲和老樊绕了回来，两人在她身边长椅上坐下。老樊说："我养过只猴呢。"

"啥猴？"

"我种地的时候，老有猴子下山来掰苞谷。我就布了个陷阱，真就抓到一大一小。大的一放出来就跑了，还差点抓烂我的脸。小的被我给逮住了，看看我怎么治你！我弄个绳套套在它脖子上，拴在牛棚边上，一来二去就算是养上了。"

"你这饭都吃不饱，还养猴子。让你学农呢，你搞马戏。"父亲打趣道。

"劳逸结合，劳逸结合。再说了，这可不是说养就能养的，熬鹰的也得有点绝活，不是人人都熬得起的。"

"我怎么有印象，是有个耍猴的知青。我还听说，那只猴子跑了后，还会回来看你。"

"哈，闲话果真都跟童话故事一样。"

"十里八乡，养猴的城里知青，就你一个了吧。"

"这倒没错。"

"哪里对不上？"

"我的猴是给打死的。"老樊沉默一会儿，又说，"我也想它是自己跑了，回山里面快活去了。搞几个女猴子，生一大堆猴子猴孙。谁知道呢。"

"到了咱们这个年纪，身边熄灯的越来越多。有时候我觉得自己不过是苟活。有人早在年轻时候就死了。把我们要用后面几十年才知道的事看透了，就去死了。他们亏么？一点也不。成全自己，自己能成全自己。"

"我的猴跟他们不一样。猴不是自己选的。不过，动物世界里，好像只有人会自己选？我佩服他们，说实话。我也懂他们。懂！"

"不谈这些，不谈了吧。你大事情都成了，这些要放下。"

"嘿，孙猴子吹根毫毛，给我变！"

她一直没睁开眼，默默听着父亲和老樊说话。他们的话像潮水拍打起伏，把记忆或秘密推至意识的边缘，终又退去。跟树和阳光的合力谱写不同，他俩的笑声是实在的，快活的，白色的。

第二天去机场的路上，堵车很厉害。孟凡安抚旅客们说，赶上星期五，莫斯科人都在开车出城，他们要在郊外小屋烧烤、钓鱼、过周末。"俄罗斯人就这样，嘿！"

过了十多分钟，孟凡勘察回来告诉大家，警察说还要两小时交通才能疏通，附近有个大超市，可以步行过去，回头司机把车开过去接大家。

于是，三十五人下车，跨过公路边的护栏，踩在野草和泥土上，往不远处的仓储式超市走去。草疯长，茂盛无边，扯住人的腿，短短一段路像在跋涉。他们像莫斯科人那样，走在郊外的野地上。

老樊两只手臂打着拍子，不断挥舞刺向空气，高声唱着歌。他说要请每位女士吃冰激凌。

"老樊像陶叔叔。"她说。

"陶叔叔？"

"五魁首啊六六六啊，美不美啊看大腿啊。"

"都是一张嘴。"

"能跟你胡说八道。"

"嗒。"

"这就是你的好朋友呢。"

"你爸就是个普通人呀。"

"你猜我最喜欢陶叔叔什么?"

"爱跟你们小朋友玩?"

"不是呢!我喜欢他说,长大吧长大,让你爹心碎吧!"

"孩子里面他确实最喜欢你。"

"爸爸。"

"啊?"

"爸爸!"

"摩斯密码呢你。"

"真是密码的话,怎么也得是巴巴爸爸巴巴爸爸爸爸巴巴巴巴爸爸。"

她想起小时候,一个下雨天,她跟父亲也曾这么各自走着。她打着伞,父亲裹着雨衣,把她的书包抱在怀里。雨水打在伞上,也打在父亲的头发上、肩膀上。

她觉得和父亲会永远这么走下去。记忆如此清晰,她既不哀愁,也无遗憾。老樊挤了上来,跟父亲热闹地说起了话。

她减慢步伐,慢慢地,就只剩她自己了。

后天,她将回到讲台上,开始第三单元第一课,"追寻美术家的视线"。而此刻,在莫斯科的野草、泥土和气息里,她的眼睛吸入微小之物的颜色,待它们沉淀为单色的颗粒。

月 球

儿子又穿上了铠甲。从头盔看出去,这次开的地图是中国。漓江塔、烧烤摊,荷花浮在水面荧荧发紫。儿子躲避跳跃着开枪,占下一个据点,25点血很快告急,敌人的进度条到了80%。捡到血包,回血,对方进度条满100%,"战败"。不过几秒钟里,儿子死了又活过来,或者根本就没有死过,生死可以瞬间循环,只用等待重新组队、开局前的几十秒。

第三次送儿子去就诊后,医生请刘丽丽进诊室。医生说,希望刘丽丽可以加入治疗。医生姓岑,四十出头,医学博士。本地还不流行在生物医学之外辅以精神卫生治疗,他的出诊费很贵。但送儿子来试试,更多是主治医师、刘家世交冯医生推荐,"慢性病是无法治愈的。要处理好,需要患者、家属全面配合,是身体的,也是心理的、环境的"。

给儿子治病两年后,刘丽丽开始明白,家里有病人,真正棘手的问题只有一个——钱。这个家最大的幸运,不过是丈夫挣了不少钱，至少，在儿子生病这事上，他们虽跟其他家庭一样一劫不复，但仍可支撑下去。

她点点头，表示愿意配合。

医生说，我的意思是你每周也需要一小时诊疗。

我？

孩子说的情况，我需要参考。你们家的环境，也需要深入了解。你的情绪、身体、状态，会直接影响孩子。

一周后，刘丽丽开始做病人。她像平常跟冯医生汇报一样告诉岑医生，"星期一，很稳定。星期二早上不好，下午好些。星期三，更好了些。星期四，上午不好，下午也不好，到晚上好了些。星期五，今天，目前还好。可我不知道星期六会怎么样？"岑医生点头，鼓励她说出更多。她于是听到自己说，"孩子生气，我也生气。特别好的时候我不敢相信自己的眼睛，很快不好了，我又难受。每天都这样，没有规律"。

待她平静后，岑医生说，慢性病就是细节，病人和家属都精疲力尽，她的愧疚、自责、恐惧，都是正常反应。他正在引导孩子说出更多对自己生病的感受，这样才能帮到他。而刘丽丽需配合说出更多。

看诊一年后回头想，儿子是从见过岑医生后开始起变化的。电视上出现少男少女演的偶像剧时，儿子不再砰一声关掉然后发脾气。刘丽丽帮着儿子换尿袋时，他没那么紧张别扭。岑医生告诉刘丽丽，只要儿子不再纠结为什么会生这个病、为什么不能像别人一样考大学,他就慢慢有能力去思考未来的人生怎么办。"这是个非常聪明的孩子,我对他有信心。"

刘丽丽做了笔记,关键词是——接受、控制、改变。

她每天好几次上儿子的QQ空间去看他的动态。也是这半年,儿子才对她开放了进入权限。

某天吃饭时,儿子说,当个好学生也挺无聊的。她筷子停在半空。生病前,儿子一直是学习委员、年级前十名。她没想好怎么接,筷子缩回碗里。儿子又说,考上TOP2、拿国外Offer、移民或者进五百强,都很无聊。她只好说,家里也不缺你来挣钱。可儿子说,妈妈,我是说这个秩序很无聊。儿子伸手夹菜到她碗里,妈妈,你跟岑医生都说些什么?

从岑医生的诊所回家必经开发大道。跟小城里其他拥堵狭窄的道路相比,这是拆迁后拓出地盘修的新路。原本阻隔新旧城区的山包上打出双向四车道的隧道,连接起新旧半城,开发大道也因而完整。每次呼一声开进隧道时,湿润的空气都让她的鼻翼轻微颤动。车灯的光柱追索着硬币一样的出口,她享受这幽闭。小城架在群山之间,空气如山峦般苍翠湿润。天气不错的时候,她喜欢开一点窗,让空气呼呼对流。她熟悉这里的道路、河滩、瀑布,山民独有的饮食和语言。也许因为在北京进修过两年,她的普通话发音圆润、准确,科室里外省考来的小年轻都说,刘姐你不像本地人。她笑笑，不认为这是夸赞。

阿姨来，她又不想去见朋友打牌的时候，就一个人开车出门。阿姨会处理淋浴间里一团团的掉发，会用消毒水给儿子房间的地板清洁。而如果她开得足够远，被足够多单调的风景簇拥，回家进门时就会忘记出门前的烦心事。岑医生怎么说来着，磨砺。只有你足够强大，才能保护他，而他也会保护你。

在她从小长大的工厂，工人们总是用废弃的材料给孩子做小玩具。车床上一过，再用砂纸细细打磨。手最巧的人，能做出流行的日本电视剧里忍者用的飞镖。眼睛盯着道路和随时蹿出来的山包时，她脑子里无边无际想着这些。时间被压缩、跳格，她还扎着羊角辫打乒乓球，转眼就抱着孩子当了母亲。慢慢地，她熟悉了城郊的道路和景色，也一遍遍温习自己幼时的记忆。河流和瀑布像地球本身一样古老，靠近它们，琐碎的哀喜似乎能被时间的绵长带走。

丈夫与女领导那桩事，被女领导的丈夫举报到单位去。她相信丈夫是冤枉的，他沉默、温和，不似许多男人有太多欲望。可后来丈夫辞去公职，下海开公司。她有些失落，似乎自己错信了他。慢慢地，这些好像都走远了。

人生过半，已有太多后悔的事，像棋盘上无法收回的败子。

三年前，她辞职回家照顾儿子。知道原委的人安慰她说，回家也好，家事为大。只有她自己清楚，她在重新排列人生的次序。从小她就数学好，大学念机械专业，分配到地方工厂是唯一的女助理工程师。调回城、转行政岗后，她做事也一直井井有条。这个家是齐整的。

公婆先后去世，她不用再伺候病榻本应轻松些，可两个小姑子对她的家事愈发关心，主要是关心儿子，也就是她们的侄子。她们的哥哥才情过人，如果做错什么，也是刘丽丽做妻子不体贴不细致，让他躲了出去。"他又不是不回来，他累死累活挣钱不是为了你和孩子？"她们说。或许她们说的也没错，婚姻也如逆水行舟，不进则退。走了二十几年水路，同舟共济的情分有，但如今水面大雾笼罩，两人在雾中竟似捉迷藏。

而她终究太要强。

辞职回家后，她学习护理，了解康复医学、心理学。跟这些事情的难度和消耗的精力相比，三年下来，她排列出了最难完成的三件事：永远不让儿子觉得自己是个废物、傻瓜；时刻观察、了解儿子的需要，发现儿子的潜力；努力去理解儿子，那个被打上慢性病烙印的世界的界限和可能性。

健康的人总是把身体的忠实视作当然，直到身体背叛了自己，才愤怒、沮丧、崩溃。这几乎像婚姻了。

儿子却比她预想的更快长大。最不好的时候，儿子完全不能自理。可那双明澈的眼睛告诉她，他虽不能像别的孩子一样走动奔跑，虽然外表不再如常，但他对人的反应、对事的感知毫发无损，甚至可以说更敏感了。

半年前，她跟丈夫又为琐事口角，儿子突然提起一只板凳："李国强，你再这么对我妈，信不信我打死你？"丈夫没有像往常那样摔门而出，反是软塌塌缩到沙发上，什么也不再说了。

她吃了一惊，似乎儿子身体里长出了连母亲都不认得的东西。就像现在一样，她睁大眼睛盯着儿子的背影，想穿透他的思绪，想要开口说出什么。

座钟铮铮响，六点半。刘丽丽把目光从儿子的背影转到面前的电视上。每天晚饭后，她都独自坐在客厅看电视。先地方，后中央，先播本地新闻，余几分钟见缝插针卖广告，然后信号一转对接中央一套，几十年不变的音乐哗的一响，导出《新闻联播》。

现在还是地方新闻时段。原本端坐画面正中的女主播被挤到一边，画面左边更打眼的位置坐着另一位女主播。更端庄，更漂亮，也更年轻。刘丽丽放下遥控器，眼球左右滑动，比对着两个女人的五官、肤色、妆容、衣饰，轻轻叹出一口气，"宋霖，你也老了"。荧屏上的宋霖像是被刘丽丽点破了真相，再密的假睫毛也扮不出灵动的眼神，只呆呆看提词器，一句句吐着新闻。52英寸的电视里，宋霖的每一根睫毛都可以看得那么清晰。

今晚她亲自下厨，炒菜时却失手放多了盐，儿子自然不能吃，她怕浪费硬是消灭大半。她起身倒水。饮水机咕嘟咕嘟响。她恍惚盯着儿子的背影和电脑屏幕。

换了地图，这次是埃及，豺头神的神庙。儿子潜进神殿，神柱赤黄，空气雾蒙蒙尘埃翻飞。继续进攻、搏杀，夺取胜利。刘丽丽闭上了眼睛。

昨天给儿子换尿袋的时候，尿袋歪了一下洒到她手上。这种状况也不是一两次了，但她就是没忍住，胃里的东西几乎是喷射出来，沾了儿子满脚。胃抽搐得太剧烈，她一边擦眼泪一边清理。儿子躺在床上没作声。等她抬头才看到儿子眼里蓄着泪。

呕吐物跟儿子的裸体相比又算得了什么呢。最厉害的时候，儿子是被单下插满管子、动弹不得的病体，护士随意掀开被单擦拭四肢，刘丽丽则被猝不及防的裸体打晕。她已极力转过身、移开眼睛，可儿子的下体还是阴影般映入她眼底。是有疯子画家，用自己的亲生儿女做裸体模特。让他们光着身子坐在一起，坐很久，坐很多次，直到被他用颜料和画布固定。她是被迫的。

男人的下体，对她来说已是陌生。丈夫许久已不碰她了。她原没有理由像看待一个男人那样去看待儿子。只是这半年多的变化猝不及防。她怀疑自己再不能像之前那样，做个失去性别的母亲。

她抬头看钟，儿子已经玩了一个多小时了，平时他自己准时就会停，今天……她失去了去让儿子停下来的理由。

宋霖从电视上消失了，天气预报明天有雨。可刘丽丽的膝盖并没有感觉到会有雨。准是又报错了。山太高，气流变幻莫测，天气预报常是不准的。

新一局，儿子在月球基地里出生，出生点附近有一台天文望远镜。太空舱外，蓝色星球地球巨大、沉默，近在咫尺。儿子像迷了路，在太空舱里迂回闪动。儿子教过她，这张地图的彩蛋是月球背面，那是人类不知道的秘境。他们的任务不再是人族、虫族和神族之间的纷争，而是人族与智械的博弈。她没太听懂，却记住了。

几个月前，主治医师冯医生提出了新的治疗方案。其中，换肾是主要方法，至少作为病情恶化的解决方案被正式提出。刘丽丽跟丈夫商量。两人平日总是吵，给不给儿子换肾，却看法一致。用丈夫的话说，如果换了就可以好起来，比现在更好，那就考虑换。丈夫还提出更现实的考虑：也不是想换就马上能换的，现在不去排队，什么时候等得到一个好肾？

儿子却不同意。他跟刘丽丽表达，不同意。又跟主治医师表达，不同意。刘丽丽追问过，到底为什么？这是为你好啊。儿子先是沉默，看母亲不肯作罢又可怜，就说，是我做手术，为什么你们俩那么积极？刘丽丽说，我们是为你好。儿子说，是为我好还是为你们好？你们把能给我的都给我，却根本不考虑我需不需要。从小就是这样，我根本不需要那么多玩具。你们买了玩具堆在家里，根本不知道我只喜欢积木这一样。

发完脾气，儿子变得虚弱。刘丽丽在床边守着他，不明白这孩子的想法到底从何而来。是有人说过，你们又不缺钱，怎么不给孩子换肾。但她从没细想过，就算不缺钱，是不是也必须换肾。钱是不是真的能解决问题。那些昂贵、风险难测的检查、新疗法、药物，真的要让儿子去试吗？还是他们就像儿子说的那样，他们不过是自私，才什么都想给儿子用上？

跟岑医生的诊疗会面里，她谈到自己的精神压力。一次次的检查、会诊，一次次的透析、服药，可病仍像一团雾，无法驱除，无法定型。医生开导过她很多次，先天型，又发现得早，控制得好的话，不少病例都活到了老年。

送她走时岑医生又说，孩子一天天在长，虽然他有点毛病，但孩子总是向阳的，就像树和向日葵。他们每天都会带来奇迹。反倒是我们，一天天老了，变得悲哀。

诊疗这么多次，岑医生第一次说到他自己。"我们"——越过生命中点的人。"放松些，做自己想做的事。"

是啊，对儿子的悲哀怎会大过自己的悲哀呢。她觉得自己几乎有点蠢了。全然放弃自己，投身于儿子，并不明智。儿子需要的不是这个。

今天下午，儿子坐在副驾位，她开车载两人回家。过隧道时，温度陡然低了几度，儿子打了个喷嚏。她随手抽张面巾纸给儿子。儿子窸窸窣窣擤鼻涕，摁开驾驶位和副驾位之间的垃圾桶盖。她瞥了一眼，里面有几个老鲍留下的烟头。丈夫不抽烟。她手错拍了喇叭，嘟——一声响，声音被隧道内壁反射、拉长、扩大。

出隧道，她拐下开发大道往南郊开。南郊地貌平缓，是群山之间的俯冲地带，遍布溪流和滩涂。远山如黛，隐没在云和云的连接处。河滩上长满芦苇，风一来，芦苇擦动出沙沙声。她小时候，这里还有不少农家，仲家子和客家子杂居，也有苗子。黄牛步态悠扬，牛尾扇拂着米粒大的蚊蝇，不疾不徐地很耐烦。农家孩子穿短褂，打赤脚，吆牛的口诀与牛脖子上的铜铃一起铃啷作响。沿着河滩一直往南，就是他们厂。

她把车停在河滩边沙子铺出的临时停车场上。挽着儿子，儿子也挽着她，沿着人脚在芦苇中踩出的小路，母子俩往河滩边走。不知名的水鸟被他们惊飞，呼啦啦地在空气中荡出一连串圆弧形。两人心照不宣地沉默着。

儿子还是婴儿时，她经常给他按摩。指腹在柔软的皮肤上游走，像会释放电流。儿子小小的身体舒展、顺服，承接着她从指腹而出的感情。直到这两年，她的手指又频繁地触碰儿子的额头、胳膊、背脊。这躯体竟是从自己而出么。

岑医生让她用五个程度来评估她和儿子的情感关系，非常好、好、一般、不好、非常不好。她选择"非常好"。岑医生说，儿子选的也是"非常好"。"你辞职，回到家庭，你不断地努力，孩子不断地努力，让你们的关系非常亲密、牢固，这是很少见的。"

她跟紧儿子。儿子说要一台天文望远镜，她上网认真比价。接着，儿子买了不少澳大利亚的图册。她登录儿子的QQ空间，看到一个名字：哈蒙德。儿子在好几条动态里打出这三个字。也许这个哈蒙德是澳大利亚人吧。

她上网检索天文望远镜与星系。月球是天体，是人类肉眼所见的天空中，太阳以外最亮的天体。明亮的白色光晕下，玄武岩熔浆堆积出月球表面广阔的平原。月球经得起人长时间的凝视，它甚至比太阳更耀眼。

她想起上学时，先学万有引力，月球与地球之间被引力相连。后来又知道了相对论，按照爱因斯坦的说法，星球之间并没有磁力般的吸引，彼此的关系不过因为过大的质量压弯了时空，引力是一种几何现象的呈现。

这些简单的信息流在电脑屏幕上滚动，她有一种久违的愉悦。

在岑医生的诊所，她讲得最多的是哥哥。哥哥像三角钢琴的支架维持着家的平衡。哥哥去世后，钢琴顶盖砰地压下来，琴弦震动嗡嗡乱响，他们家像琴箱一样闭合。

几次诊疗后，岑医生说，你都是在说别人，你自己呢？

她想了想说，我不习惯谈自己。

医生问，有想过为什么吗？

她说，大概就是我是你的病人的原因吧。

年轻时觉得天大的事，都碎成了芝麻粒。她觉察出自己的变化，却很难开口真的说出什么。而婚姻会熬煮掉滋味，感情之外的东西都做不得盐。

河滩边的空气因水流的涌动而新鲜生猛。儿子捡起一块小石头掷向水面，石头在水面上跳了三跳。她也捡石头往水面掷去。

儿子说，妈妈，这两年我想明白很多事。从小到大，我想要什么就都能得到，我也就觉得，世界会永远这样。只要我按你们期待的去做，或者只要稍稍努力一点，就可以让所有人高兴、满意。可生病后，我根本没有精力去做什么、想什么了。应付病和治疗，我就已经筋疲力尽。有时候我会觉得，身体和脑子之间隔着什么，你明白我的意思吗？你要非常专注，才能忍住痛、控制身体。从卧室走到卫生间里、拿起一杯水喝下去，这些动作都需要集中精力才能做到。以前我觉得自己也想过人生的意义，但现在我想：活着是为了什么？如果不能控制的事随时都会发生，那我在怎么过我一天天的生活？

她再捡起一块石头，朝水面掷出去。"你大了，你的生活自己决定。手术不手术，只要你想好了，妈妈都同意。"

"那妈妈你呢？"

"我？"

"刘丽丽，你也要加油啊。"

回程的路上儿子睡着了。山在车窗外快速后退，变成奔腾的马群或者宣纸上洇开的墨迹。也许就像岑医生说的，从儿子的角度来讲，手术是一种风险，会破坏现在他已经熟悉、基本可控的状况。"他不想真的变成不完整的人。"

"完整的人。"她默念道。

她开车带老鲍去过瀑布。从市区出发往南开四十公里，有个不知名的小瀑布。因为不知名，并没有开发成景区。也有零零散散的游客，但多是镇上居民在锻炼、吸氧。她和老鲍就夹在跳舞打拳的老年人中踱步。不知从什么时候开始，在这些小地方就全是老年人了。老鲍说，清明快到了，要不要他帮忙去给刘丽丽哥哥扫墓。刘丽丽说，不用。老鲍知道刘家老爷子重男轻女，她弟弟又三天两头玩消失。她说，我会去的，这些年我不去谁去？我爸就算不满意也没办法。老鲍说，你要是不方便就跟我说。她说，没什么不方便的。老鲍说，你那个胆子小得，乒乓球掉人脚下了都不敢去捡。她说，那是以前，我现在跟以前不一样了。

他们绕着瀑布前的坝子走了一圈又一圈，像要把时间的发条扭转回去。雨季还没到，瀑布尚未涨水，声响温柔。他们还没有老。

关于老鲍，"资深美女"们打趣过她。姐妹群在手机里叫"资深美女"。能做牌搭子的，手里的钱总不至于相差太远。拿得住这么多钱，至少年轻时都是美女。她们也不避讳，带了小男朋友来，让人乖乖坐一旁端茶听牌，偶尔上场玩两把活跃气氛。自然，有钱作底子才托得住这些。美女们逗她，刘姐你什么时候才有男朋友啊？有了可要带出来让我们看看啊。

城市小，同学圈子再一层层紧缩，谁都知道在同学会上，她跟老鲍喝了交杯酒。

老鲍大概恨过她。她那时候只知道听父亲的话。结了婚，弟弟又不争气，她偷偷给弟弟还了不知多少债。弟弟最后连她都骗，在丈夫公司搞了一堆烂账就拍屁股走人。她在丈夫面前是抬不起头的。如果当初就不管不顾、跟了老鲍呢？一样的两三套房子加上郊区别墅。而且，她的心抽搐了一下，老鲍的女儿漂亮又聪明，尤其一双眼睛，跟老鲍一样黑白分明。她不会怀上个……坏种。

可过了段时间，老鲍给她发信息，她总推说走不开、孩子情况不好。老鲍问具体怎么不好，她就捏几个常见症状搪塞过去。几次后，有天晚上老鲍突然发来一条信息：我都等了你一辈子了，再等儿子几年又有什么？他应该是喝多了，又乱喊"儿子"了。刘丽丽盯着这句话看了又看直至夜深，没有给老鲍回。

儿子小时候，她背着他回娘家。在家属院里遇见老鲍,老鲍也不避讳,伸手捏住儿子的小手,"喊爸爸"。刘丽丽凶他,你疯了啊?老鲍故意嬉皮笑脸,认个干儿子总可以吧?她不言语。老鲍又掏出钱包,说要封个红包,"你结婚也不请我,满月酒我总凑个份子吧?"刘丽丽打开他的手,"让人看见像什么话"。老鲍停住了,说他生了个女儿,叫琳琳,姐姐可以带弟弟玩。刘丽丽跺着脚走了,回头骂他,神经病。老鲍却在喊,常回来啊。

在冶炼厂时,老鲍常给她写信。老鲍那时接了他父亲的岗做钳工,却因头脑灵活被调到销售科,常年在外地跑。信件贴着天南海北的邮票飞到她大学毕业分配去的山坳。老鲍讲着武汉的长江大桥火车和汽车楼上楼下地跑,广州火车站前就是人山人海的服装批发市场。

老鲍说,他真想出去闯一闯。丽丽,你想吗?我们一起出去,肯定能闯出一番天地来,鸡窝狗窝也是我们自己的金窝银窝,你信不信?到时我们的孩子也能在大城市出生,生下来就能吃麦当劳。我们永远离开这个鬼地方!

信展开、叠起次数太多次,折痕几乎要割裂薄薄的信纸。她在信封背后画图,每封信都铺展开一个幻想的新世界。黄鹤楼上"白云千载空悠悠"。橘子洲头有"书生意气,挥斥方遒"。深圳和广州她实在难以想象,只能按广播里说的画一片"热土"。图都是用铅笔画的。细密的线条涂满信封背面。她用月亮做记号,给图画标注时间。月初收到信,上弦月。月中画个满月,月底则是下弦月。老鲍在天南海北，他们俩都被同一个月亮照拂着。而他们正年轻，有足够多的未来和美好前程。

岑医生问过她，二十四岁就结了婚，为什么三十一岁才要孩子。在90年代，这并不常见。她告诉岑医生，一结婚她就有了去北京进修的机会，两年进修结束，她有调动的可能。九十年代，人的流动开始松活，不少同学朋友都找机会去了深圳。父亲执意让她回来，告诉她，自己对女婿很满意，而她也不可能再找到更好的丈夫。父亲的话刺痛了她。父亲说，你跟鲍时进的事谁不知道？能结这门亲，你还想什么？原来跟其他人一样，父亲也觉得她不过是二手货。

她听说过老鲍的事。这二十多年，他外面没有人。他要的话，怎么会没有？然后莫名其妙就有了。自然是小姑娘。她心上黯然，老鲍终究过得不好。没多久又听说，这姑娘长得像年轻时的刘丽丽。传话人等着她的反应，她僵着脸笑了笑。出饭店下台阶时踩空，崴了脚。一瘸一拐在夜里走，直走回家去，刘丽丽自觉悲哀。但另一个声音又喊她，跟她说，这下跟老鲍扯平了。

有些话她只能跟弟弟讲。比如她说，她欠老鲍的，老天要她还她就还。

弟弟说，姐，最近流行注氧疗法，你脑壳昏不昏，我带你去潇洒一回？她不懂。弟弟说，那你就不要发昏。是刘志平那个老颠东耽搁了你，又辜负了鲍哥，关你什么事？你是超人啊，动不动就要拯救地球？

弟弟一凶起来，脸上的肉都打横走，像螃蟹脚。她又气又想笑，我看你才是个颠东。

弟弟说，姐，你说是不是，你、我，是不是都是他耍威风的炮灰。大哥一死，横竖看我们两个不顺眼，说我是寄生虫，嫌我给他丢面子，他也不想想我咋会变成寄生虫的呢？我啃老我光荣。他就晓得为革命事业做贡献，也要为我们做点贡献啊。

她不说话。弟弟又说，几十岁的人了，你听我一句，人不为己，天诛地灭。你想那么多干什么？

像弟弟那样自私地活着，一切或许简单。弟弟求她去说项，跟丈夫讨个项目，开发区的肥肉只要吃上这一口，以后再也不愁了。说是最后一次，又说要给姐姐争气，"你娘家又不是没人"。他从小如此，家里惯坏了他，又没有足够多的钱让他过余生。最恨弟弟时，她会想起宋霖打电话跟她摊牌，弟弟说要找几个流氓去"教训"她。跟丈夫闹起来后，弟弟去砸了丈夫办公室。至于老鲍，弟弟听着也毫无愧色，"姐，只要你愿意……"这样一个弟弟……

而且，无论真话假话，弟弟总能让她开心起来。她切了盘西瓜，姐弟俩坐在小圆桌前吃西瓜，说着二人同盟里相识几十年的旧人旧事。黑色的瓜子被姐弟俩吐在盘子上，迅速风干，几分钟后就要被倒进垃圾桶。像他们无声无息转过头去不看的很多事情一样。

弟弟临走前,装作不经意地跟她说,凡事不要太认真了,你就是样样都太认真。她装作不耐烦,挥手撵弟弟走。当晚她给老鲍发了条信息,"不要借钱给我弟弟"。

她拿不准自己到底在想什么,只是时不时,就把一件衬衫过水,晾到正对小区的窗外去。一件丈夫早已淘汰作废的蓝衬衫。衬衫过了水,不甩干,任水滴滴答答打在邻居的雨棚上。她住得低,只四楼。小区里人来来往往,都能听见看见这蓝衬衫。

刘丽丽关掉电视站了起来。宋霖有没有怀过孩子?她不得而知。如果有呢?她心上咯噔一下,薄而脆的一声。

三年前,她辞职后的第一件事,就是重新布置儿子的房间。床搬走,换成可以高低升降的医用床。衣柜、书柜搬去客房,只留一口五斗橱给儿子放内衣睡衣袜子。房间一下空了,但很快又被仪器填满。只剩一个角落留下儿子的电脑。

这房间一天她要进来无数次,但今晚月亮又大又白,月光洒满阳台,照彻整个房间。儿子没开灯,电脑屏幕荧荧散射蓝光。刘丽丽坐在床上等。直到屏幕上闪出"战败"两个大字,儿子才摘下耳机转过身来。

"妈妈!"儿子惊了一下,拎着尿袋起身。

刘丽丽拍拍床沿,"来"。

母子俩肩并肩坐在床上。应该是错觉,她竟觉得儿子的呼吸里也有尿味。

"妈妈,你有话就说嘛。"儿子的语气很轻,却像是等待很久了。

刘丽丽绞着手,翻来覆去搓了半天,才又对儿子说:"听说宋霖要嫁人了。"

"听谁说?"

"就有人说。"

"你就是爱听人家乱说。"

"她也老了。"

儿子突然转过脸:"妈妈,你可不可以不要再这样了。"

"我怎么了?"

"我不想说这些,但是你天天晚上对着电视看她干什么?就不觉得恐怖吗?我晓得,你恨她,但是能不能放过自己……"

"我恐怖……为什么我不能看她?那么多人都看电视。"

"他不会对我满意的。"儿子说。

"谁?"

"李国强。就算我不生病,他也永远不会对我满意的。"

"你不要这样想。"

"我就是病人。"

"不准你这样说。"

"如果我是好的,你们早就离婚了,是不是?"

"不是!"

"我要是好的话,李国强不可能不跟宋霖结婚,不会拖到现在。"

她停了一会儿,"我不想说你爸爸"。

"你讨厌他。"

"不是。宋霖是宋霖,你不能没有父亲。他一辈子也是你爸爸。"

"妈妈,你是我妈妈,对不对?"

刘丽丽轻微地点了点头。

"李国强是你老公,对不?那这件事就是你和李国强之间的事,要解决也是你们两个,最多加上我。宋霖只是个外人。懂不懂?"

她不知道自己是在生气还是害怕,也许更是震恸。

"以前我也觉得,事情变成这样是因为宋霖。但真的是她吗?库房里面,我有多少玩具是她买的?她去日本,专门给我买迪士尼玩具,那时候我已经上五年级不喜欢这些了。下一回,她就买了变形金刚给我。你和李国强只要一吵架,就都不回家。结果呢?她来接我放学,陪我做作业、煮饭给我吃。连有一次我发高烧,也是她在医院守着输液。你要我恨她,我当然恨她。但我不能像恨李国强那样恨她。可能你都不记得了,你恨起宋霖后,就不再恨李国强了。本来我觉得，也就这么下去吧。可能哪天我死了，你们就可以过想过的生活了。所以我恨李国强，他也恨我。没有我的话，我不生病的话，他早就自由了。"

"他离不开这个家，"她喉咙哽住般断续着说，"你跟你爸爸一样，觉得她好。"

"她好，她不好，她都是别的女人，你是我妈妈。我不想说谎，我说谎对我们有什么好处呢？我知道这么说你会不舒服，但我不是背叛你，不是的妈妈。好多事你不知道。"

"好多事你不知道。"她像是重复，又像是挑衅。

她是宋霖的老观众了。十年前，宋霖刚坐上晚间新闻主播台，本地报纸采访称呼她"小侯佩岑"。刘丽丽问儿子，侯佩岑是谁啊。儿子那时才七岁，知道的事却已经比她多，"侯佩岑？周董的女朋友"。"周董又是谁？"儿子放下PS2手柄，"周董？！妈妈你连周董都不晓得？周杰伦啊！"后来刘丽丽还是知道了侯佩岑是谁，宋霖笑起来也确实醉人，同为女人她都移不开眼。他们一家三口去过台湾旅游，那里的水果改良得厉害，红心芭乐、牛奶释迦、台南芒果口口甜得入心，所以出产那么多甜姐儿好像也理所当然。后来，刘丽丽跟宋霖照过面。她陪丈夫去参加晚宴，当晚主持人就是宋霖。在台上顾盼生辉的一个人，下来了跟他们夫妇俩分别握手寒暄，周到得很，客气得很。她没有想过，宋霖会进入自己的家。

电脑显示器上，男孩骑单车越过月球，ET坐在单车筐子里，像过大的婴儿。

她突然理解了丈夫。拖延不过是在推迟结局，没有结局就没有成败对错。

两人都不知该再说什么才能打破这沉默。月球旋转，地球旋转，两个星球之间的夹角随时间而变幻。月光更深地铺进了房间，地板镀上半截银。儿子提着尿袋起身，走到阳台上，整个人陷入白光中，被无声涌动的光之颗粒轻轻擦洗。什么时候儿子已经这么高了呢，而他的眼神，分明跟在产房里第一次睁开眼跟她对视时一样。

她正要转身离开时，儿子拉住了她围裙的后摆。她突然想打开儿子的手，恐惧于儿子已经识穿了她。可这是件从袖子到正身连成一片的大围裙服，裙摆被攥住了，整个身体就被牵引住了。

她犹豫要不要说话，头皮阵阵发麻。儿子松开了手，好像一切又恢复正常了。她回转身，儿子把手缩了回去，眼神平静，并不像要责怪她。

这个家里，有什么事是真正的秘密吗？儿子在QQ空间里写：你看到月亮，我也看到月亮，但我觉得，我们在地球、不在月球，算不得真正的家。

这到底是什么意思？

儿子自顾自地说，还在上初中时，一次去动物园。动物园的秘境在虎山。路过黑熊、豹子、羚羊、斑马，凸起的山脊上,虎弓背踱步。硕大的身子踩起步子来却一点声息没有,尾巴如钢水浇注,在空气中扫出一道道银色切面。浓稠的绿荫中,虎脸上的肌肉随着呼吸跳动起伏。踱步,跳跃,吼叫,虎困死在山头。宋霖突然哭起来。哭声很轻,像绳索一样细的溪流,在空气中拉出一道破绽。

宋霖说,隔壁办公室的小玲怀孕了。电视这行,女人当男人使,不到临盆不离岗。前几天,小玲的肚子瘪了。胎音不知怎么就没了。宋霖说,小玲是个好姑娘。

虎仍在山头踱步。宋霖窸窸窣窣抹去眼泪鼻涕,纸巾搓成纸团扔进垃圾箱。

那时我还是小朋友。现在我明白了,大人嘴里那些朋友的故事,不就是不想承认的自己吗?儿子对着空气说。

近窗的地方,光线是白色。被落地灯照亮的室内,是鹅黄。两种颜色的边界处,混杂出青烟一样的淡蓝。

不自觉地,她双手交叉,双臂紧抱。她抬头看见了窗户上映出的这个身体,蓦地放下手。她只能把手叠在儿子手背上。儿子轻轻挣脱了,反手扣住她的手,轻轻握着。

"妈妈,你去望远镜前看一眼。就看一眼。"

她走过去弯下身子。

"看见月球了吗?"

"这是月球吗?"

"圆圆的,白白的?"

"圆圆的,白白的。"

"那就是了。"

她看了一会儿月球。不再是月亮,而是月球。像儿子说的,很多智能生命住在那里。

儿子起身,把手机接到望远镜上。这么一来,望远镜里的月球就显在手机屏幕上了。月球白得像石膏模型,只是叠加了时间的重量,白得很旧。手机把月球带进了房间。而月光,则从想象的距离外奔跑而来。跟日光一样,月光也有重量,跟他人的目光一样,轻轻落在人脸上。

慢慢地,她摊开手,让月光落在手上。邻居的窗台也被照白了。她突然想到,城里的每条道路、每栋房屋,都被月亮光照着。匆匆的路人和车辆头顶,都戴上了雪一般的帽子。她从电视里看过的一张张脸,每一处农田,也都在这同一个夜里。远一点,再远一点的地方,河流涨水,瀑布壮大,也都拥有这月光。

儿子下个月就要十八岁了。一年三百六十日,十八个三百六十日,他们一起有过月亮,有过太阳。就算看不见,太阳和月亮也自在旋转着。这些事汹涌地在她脑子里浮动,但又如潮汐退去,她想起的时刻就被忘记了。月球偏移,她被埋进了光里。月光镀人,人如新铸成的银币。

儿子起身坐到电脑前,解锁屏幕,鼠标点开图册指着一张图说,这是我。

"这是只猩猩。"她盯着屏幕。

"他叫温斯顿。"

"这个呢?"

"这是哈蒙德。"

"他是……只老鼠?"

"仓鼠。他是我的朋友。"

儿子是只猩猩,他的朋友哈蒙德是只仓鼠。那些带着笔记、课件、参考书来看儿子的少男少女又是谁呢?她摇摇头。

"他跟着我,从月球去地球。"

"月球?"

"月球,我的家。"

"那地球呢?"

"我父亲的家。"

"你父亲?"

"哈罗德·温斯顿,科学家。人类月球基地的总工程师。"

"他是人。"

"他是人。但被叛乱的猩猩杀死了。"

"你也是只猩猩。"

"对。为了给父亲报仇,我背叛了自己的同类。"

"这听起来像哈姆雷特的故事。"

"只不过我是只猩猩,猩猩里的异类。"

"这是个故事?"

"是那个世界。"

"你来了地球。"

"我来地球。我的朋友哈蒙德悄悄跟着我来地球。但他的飞行器落在了澳大利亚。"

"哈蒙德是只仓鼠。"

"是会制作机甲的仓鼠。"

"他是科学家。"

"我是科学家,哈蒙德是造机甲的。"

儿子播放一条短片,这只叫温斯顿的猩猩的故事。他的父亲给一群猩猩培训,受训后的猩猩可以成为人类的助手。一天,父亲发现有一只小猩猩特别聪明,就把人类的科学知识和创造力都教给了他。小猩猩也就成为了父亲和科学家们的助手。他常常看着窗外那颗叫地球的蓝色星球想象,那是他父亲来的地方,父亲的家。这就是温斯顿。

"我喜欢哈蒙德。听声音别人都以为他是个中年男人,但那只是他做出来的机甲,没人知道机甲里坐着只仓鼠。哈蒙德很会讲笑话。你跟他讲笑话,他会说,哈!哈!哈!很好笑!天气太热,他会说,哎呀!啮齿类动物感到不适!他嘲笑自己。温斯顿有父亲,要复仇,有故事。哈蒙德没有故事,至少,他不愿意说出自己的故事。他来地球,没人知道他是谁,所以他自由自在,在人类的废墟上旅行。我羡慕他,因为我只是温斯顿。"

"可是有了温斯顿,哈蒙德才更有意思了。"

"妈妈,你知道吗?哈蒙德只是哈蒙德。做机甲,旅行,讲笑话。哈!哈!哈!很好笑!"

"所以呢?"

"哈蒙德这么轻松,是因为他可以用机甲当身体。他有两个身体。一个是他自己的,一个是他造的。"

"他可能对自己仓鼠的身体不太满意。"

"不是不满意,只是只仓鼠的话,会限制他的行动力和想象力。"

"想象力。"

"没错。"

"明天我们出去玩吧。"

"去哪儿呢?"

"你想去哪里就去哪里。"

儿子伸手指指月亮。

"你去过的。"

"真的啊?"

"你看了《魔豆》的故事,就画了一条豆藤梯子,梯子挂在月亮弯弯上。"

"我呢?"

"你说,妈妈,我要爬上去了!"

"然后我就爬上去了!"

"你爬上去,肚子饿了才想起来往下看,我妈妈在哪里?我要吃饭!"

"我妈妈送饭上来给我吃。"

笑声破开了什么，又雕塑着什么。儿子让她坐到电脑前，"玩一局"。她右手紧抓鼠标，口中默念儿子的指令：左键是火炮，右键是抓钩。

月球基地里，冷光带着淡蓝色，刘丽丽开始奔跑。她从没这么跑过，球型机甲滚动着往前碾压，枪火在眼前闪光。双腿在融化，身体也漂浮于半空，她却能拼命奔跑。太空舱外，月球沉默如巨大的谜语。她点击鼠标，每点一下，都在积蓄和爆发能量。虽不能击中敌人，至少是在躲避死亡。她的身体很轻，从没这么轻过。关节炎、偏头痛……所有疼痛停止。月球转动，宇宙浩瀚，刘丽丽的身体像剧烈晃动的天平，在炮火中颤颤巍巍，但突然，天平静止了，她说不出理由，似乎被银河强大冷彻的力镇定了。她吁出一口气。

她变成一只仓鼠，在球型机甲里滚动向前。她不再是刘丽丽，而可以成为哈蒙德。用哈蒙德的头脑和意志操纵一具机甲，而机甲无所不能，甚至可以截停时间。

"怎么不动了？"她晃动鼠标。

"你死了。"

"我死了？"

"敌人把你堵住了。你被群殴了。"

"那怎么办？"

"还有命，继续打。"

儿子俯身在她左边，手指摁着键盘。刘丽丽突然飞向空中，机甲变成暴烈的破坏球，加速俯冲，敌人被撞飞。火光在眼前炸开，白得耀眼。

"可以啊妈妈。"

"打死了？"

"打死一个。"

话音刚落，刘丽丽被击中，"战败"。

"好像也不是很可怕。"

"什么可怕？"

"战败。"

"战败有什么可怕的呢。"儿子笑了，"每天战败几十上百回呢。"

哈蒙德从机甲中探出身体，朝半空抛出一粒坚果，仰头张嘴，稳稳接住。他咀嚼，微笑，享受他的身体和时光。

儿子七岁时，他们搬到这个小区。儿子在这条街尽头的小学入学上一年级。初中也离家不远，骑自行车十分钟就到。儿子初二，李国强买下市区新开的楼盘，大平层，要坐公交车上学了。高一，儿子退学，她辞职，他们搬回这套离医院只一个路口的房子。这些都被月光淡入了银河里。时间变成圆环，进化论停止。

儿子告诉她，天文学家一直希望找到一片完全宁静的地区，监听来自宇宙深处的微弱电磁信号。而月球背面是一片难得的宁静之地，因为月球自身屏蔽了来自地球的各种无线电干扰信号。到月球背面开展低频射电天文观测是天文学家梦寐以求的，科学家或将窥见大爆炸后宇宙如何摆脱黑暗，点亮第一代恒星从而迎来"黎明时代"的信息。

她雀跃着分享儿子的激动，重复道，"黎明时代的信息"。

像之前的夜晚一样，她轻轻阖上门，离开儿子和他的房间。

她捡起一支笔，在电视购物杂志的空白处画图。太久没画图了，纸和笔都别扭，线条也陡峭杂乱。可她毕竟在按自己的意思画图。

从儿子的望远镜看出去时，月球在她眼前第二次诞生。还是个孩子时，她抬头就能看见月亮。她相信月亮上有只兔子在捣药。兔子跟月亮一样白。儿子小时候她讲故事，也是说月亮很远，神仙吃了仙丹才能飞上去。后来她画月亮，月亮是计时器，是光与影，是她的心事。今晚她踏上去了。像儿子踏上去无数次那样，她也踏上去了。她那么年轻，有使不完的弹药。她变成一只仓鼠，却像个战士一样开枪，有最牢固的铠甲。在那个可以看见地球的世界里，每一次降生都是祝福和使命。

她继续画图，画月相。上弦月，望月，下弦月，朔月。四轮月亮周围环绕着更多不规则形状的小月亮，不是阴晴圆缺的说法可以想象和概括的。一切都来得及。

月的潮汐中，七岁的她在打乒乓球，球跳离桌面滚向围观的人群。人群突然哄笑了，男孩们都在等待刘丽丽手中的球失控的这一刻。她犹豫了，迈不开腿。鲍时进捡起球，塞回她手里。现在，她对自己喊停。月相高速变幻，时间被魔法冻结。她走过去，捡起球，扬起球拍发自己的球。橘色小球跃向半空。月光古老而崭新。

"刘丽丽，你要加油啊。"

儿子没有睡去。他打开页面，在仅自己可见的日记里写：

"妈妈忘记了。

她曾对我说，我还是想跟你鲍叔叔在一起，你能理解吗？我说，妈妈我支持你。

可是妈妈现在好像忘记了。大概她觉得我也不记得了。

我记得妈妈消失过几次。

第一次我还在吃奶，她丢下我不知去了哪里。我把塞进嘴里的奶嘴吐出来，开始记事。

后来妈妈又离开过，每次都只有一两天。

我猜过她去了哪里，但没有问过她。

妈妈只有这一点秘密。

如果妈妈不是我的妈妈，我会喜欢她吗？我想会的。她是我喜欢的人。

这次,妈妈会离开吗?真的离开?

我希望妈妈能去她想去的地方,比如光明美丽的月球。"

换日线

上一次吵架是什么时候？她看着玻璃窗外变幻熠动的广告，怎么也想不起来。有点像小学时代的一个梦，梦里，作业本上整齐抄写的英文句子被擦掉了，蓝色橡皮渣粘了一条在作业本边缘。谁涂掉了她的字迹。或许，跟吵没吵架也没多大关系。以前她们时不时就吵架，最初的时候。恋人般盲目而天真地对彼此共享秘密，也因此容不下相左的意见、别样的趣味。后来，时间长了，她们认识了不少新的人，也开始失去朋友后，知道彼此存在的不可替代。不再轻易为什么而吵架了，也不轻易迁就或议和，对方是如此重要的朋友，反而谨慎起来，不像少女时代那样频繁地通电话、每天在MSN上聊天。生活的中段被抽取，好与不好极端的两头是她们仍旧共享的领域。或许，长大以后，只有这两部分能接近她们一起经历过的事情与时间的情感浓度配比，才算得上是给予和安慰，才配得上她们的友情。

所以，令曦关闭所有社交账号动态后，她并没有觉得异常。她自己时不时也会这样，并不是简单地厌恶这个世界，而是厌恶某个时段自己与世界的关系，自己在这世界里的样子。她允许自己偶尔做逃兵，或者咄咄逼人的斗士，这让她感觉生活还未完全失控，她还可以拧住自己，打断节奏、随意反抗。而且，上一次联系时，跟往常一样，令曦给她发来的照片里，还是世界各地不同的风景。令曦仍在地图上移动，在国界、边界上不断往返，是她认知的令曦这十年来的生活态度。她有足够的理由反驳其他人的疑问，轮得到他们说什么吗？而且，什么叫"令曦出了点问题"，如今谁没有点问题呢？

可反驳之后，些许不安却从心头升起。大概因为传递这个消息的朋友，并不是她和令曦的高中同学，那些她和令曦最开始共有的人际关系。高中同学能判断为"有问题"的令曦，跟现在的令曦几乎不在一个尺度里，她也根本不会在意那个世界的说法。传话的人是令曦的前男友非非。他跟令曦在马来西亚潜水时认识。跟她所了解的令曦绝大部分感情关系一样，令曦的热度来得快，走得也很快。为了留住令曦，非非搬到北京。上一次见面时，非非穿女装、戴蓝色假发。令曦则一如既往，素色坎肩连身裙，露出线条完美的手臂。为了甩掉非非，令曦甚至提出给非非钱，让他回马来西亚。非非后来还是回去了，一度清空社交账号，某天再出现动态时，又成了那个皮肤黝黑、肌肉结实的潜水教练。他被令曦迷住、改造自己的那段时间，像被时空的吸尘器吸走了。从这些迹象来说，非非是她见过的令曦的男女朋友中，最爱令曦的前几名。

非非说已经跟令曦没有联系，"我听说，她有点问题了。还是跟你说一声吧。毕竟你是她最好的朋友"。

她过了一会儿才回："你都还好吗，非非？"

非非却没有再回她。

她该收拾行李的。一个人在日本已经待了半个月，明天签证就要过期。行程还剩几天时，她到了福冈。意料之外的是，这个城市让她厌恶，她取消了购物的计划，可又不想马上回国。出来前的问题，兜兜绕绕一圈后仍未有答案。来佐世保纯属打发时间。她在福冈的游客接待中心翻资料，看到豪斯登堡的介绍，立马决定来这个九州最大的主题乐园。还有什么比在日本的土地上进入以17世纪荷兰为主题的乐园更虚幻的么？她确实得到了满足，实景的虚幻抹平了她内心更大的虚幻。如果非非没有突然冒出来，日常世界没有打断她的幻想之旅，她会以自己的方式让一些事停摆在旅途终点。

行李箱大张开。她把东西都塞进去后，坐在箱子上扣上锁，可一会儿砰砰两声，箱子弹开了。她在药妆店买了太多乱七八糟的东西。垂手站在箱子旁，她几乎是沮丧地看着自己制造出来的局面。就像这个合不拢的箱子一样，她的生活超载，没法收拾起来。她才是有问题的人。非非指望她能做些什么呢？这些年里，令曦经历的那些事，哪一次她不是参与者？甚至，不就是她一次次跟令曦确定——你就是这样的人？令曦对她，未尝不是同样的纵容。快乐是最高的标尺，需扫平其他障碍。她们就这般任意妄为。唯一的不同不过是，令曦过度使用身体。

她试着从通讯录里找出令曦，想给她发点什么。但奇怪的是，L打头的名录里没有令曦的名字，在通讯软件里搜索也没结果。而她为了坚固自己的决心，来日本前清空了聊天软件里过去三年的记录。

为了分散注意力，她去剧院看《如果地球没有了月亮》，看完出来在运河边的自动售卖机买了两罐500毫升的麒麟一番榨。酒快喝完时来了条信息："在哪？"她举起手机对着运河拍了张照片发过去。对方回："欧洲？我来找你。"她仔细看那个昵称，并没有印象，点开对方页面什么也没有。她只好回："不好意思，你是？""是我，令曦。"

令曦问她要在日本待多久，她说明天下午飞机到香港，从香港回广州。过了好一会儿，直到她走回房间躺在床上，令曦都没有回。她打了几个问号发过去，令曦给她回了个"晚安"。她有点累，想着事喝酒容易上头，不知怎么就睡着了。第二天一睁眼她就摸手机，并没有信息，她发了个"早安"过去。去机场的路上她不断看手机，令曦一直没回。飞机上，她点开一部电影，睡意来得很突然，猛地把她拽走，以至于醒来时恍惚，想了几秒才确定自己在哪里、是什么时候，以及她是谁。过海关、拿行李都很顺利，她刻意放慢脚步，不断加固自己的理智。如果真有什么事，她要确保自己是可以承担责任的那个人。不为什么。如果令曦真的"出了点问题"，除了她，没有谁会更知道一切是怎么发生的。

她换好国内手机卡。过了几分钟，信息陆续进来。她边走边看，其中一条是："我在出口等你。"

印度人、阿拉伯人、马来人、白人混杂的人群中，她一眼就看见了令曦。令曦接过行李推车，冲她笑笑。

"怎么跑来了？"她问。

"一大早就过来了，也不知道你几点飞机。走呗。"令曦说。

"去哪儿？"

"玩儿天吧。"

"在香港？"

"啊。"

"我没准备。"

"不用准备。你过境可以停留七天的。"

令曦和裴盈盈第一次到香港时，住在百德新街的小旅馆。那天是盈盈二十二岁生日，她们一早从广州东站出发，坐直通车到红磡，转港铁过海到铜锣湾，出来就是百德新街。在地铁A出口附近的茶餐厅吃了虾籽捞面、菠萝油和冻柠茶后，她们搭地铁去中环。从地铁与地下通道、商场负一层连成的地底森林走出来时，令曦一眼看见了叮叮车。黄色两层高的叮叮车正弯曲身体，从"立法会大楼"门前的车站经过。菲律宾女孩三五成群在紧邻的皇后像广场席地而坐，浅棕色的脸庞和手臂在笑语中浮动，像高更画笔下大溪地风景里的暗香。

"宾妹都比我们洋气。"令曦扭头冲盈盈笑着说。

"哪里洋气了？不也是T恤牛仔裤。"盈盈说。

"人家识讲英文啦。"令曦用粤语说道。

"Cause Hong Kong is an international city."盈盈边说边跟令曦打闹。这句台词在TVB的广告里出现太多次。广告里，菜市场卖菜的阿姐也要进修英文，阿姐的丈夫满脸自豪，对着镜头竖起大拇指，佐证香港是如此这般一个国际大都会。

十一月，天气虽已渐渐凉快起来，但两人牵着手久了，手心还是焐出一点汗。可这不要紧，她们新鲜又雀跃。从地铁口出来，沿途繁体字和英文交织浮动的立体字幕里，下午三点的阳光在高层建筑的外壁不断折射，把不同肤色的行人镀上一层薄薄的金色。亚热带的酷暑即将消逝，树木蓊郁苍翠，树冠被风拂动，慢镜头般浸染出绿色的运动曲线。未知的事物如此多，这就是全然新鲜的世界了，未尝不是一所流动的大学。她们的开心是清晰的，一颗一颗圆滚滚的,珠子般彼此碰撞,碰撞又产生出更多不可抑制的开心来。

停在和平纪念碑前,令曦抬头看眼前的白色建筑。两层楼高的白色圆柱撑起建筑主体,有希腊罗马的古典韵味,拱廊则弥散热带风情。第三层楼顶覆着深色瓦片,最高处则是石筑大圆顶。是美丽的建筑呀。天湛蓝,水池也蓝得清凉,只比天色略淡。不远处中银大厦的摩登巍峨做对照,眼前的老房子自有沉静的威仪。

"看。"令曦指着屋顶上的雕像。

"玛利亚?"盈盈问。

"你家玛利亚一手拿剑一手拎杆秤啊?"

"那是谁?"

"你看过《法网柔情》吗?"

"名字有点熟。"

"刘松仁、米雪……法官戴着泡面头假发,有印象么?片头砰砰有人开枪,车子爆炸,有人跳楼,然后这雕像轰一下出来。一手拿剑、一手拿秤。小时候我就觉得好厉害,天神下凡,要惩罚人类了。"

"天神?希腊神?"

"宙斯的妻子。管公平公正的。"

"宙斯的妻子是赫拉啊。"

"他不止一个啦,有个妻子还被他吃掉了。"

"吃掉了?"

"吃了。所以忒弥斯，就是这位，才一手拿剑一手拿秤，制定规则，约束宙斯。"

"希腊神是有人外形的统治者。"

"没错，统治者。"令曦把相机镜头对准屋顶，"来，你看，看她的脸。"令曦让盈盈从相机取景框看过去。

"眼睛上蒙了块布。"

"我小时候老想，眼睛上怎么就蒙块布呢？"

"菩萨低眉？不忍心看？"

"这也能被你说通？后来我查过，眼睛蒙起来，就不知道面前的人是谁，就能最大限度保持公正。像法典里说的，程序是正义的蒙眼布。"

"我就觉得，你学法律是注定的。你没发现你一说起这些来就滔滔不绝么？"

"法律有什么意思。"

"法律没意思，那你怎么一到就要来看这法庭？"盈盈调着焦，镜头从女神像一点点往下移。忒弥斯的裙摆下，狮子踞左边，独角兽踞右边。

"这里不只是法庭啊，这里是……港剧的幻境。"令曦笑了。

"你就跟看了迪士尼动画的小朋友去迪士尼乐园一样。大满足。"

"造景嘛。你学的不就是这个。"

"是啊，这里挖个池塘，那里修个喷泉。真修出来了，看起来跟我也没什么关系。"

令曦挡住相机镜头,"别看了。我想进去"。

"去哪儿?"

"里面啊,法庭。"

盈盈还没表态,令曦就往大门去了。保安跟她说话她装听不懂,径直往里闯。

过了好一会儿,令曦被半轰半请领出来了,看见盈盈就指着她笑:"你怎么不跟上?"

"看见了?"

"看了。没有泡面头了。"

保安在令曦身后叽里咕噜吐出一串粤语,却也毫无办法。

"令曦,你还能更离谱点吗?"盈盈捶她一下。

"哎……能吧!"

两人相对大笑。从她们认识起,令曦就是这样,似乎规则存在的意义只是为了能嘲笑它、打破它。她不介意盈盈掉队,毕竟,跟其他人的反感相比,盈盈虽不会跟她一样行事,但也不会轻易臧否。

红色的士后座宽敞,冷气咝咝吹着,茂盛的植物与闪光的海面从窗户不断涌入。她们没说话,沉默里自有默契在。时间像敦煌飞天飘曳的巾带,在云气漫溢中自在游动。度过艰难的二十岁，她们几乎是雀跃着来到三十岁的阶段。什么都在改变，她们对自我的把控能力见长，也就无谓时间的消逝，反倒可一起回味来时的道路。现在，她们已不用省钱搭地铁过海，从机场直接打了车往市区去。进过海隧道时，光线暗匿，盈盈转头看令曦："怎么改了名字呢？"

"改了名字你就不知道是我啦？"

"就这么飞过来，工作不打紧吗？"

"不想在北京待了。再说吧。"

"那先住两天。"

"吓到你了？"

"什么？"

"我来了。"

"担心你是不是有啥事。"

"我能有啥事。有啥事你不早知道了？"

"那行。"

"我们去泰国那次真好啊。"令曦轻声感叹。

"不知道是谁，胆子小得要命。"

"我怂啊，我知道，嘿嘿。"

"在法国也是。就知道冲我发脾气。"

"哎，我错了还不行吗？"

"香港你就老老实实吧，可别折磨我。"

"你凶起来也不是一般人哪。"

盈盈笑了。

"还想生孩子吗？"令曦问。

"不想了。"

"现在怎么样了？"

"不知道。说不清。"

静了几秒，令曦说："你要是没钱了，记得跟我说。"

"就你有钱是吧？你真的很烦人。"盈盈笑道。

"这世上除了你爸妈，就我了。"

"那你告诉我，你这几个新文身是为谁文的？"

"嘻。"

"别跟我说是人家逼你的。"

"那当然不是。"

"就没一个人吗令曦？就没一个人能满足你吗？"

"什么叫满足我？我是禽兽吗？"

"我看差不多。"

"裴盈盈，以你的智商不该问出这种问题啊。"

"什么问题？"

"什么叫满足我？关系是用满不满足来衡量的吗？跟谁在一起不会厌倦？厌倦之后能不能继续下去，完全看两个人的能量能不能平衡。这种问题咱们讨论过无数次了。"

"历史总是循环往复啊。"

"你知道我的意思。你以为谁都能评论自己像评论任何事物，分析自己跟分析任何事物一样无情吗？没有多少人像你和我。"

"咱们多久没见了？感觉也没有很久没见。"

令曦没答话，眼里有笑意。盈盈却笑开了，笑容从嘴角绽开，蔓延回旋。没见面的这几年，她们竟走得不快也不慢，转角再遇见，一丝生分没有，反而有余裕的松弛，让时间所能酿造出的奇妙风味得以佐证。

令曦订的酒店正对维多利亚公园。天还未完全黑下来，公园里的灯渐次点亮，骤雨把浓密的雨云推挤到天空边缘，一如此时昼夜分割的进程，是美丽色谱的调和与迁徙。裴盈盈站在落地窗边，景致尽收眼底。维园的树木、球场跟记忆里无差别，牵着孩子的女人等待红绿灯，穿过铺黑色沥青刷明黄色字样的马路。她捧着令曦泡的红茶小口啜饮。

令曦的声音从浴室里传来，喊她递什么东西。盈盈放下茶杯，走去推开浴室门。莲蓬头的水声太大，她再走近，拉开浴帘。她盯住令曦的背、臀部和大腿，有些吃惊。除了之前在计程车上她看见的布满令曦两臂的文身外，尾椎骨、大腿内侧蔓延到臀部也见文身。也许还有更多。

盈盈走回客房，去令曦箱子里找出她要的洗漱包，没有拉开，直接放在浴室洗漱台上。被水汽模糊的镜子里，令曦的裸背可见轮廓。令曦没再拉上浴帘。

很快，水声停了，令曦走回房间里。

"你身上怎么多了这么多……"裴盈盈决定不绕弯子。

"多了什么？都是纪念品。"

"把自己整成座纪念碑么？"

"你别这样看着我行吗？"

"哪样？"

"一副人间惨剧的样子。"

"实在有点太多了。这东西一多了，看起来就疼，觉得跟伤口似的。要是我也弄得满身都是，你怎么想？"

"好问题。"令曦一边用毛巾揉着湿漉漉的头发一边笑，"那么，你身上有没有伤呢？"

盈盈愣了一下，然后说："也不是说不行，只是，你真的是在玩么？是你想要的，还是不想要的？"

令曦走到窗边，像十分钟前的裴盈盈一样对着维园的景色发呆，"咱们第一次来的时候真是傻啊，就在铜锣湾兜兜绕绕，最远也就去油麻地走了走"。

"油麻地是后来去的，你记混了。第一次来，我们一到就去了中环。"

"中环。是中环吗？"

"中环。除了中环哪里有那样的电影院？上哪儿能遇见杜琪峰？"

"观塘呗。银河映像，难以想象。"

"这么重要的事，你都不记得是在哪儿。"

"我记性没你好啊。不过确实难以想象，我自己都没想到。"

"我当时惊呆了。我的天哪,他就跟电影里走出来的人一样,连他助手都那么有型。"

"车也是黑色的,还加长款。简直了。"

"我没想到你居然上去跟他说话了。"

"就说了两句而已。假扮记者也没什么用。不过谁能想到,入了行我反而一次没见过他?"

"后来都没见过么?"

"再没见过了。"

"我记得车开走了你就拽着我说,好想为他工作!好想把这个世界变成电影!"

"现在也还是想的。"

"这不已经有那么多部了么?"

"那些都不算。不过我也不是导演,电影是导演的作品。其他人都只是帮忙。"

"把想法变成电影的感觉怎么样?"

"你问我?我感觉他们开心也不开心。开心可能稍微多一点。大概就是,你想要一个东西,要到的是另一个东西。然后你会想,我想要的就是这个吗?"

盈盈像是重复:"所以,你想要的就是这个吗?"

"可以啊,又给我绕回来了。"令曦笑了。

"等着你呢。"盈盈举起右手冲令曦比了个心。

令曦顿了顿说:"我没法工作了。没法完成工作。不知道怎么就是不行了。次数多了他们就没了耐性，找我谈话，我也说不出什么。我们这个行业，雄性荷尔蒙过剩，我一旦不能像以前那样工作，就变成一个没用的女人。差不多也就是他们觉得有病的人。

"昨晚你给我发照片，我问你是不是欧洲，你说在日本。当时我就想，巴黎症其实也挺幸福的。如果感染了巴黎症，又一辈子不去巴黎，只活在对巴黎的幻想里，每天给这幻想添砖加瓦，那真是世界上最幸福的人了。"

盈盈说："但有巴黎症的人，一般还是会去巴黎的。学法语、吃法餐、煮咖啡，把巴黎圣母院和拉雪兹神父公墓的图片、视频看一百遍，最后攒钱订了去巴黎的机票。"

"开心也是开心的，只是更多的时候不开心。也不只是工作。你觉得我有变化吗？"令曦把一缕湿头发缠在手指上。

"好像一段时间没见面，再见到对方，就要礼貌地说'你没变'，或者莫名其妙地说'你变了'。你真想听我说这些吗？"

"我还以为你会说，对，你变了，更美了。"

"更美了。我确实觉得你现在比以前更好看了。"

"嘿……记得陪我去拍夜戏那次吗？有时候我想起来，觉得就是对后来的预警，不过当时不会知道。"

"是驯兽那次吗？"

"对，狮子、老虎和女明星。"

"啊……我喜欢那天。"

那场夜戏的实景在珠三角一座大型野生动物园内。令曦辞掉工作,决定进入娱乐业时,港片北上风潮初炽。当时娱乐业的资本融合远未如后来般发达,港片班底从题材、取景到市场野心,都还只把半径圈定在同为粤语文化圈的珠三角。如港人在广东置业买房般,不少中小成本电影也在广东取景拍摄。后来令曦用"狮子、老虎、女明星"来概括的项目,就是其中之一。

令曦是带盈盈去看稀奇的。她们对娱乐工业还好奇得很,对闪烁着星光的艺人还有种种不切实际的好感与想象。后来盈盈也去过好些次令曦的工作场合,各种拍摄或者路演、发布会,但没有哪次像这一次般印象深刻,甚至可以说带着奇诡的余味。

盈盈到达园区门口是晚上九点。令曦说当晚场地有演出,要等演出结束清场后剧组才能入场搭景。盈盈按信息提示,从大门口搭园区穿梭巴士往里走。夜里的动物园只有微弱的路灯照明,树木巨大而茂盛,树冠与树冠摇曳婆娑,在月亮和路灯的光照下裁剪出重重阴影。阴影深处,不知什么动物在低声吼叫,声音明明是从动物腹腔共鸣发出,却被杳无一人的安静放大,如在盈盈耳边响起。她的身体瞬间僵硬,是本能的警觉与防卫。穿梭巴士里没有开灯,只有车前方投出两束圆形光柱,破开黑压压的夜,在沥青路面上不断向前推进。偶有鸟类从树丛中惊飞,艳丽的羽翅在夜的布景中划出一道道水波纹般的色轨。盈盈从小住公寓楼,对大自然一无所知,也无法从此起彼伏的鼓噪声中辨别出蟾蜍和蠡斯的种类,只感觉到蛮荒的黑暗和神秘。如果熄灭路灯,只剩一盏高悬的月亮,这孤独的巴士无疑是进行在雨林般的原始地貌中。而她要去的地方,是这幽暗丛林中一座圆球形的大剧场。

剧场有8000个座位,观众席180度环绕舞台,座位沿台阶渐次升高。圆形舞台纵深50米,水景、森林、溪流、假山层层叠叠,加上动物遗留的强烈腥臊味,有种置身于婆罗洲或缅甸密林中覆灭文明遗迹之上的错觉。剧场内灯火通明,十几个工人在搬动、组装圆形转盘。令曦招呼盈盈坐下,说可能要等,盈盈说不要紧,可没想到一等就是一个多小时。直到近午夜时,演员才从舞台一侧出现,而作为陪衬的兽类与禽鸟——老虎、狮子和成群的鹦鹉,早已运上舞台在笼子里匍匐等待。

让盈盈震惊的是女演员脸上魔法般绽放的笑容。一切就绪、导演喊"卡"后,两个女演员开始在台上走位。她们都身着极艳丽的紧身衣裙,头顶皇冠般的配饰,手里象征性地挥舞着驯兽的皮鞭(自有真正的驯兽师在旁掌控局面)。

盈盈当然知道这两个女演员,她们不过比自己大个一两岁，十几岁出道就一炮而红。任何时候看见她们的脸，青春与活力都强烈得可以破屏而出，正如一切均欣欣向荣的经济大势与时代气候。候场时，两人一左一右站在舞台两边，可打板声一响，她俩的脸上同时绽出明亮的笑容，就像高帧播放花朵的开放一样让人惊异而心折。空旷巨大的剧场内，她们的笑容如水波回荡，散发出强烈的吸引力，让人忘了这场地的荒诞与挥之不去的臭气，只为她们的美而专注，并因专注于观看这美而得到极大愉悦。

她们不仅要挥鞭子驯兽、伸出曲线完美的胳膊让鹦鹉落在肩头，还要爬上巨大的圆形转盘，四肢打开被固定在上面，如同达·芬奇画笔下的维特鲁威人。

上百人的剧组看似围绕这两位闪光的女孩运转，但当她们被绑在转盘上高速转动时，人群中有隐约的笑声。盈盈的目光扫过几乎全是男性的剧组成员，突然意识到两个女演员跟台上一起表演的动物并无差别。

盈盈后排座位上，两个不知什么身份的男人在低语。讨论哪一个女演员更容易上。讨论的结果是，他们认为，导演早已上过，其他人按照权力大小，自会轮到。盈盈攥紧包的背带，不能将这些话跟那两张堪称无瑕的脸联系起来。

圆形转盘缓慢加速，两个女演员像陀螺一样在转盘上旋转。突然，左边转盘一声巨响后猛地停止转动，女演员尖叫着昏了过去。工作人员一拥而上，盈盈也跑到离舞台最近的一排座位。女演员头歪向一边，一动不动，手臂被卷入了转盘，跟丝带缠绕在一起。盈盈不敢看流血的手臂，只见女演员的嘴角不断抽搐。她被七手八脚从圆盘上卸下来，平放在地上，一块布盖住她的身体，一块布搭在脸上。有记者在场，剧组不让拍照。女演员的脸在那块粉色的布下起伏，费劲地呼吸，很快，布上被剪出个窟窿，露出鼻子和嘴。那张嘴像涸泽之鱼，半张着。

盈盈离开园区时，救护车闪着红蓝光破出一条路。心跳得很快，她脑子里挥之不去女演员被搬走后，铺满细沙的舞台上那一摊血迹。血的味道让笼子里的动物躁动起来，狮子和老虎弓着背，嘶吼着踱步，转身时头颅跟眼睛机警得像要发动攻击。金刚鹦鹉则在剧场里乱飞，迟迟不肯回到驯兽员身边。兽的味道更浓郁了。

第二天她上网刷新闻，知道女演员送医院急救，骨折，多处软组织擦伤。网民留言中，有人感慨没有破相。也有人说，比林志玲坠马轻多了，断只手又不是胸被踩爆。

当天下班回家时，盈盈路过闹市几个书报亭（那时还有很多品类的杂志当街售卖），她留意到成堆的香港八卦杂志摆在最前面。周五下班回家时，盈盈通常会买一本，当作辛苦工作一周的解压阀。而港产八卦杂志里，除了标题惊悚的绯闻、丑闻之外，还有类似时尚杂志的别册。奢侈品、热门餐厅、护肤品、灵修与自我提升……资讯与图片组合成物质生活的海洋，构筑着盈盈这样从内陆来的女孩对一个大都会最初的了解与想象。就像冷气温度总是很低，清洁阿姨总穿着白衣黑裤英殖民地女佣装束的香港大商场一样，八卦杂志营造出真实又带几分虚幻的氛围，后来盈盈才知道这氛围接近宗教里末世的纸醉金迷。

她在报摊前站了很久，想着要不要买下一本杂志，像往常的自己一样，把这些大尺度的照片当成一次消遣、一桩谈资，让并不坚实的自我可以获得一些轻易便捷，可议论他人和世界的方法。毕竟，只需要付出二十块钱买下这本杂志而已。让她觉得有些反常的是，她竟然犹豫了。

从书报亭走回家的十来分钟里，路灯的光渐渐强过天空的亮度。这是个难得可以准点下班的日子。八十年代修建的最早一批商品房占据整个街区，临街的一楼是各式铺面：小餐馆、便利店、花店、五金店……偶尔一两只鸽子低飞，像是从集体放飞的鸽群中离了队。在步行的节奏中，盈盈可以尽可能慢地观察自己生活的环境，这个毕业之后住了两年多的陈旧街区。她对这样的生活说不上满意或不满意，每天尽量按时出现在自己的格子里，完成被分配的工作，每个月领一笔可应付房租、吃喝的工资。同事中有她还算喜欢的人，但更多的是无感或反感，她在论坛上看到帖子，有人讨论这种温暾水般的状态，最后总是归结于钱，"既然给了你钱，那就不可能事事顺心"之类之类。她需要钱。

夜里很晚了，她和令曦还在网上聊天。她说起毕业那年，她打算去支教，家人全体反对，理由是她会耽误找工作的时机，还说支教并不是桃花源，学生干部以支教为筹码博取保研、就业的机会，她是想走这条路么？最后她也就放弃了，像放弃她短短人生中其他过于理想主义的想法一样。

令曦陪她聊了很久，说很多行业看似光鲜，其实是修罗场。尤其在镜头前的公众人物，随着星光加身，内在的自我要么消失要么扭曲，她见了那么多名人，没几个能让人从心底尊敬，基本都是幻觉的叠加。又说，可是人就是吃这一套，吃幻觉。她俩在对话框里先后打出一串哈哈哈。

"你还会继续做下去的吧？"盈盈问。

"会，虽然很浮华，浮华就让你感觉空虚，但是能跟聪明的头脑一起工作的感觉，很不错诶。"令曦说。

"我想去一个不会让我感觉到自己性别的环境里。"盈盈回。

"没有这种理想环境。你的问题是性别，还是理想？"

"我想找到真正让自己能开心的事。也许真的开心了，就不会计较是什么环境。"

"那就去做能让你开心的事。"

"让我开心的事啊……改变这个世界？"

"来不及了，那你得重新投胎。"

"你身边的人什么反应?"盈盈问。

"你说摔伤?他们只在意背后的利益切割、不同站队的博弈。艺人只是浮在面上的棋子。"

令曦说,工业化程度越高,人的分工与组接就越精密,越追求高效。演员只是模具,需要他们的面孔和身体出现在镜头前,撑起整个娱乐产品的表达环节,再多的想法,最后都是靠演员的表演去让观众看到听到。而一旦成为模具,就会让观者投射情绪,情绪有正面也有负面,都依附在演员的外表上。他们的脸孔,他们的身体,既承担大众的欲望,也变成公共空间里的物品。

"她们就像新的神。"盈盈说。

"被崇拜,被观赏,堆叠了太多目光,就会付出代价。"

"所以她摔伤并不只是工伤,还有别的……"

"可以这么说。"

"那我们呢?我们这些普通人,工作到底意味着什么?除了理想、钱,还有什么?"

"肯定有什么是现在我还想不到的,可能好,可能坏。"

"我好像从来没想过不工作会怎么样。"

"欧洲以前的贵族就不用工作,身份识别就是贵族。"

"所以是我的出身问题?家里没有一个人不工作的,限制了我的想象力。"

"我觉得自己是这样的。你想想,如果像我们有些同学一样，家里做生意的，或者母亲是全职主妇，我们不会对工作这么看重。"

"你说我现在改行的话可能吗？"

"考公务员啊？"

"我认真的。"

"我只是想让你放松一点。什么事都没那么严重的。你太容易紧张，对别人又多少有些道德洁癖，但其实……什么不能试试？"

"大不了从头来过？"

"对啊，大不了从头来过！"

"他们身上都很多伤吧？"

"你说演员？"

"几乎完美的躯壳啊。"

"很多伤。"

跟她们无数次的长谈一样，话头在两人之间接力传递，就像更漫长的生活中她们用具体行动向对方证实的那样：两人都在奔跑，没有谁掉队。与其说这是一种理想，不如说是她们对彼此的认定和信心不断为生活加码，才让能量来回传递。

裴盈盈后来果然换了工作，跟着一个建筑师去做乡村营造。从设计公司的链条里脱离出来，虽还是在团队里工作，但为一个人工作的感觉，跟为许多甲方工作的感觉不太一样。某次，在建项目位于她和令曦的家乡贵州，房子建好后盈盈留了下来，跟建筑师请辞，成了乡村博物馆的工作人员，然后在那里一待就是三年。

令曦去看过盈盈，坐火车到县城，再租个小面包车往村子里去。夜里，她们需把蚊帐掖得很紧，才不会被各种蚊虫咬得头昏脑涨。在这大山深处，令曦有些意外的是同时有两个国际团队在调研拍摄，一支队伍来自荷兰，另一支来自日本。

赶上秋收，村民在抢收稻米。脱了秆的稻谷随处晾晒，铺满村里所有空地、桥面和路边，金黄灿烂。而稻谷既已收割，水田也放水收干，平日蓄养在水田里的鱼都捞起来，腌制或晾晒。

令曦说，她能理解这其中的能量，但还是很难想象盈盈可以在这个没有任何娱乐设施（除了村民时时唱起的侗族民歌？）、物质水平只能满足基本吃住需求的地方待这么久。她们从小对自然的认知不过是在家属院里挖挖泥巴，暑假在池塘里捞捞蝌蚪，盈盈并不比她更能应付农活或乡村的生存伦理与人际关系。但晚上两人喝茶聊天时，却没有太多地谈到这些。盈盈没说自己孤独。她们都不轻易说后悔，对自己选择的生活也很少抱怨，但令曦能清楚感受到盈盈的落寞。

"这里的生活当然是实在的，村子里的人，世世代就这么生活。现在年轻人都出去打工了,留在村子里的人,还是在种稻子玉米、养鱼,就是农业社会那一套。他们对我也很客气,可能觉得我一个小姑娘在这里吧。来调研的人一茬茬的,住个十天半月就走了,把这里变成他们的素材,又回到他们的世界里去了。你不来,我真想不到可以跟谁这么长时间地聊天。你知道的,这种聊天。"盈盈说。

"连恋爱都谈不了吗?"

"网恋?除了网恋还上哪儿找一个合适的人?"盈盈笑了。

"那就回来吧。我广州的房子给你住,现在我跑北京的时间太多,你就当自己住。"

"我在想的是,从公司出来,为一个人工作,再到现在这样不知道算什么性质的工作,服务员?我还能回去工作吗?可能只能做自由职业了。可是做什么呢?回去做设计,干老本行?你明白我的感觉吗,就好像越走越远,你很难回头,回到格子间里去乖乖上班了。"

"那是你还不够穷。"

盈盈笑了,"在这里住久了,最大的好处其实是对物质的需求降到了最低。房租什么都不用愁。一旦降到最低,习惯了,就会觉得活着其实很简单。这样的话,来自钱的压力就会变得很小"。

"但你还不到三十,总要谈谈恋爱对吧?需要跟别人交流，有精神生活吧？你自己不也感觉这不好吗？"

"我爸妈来过这儿。你猜我妈怎么说？她说，你这跟考公务员当驻村干部有什么区别？待遇还不好。我觉得她说得也对。看起来是没什么不同。都是跟老乡打交道，然后搞搞外联。"

"他们让你回去？"

"提过几次，后来也不提了。你呢？这次要顺便回去看看叔叔阿姨吗？"

"我辞职了，上个月刚辞。想着当面跟你说，就没提。然后也分手了。算是分手吧。"令曦说。

她俩坐在低矮的圆木桌前，木桌中间挖了洞，留出圆形缺口，地上则是可以烧炭或木柴的火塘。一把熏得焦黑的水壶咕嘟咕嘟冒泡，里面煮了茶。盈盈用火钳捡拾着焦黑的木柴，盖住明火，很快，水壶里的沸腾静止，只从壶嘴淡淡冒出蒸汽来。

盈盈的心跳快了几拍，但她没出声，等令曦先讲。

来贵州前，盈盈见过那个叫迈克的男人一面。令曦给她打电话，说迈克去广州出差，顺便带令曦在日本买的礼物给盈盈。令曦在电话里说，我把你号码给他，让他联系你啊，他还说要请你吃饭。盈盈开玩笑说要吃米其林。令曦说迈克很会挑馆子点菜，盈盈只管去好了。

迈克选的是家江南菜馆。广州的江南菜馆，苏州松鼠鳜鱼、西湖醋鱼和上海熏鱼列在一张菜单上。盈盈料想迈克也许像其他人一样，点道适合宴客的松鼠鳜鱼款待她。但迈克点鲫鱼、螃蟹、十年陈黄酒，交代服务员加姜丝、话梅温黄酒。盈盈此前见过迈克两次，但都有令曦或一堆朋友在场，这下两人对着一桌子菜，隐隐有社交的压力。迈克倒沉得住气，只谈这次在广州的工作，因是广州，盈盈多少能搭上话。吃到上点心，两人什么留得下印象的话都没说。直到迈克结账，说要送盈盈回家。盈盈推辞几句，迈克却是坚持。盈盈打定主意，一会儿让司机把自己送回公司。两人前后脚上了计程车，盈盈坐副驾，迈克坐后排。似乎黄酒的酒劲现在才冒上来，迈克扶着盈盈座位的靠背，说有点令曦的事要跟盈盈讲。计程车在秋天的夜里驶着，短暂的广州的秋天。车里难得没开冷气，而是摇下车窗，让清凉的风灌进来。风拂乱盈盈的长发，一缕头发夹进迈克手指和靠背之间。迈克的手压住了头发，盈盈的头皮感受到了力道。盈盈几乎是逃也似的下了车。甩上车门时她瞥了眼后座的迈克，深凹的眼睛在昏暗光线下是一片阴影，像树丛中伏击的兽。下车没走几步，盈盈突然觉得自己错了。一定是不好的事，她直觉。迈克的手指传递过来的东西，让她怯于想象令曦身上可能会发生的事。她太没用了。或者说，太自私了。

令曦什么也没跟盈盈说。迈克来之前没有，之后也没有。似乎她仍在稳定的情感与工作关系中。

而盈盈几乎是故意地让自己在令曦与迈克的事上粗

疏。不主动问，偶尔令曦提起也不接话。迈克跟令曦以前那些男朋友有什么不同？更有钱、更坏，还是更老？香港人也不少见。已经2008年了，随着更多的港片班底北上，迈克已不是携带先进经验的人才，而只是打工者。像他越说越好的普通话一样，他也越来越普通了。

还有什么？记忆中一道白光闪动，像麻将桌上被强光照射的钻戒。那个晚上几乎要被盈盈的记忆删除了，至少也是掩盖了，但忽地又浮出来。两年前在北京，令曦和迈克在一起一年的时候，他们仨一起出去过。

车在胡同里开得慢，胡同是老胡同，窄而多阻。盈盈对北京近乎一无所知，只觉得车开了很久，大概是到了胡同深处。三人下车，迈克按门铃，出来的男人戴黑框眼镜，不像服务员，领着他们穿过一条长而窄的通道。通道铺黑色石砖，四壁也是黑色。没有顶灯，只沿着通道两侧埋两排射灯照出路来。没有人声，偶尔路过房门紧闭的房间。他们到达预订的包厢时，已有两个男人坐在里面了。出于礼貌，迈克介绍了盈盈，又说两人都是他朋友，但并不细讲。五个凉菜已摆在桌上，无人动筷，也不提还在等谁。

吊灯低垂，照得几人五官愈发立体。包厢不大，四壁暗红，倒将人看得更清晰了。两个男人也是香港人，跟迈克用粤语谈生意。明星是香港独有的议价本钱，似乎拼盘般凑一凑，就能让投资人满意。而题材还在试水，最好是大制作。古装、战争、传奇……这些元素都占了，才能让投资上到亿元级别，相对应地，票房也会水涨船高。这才是生意，才是北上的意气风发，江河滔滔的大气魄。令曦粤语流利，只个别发音略生硬，让盈盈留意的是，跟说话相比，令曦的态度亦自然，全然不与三人见外，言辞犀利，谈到部险些赔本的大制作时用"罗汉斋"这样的词。令曦一边与三人谈话，一边见缝插针跟盈盈说笑。盈盈稍微有些不自在，以往跟令曦见面都是一对一，但显然，令曦已经越来越忙，忙得所有的饭局都是应酬。同场几人似乎并不介意有外人在场。北京的桌子果然够大，人来人往都是客，谁来都坐得下，走也无妨。

包厢门推开，一个中等身量的男人闪进来。寒暄、握手、落座几乎瞬间完成，身手敏捷得像经过训练。盈盈这才意识到，空出来的椅子背后挂了大幅油画，画上尽是桃花，画得极湿极艳。男人就坐在一丛桃花前，红得带紫调的桃花衬得男人面皮苍白。五官是清秀的，亦不胖，除下大衣后里面穿的是西装，暗蓝色。猜不出年纪，也猜不出身份。迈克招呼上菜。服务员托着盘子鱼贯而入，七八个热菜堆上桌，气氛热烈了些。男人进来后，令曦没再跟盈盈说笑，眼睛紧盯对方，虽然彼此并未说话。其他三个男人也收敛许多，静待男人讲话。

男人一开口也是粤语，后来才说自己是上海人，十几岁到香港。他几乎不怎么吃，不断抽万宝路，浪费了一桌子为他点的菜。很快上了酒，酒放在旋转餐盘上，迈克不时为主客倒酒，令曦却并不起身伺候。几人谈时局，谈投资，也谈电影圈中人事，声线时高时低。突然，男人举杯对令曦说话，大意是，自己再过几年就要回上海，不再留在香港，令曦不妨早做打算，投些项目到上海去落地，彼此好继续往来。上回一个什么项目，害他担了风险，虽后来有惊无险，但也是敲山震虎，不可不另做打算。话是用普通话说的，有种微妙的自己人的意味。令曦举杯，当即说定两个项目，似乎有备而来。

盈盈几乎屏住了呼吸，她从没见识过这样的令曦，又或者，令曦这些年的成长太过惊人。饭局中间，盈盈去洗手间。穿白衣黑裤女佣装扮的阿姨候在洗手池边，她洗完手即递上毛巾。这等颜色搭配让她有种错觉，像是在香港。毛巾柔软蓬松，盈盈双手抓紧它。令曦推门进来，闪入镜中，对镜检视妆容。盈盈跟一些4A公司精明强悍的女孩吃过饭，饭后她们总要补妆，尤其口红，夜愈深，愈娇艳欲滴。令曦却只梳了梳头。她揽住盈盈肩说，盈盈给她带来了好运气，今晚太棒了。

散场时，众人送主客到门口。司机已候着。待主客上车，车缓缓开走，三个男人在清冷的胡同里抽烟，这才说，人家哪是拍片，红三代做什么都容易。又说，菜就摆在面前，凭本事吃饭，谁做得下来就吃肉，做不下来就回去，谁也别眼红谁。

迈克开车，令曦和盈盈坐后排。迈克说，今晚那个苏西怎么没来。令曦说我怎么知道，他又不缺女人。迈克从后视镜里看令曦，说，你们怎么熟起来了？令曦漫不经心地说，他也是从小被家里安排，学了法律，不喜欢罢了。迈克不再说话。下车前，盈盈紧紧拥抱令曦。松开令曦时，盈盈看了看迈克。令曦回避开眼神，装作没看到盈盈打量甚至是警告迈克的目光。

这个异乡的晚上，盈盈失眠了。她担心半夜发信息给令曦，会被迈克看到，只好等到天亮。但真天亮了，她又改了主意：令曦肯定要开一天的会。她在宾馆的明信片上写了几句话，夹进一本书里，提醒令曦有空来前台取。

明信片上，盈盈写着："……卡波特写的那个郝莉小姐有着奇特的灵魂，几十年如一日地过着异于常人的生活。我想你能读懂她的心。"

那时，盈盈对迈克有淡淡的轻蔑，间杂同情。就像同一个星系里，较小的行星会被质量更大的行星的引力吸附，令曦最开始是模拟、重复，像光的折射，但慢慢地，开始形成令曦自己的判断和风格。她和迈克之间的能量场在转换更迭。

盈盈没有问过关于那个神秘客人的事。她的直觉是，令曦完全清楚这样的人沾不得。迈克吃醋是自然，但本质上，迈克是失落。后来，在广州时，迈克想要跟她谈一谈，迈克想告诉她什么？

这些琐碎被时间钝重的齿轮裹挟着往前走了，不容人停下来想。她记得令曦刚跟迈克在一起时，在电话里兴奋地告诉她，迈克开心时爱唱英文歌。他在多伦多念的大学，像他这样留学回来做电影的不多，半个西崽。西崽嘛，还参加过英文歌曲大赛。盈盈问，他都唱什么歌？令曦在电话那头哼唱起来，啦啦啦啦之后，把嘿裘德替换成了嘿盈。盈盈大笑，说这般中规中矩，迈克从小到大应该是模范生。令曦说，嘿，家中老幺，没被宠坏也是难得。

如此说来，令曦的快乐是真快乐。她们还年轻，年轻得根本不会想到婚姻。可后来看，令曦和迈克在一起建筑和消耗掉的东西，就是婚姻。盈盈没有喜欢过迈克，也没有真的讨厌过。迈克终究是个普通人。

上一次三人见面，是一年前在香港。令曦给盈盈争取到香港艺术发展局的项目名额，这样盈盈就可以到香港培训两周，她们也约好见面。令曦定在太子道西的翠园给盈盈接风。盈盈住深水埗，本想叫令曦改别处，但想起迈克父母去世后留给他的房子在旺角亚皆老街，餐馆附近，就算了。令曦瘦了些，五官更明艳，说是健身。迈克本身不显老，但五十岁的人被令曦的光彩一衬托，略有些老人相。盈盈斟茶，迈克见盈盈手上有伤，就开玩笑说，是不是被男友打的。盈盈怔了怔，说来之前在村寨里被铁锅锅沿烫了。迈克继续说，哦，我还以为你男朋友打你呢。盈盈忽然极厌恶迈克。令曦岔开话题，说，内地不好做，迈克想回香港。盈盈故意说，那迈克现在没工作？令曦说，帮朋友做点事。盈盈问，那你呢？令曦说，不知道。

盈盈不自觉蹙眉头，埋头吃菜。菜极平常，生炸仔鸡、炆牛肋条、上汤瑶柱菜远。

经理上来跟迈克打招呼，又说学生闹游行，当街商铺关门大吉，生意不好做，何苦又何必。迈克回说，有人民币赚，谁不想赚？恭喜发财比身体健康重要，如果我们不发财就对不起香港。两人笑。

令曦见盈盈不高兴，心知是迈克那几句话招人厌，就让他加菜，谁知迈克垮脸，说他没工开，有点心吃就不错，龙虾鲍鱼什么的不要想。令曦也垮脸，说不要他买单，一把扯过菜单拿铅笔在上面打钩。

迈克有些变化，连说话时脸部肌肉线条的走动，也跟以往不同。盈盈拿不准，只好暂时沉默着。令曦问盈盈的培训安排，迈克态度似缓和些，也凑过来听盈盈讲。盈盈说，报到后看名单，发现这次的四十多个团员多半是内地来的，也有少数马来西亚、新加坡的团员。

迈克突然说，香港觉得自己很有钱吗，老做这种事。

令曦反问道，什么事？

"慈善事业。"

令曦顿了顿，说："慈善是伟大的事业。"

"你总是谈到一些大的东西。这些都是废话，都很空虚，你不觉得吗？"迈克说。

"那什么不空虚、不是废话?"

"你看过《麦兜》吧?里面麦兜的妈妈麦太怎么唱你记得吗?一二三四五六七,多劳多得!星期一到星期七,多劳多得!"

"可是麦兜也唱过:食晒个包,脚瓜大个,孝顺我阿妈。食晒个包,脚瓜硬朗,再奉献国家。"

"这些老左,早就过气了,该淘汰了。"

盈盈看着两人吵,或许称不上吵。她第一次想,也许她们跟迈克,是截然不同的人,且不会改变。

饭后,令曦送盈盈回深水埗,迈克先走。夜里的旺角霓虹闪烁,极俗丽,但能安慰人。令曦俯身在街边水果档挑选,执意要让盈盈带回宾馆。盈盈站着看她埋身在堆成一筐一筐的番石榴、莲雾和芒果中。印度人来来往往,潮州鱼蛋粉铺炸葱头的气味飘散。盈盈突然说,当时去北京,不就是香港没工开,现在回来,就有工开了么?令曦握着半截红半截黄的一只芒果,抬头看盈盈说,一时的,我迟早要回北京。盈盈接过沉甸甸的塑料袋,不再追问。对令曦,她一贯是自私的,似乎除令曦之外的其他人并不值得真的关心。而又是从什么时候开始,她意识到即使是令曦,她也不需要知道百分百。比如那个在北京的夜晚,那样的令曦,是她不想也不需要知道的。

番石榴青色,芒果黄中带红,令曦把一堆颜色拎在手里,跟盈盈一起笑着钻进地铁入口,很快被人群掩去行踪。

茶很酽，近褐色。令曦起身去拿热水瓶，兑些开水在杯子里。盈盈则惯了，就没动。光线映照令曦的背影，跟二十岁时相比，她没有胖，也没有瘦。衣服是贵的，但也不是不实用的时装。头发没染也没烫，是剪得很好的短发，普通理发师剪不出来。令曦把握着她的生活，在喜欢的行业里寻找并安置她的位置。有那么一瞬间，盈盈看着几乎完美的令曦背影出神：自己是不是也这样，跟世界交换了某部分自己，只在隐秘的角落储存着不能消解的隐疾？

她一直知道，令曦不是平常人，但她通常把这种特殊的质地指向更积极的人生侧面，比如说令曦的头脑、意志和能力，这些让令曦如星子般闪耀的魅力光芒。但随着她们脱离封闭的环境、卷入社会的链条，以及尝试跟他人建立深入的关系，令曦的特殊开始投射出一块阴影的领域。如果这只是简单的一体两面，那盈盈也不会紧张，但她知道，这里面有危险的、她和令曦都难以把控的东西在一点点浮上来。

令曦说，最开始自己不肯轻易放弃这段关系，似乎放弃迈克，就失去了部分的自己。她任由他对自己近乎暴虐的行为，但她越是忍耐，他就越变本加厉。令曦的沉默并不能抚慰他的狂躁，反而引发更多的精神折磨。在持续的痛苦中，令曦发现了自己的问题。如果说最开始炽烈的爱让她感受到消融般的美妙，是完全投入、忘我的沉醉，那么，到了后来，被他一次次伤害，则有道德上的脱罪和自毁的倾向。她像是被施了咒语，要测试自己的极限到底在哪里，什么时候才能透支掉所有的爱，把积极正面的关系消耗殆尽，才能否定自己的选择近乎无意义。

"他在香港找不到事，又回北京来，跟人去夜总会，故意让我知道，还让我去接他。我接他回来，发现一路上自己只在想一件事：不要染上病。"

当令曦说出自己的自毁倾向，反复纠缠、不放手的原因是因为这种受虐能给她带来很复杂的精神满足时，盈盈有些自责。她自私地只想令曦的得失，却忘了迈克施加给令曦的伤害。

"越到后面，我的感觉越迟钝。他说什么，好像都没法让我难过了，只有厌恶。可你知道吗，最后的一声'咔'，打板的那一声，却是毫不重要的小事。"令曦说。

"小事？可能是你在等一个信号。"盈盈说。

"我没把最可怕的想法说出来。"

"最可怕的想法？"

"我觉得他只是占了时运。那时候香港什么都快几拍，有经济和文化时差。慢慢就不存在了。"

令曦说，让迈克虐待自己，就像自残。自我被挤占，不断退缩，似乎是张爱玲所说虎与伥，猎人与猎物，生灵与鬼魂的关系，但又不全是。她得到的满足里，更大部分来自任由自己这般堕落（如果可简化为堕落的话），看自己一步步跌到危险边缘的快感。操纵这具叫令曦的木偶的提线者，是另一个令曦，一个各种意义上都更接近真实存在的她自己。令曦自己拿刀叉，参加自己的女体盛。

"我的性别就是一场错误。"令曦说。

"是男的又怎么样？"盈盈问。

"可以当个杂皮，更容易当个杂皮。"

"杂皮崇拜。"

"一个男的，如果你又成功又是个杂皮，简直你就是伟人了。"

"你是想成功，想当杂皮，还是想当伟人呢？"

"杂皮。"

两人笑起来。

"你呢？还是厌恶别人的身体吗？"令曦问。

"我最近读到一种理论，我这样子，属于无性恋。"

"你之前谈那些恋爱，也没有把对方当机器人啊，还是很多精神交流啊。"

"就可以恋爱，也能享受恋爱，但是讨厌肉体关系，无法忍受。"

"有时候我会想，到底是理论发现了现实，还是我们接触到新的理论后就让自己去对应理论框定的样子呢？"

"你的意思让我不要太预设一个定论？"

"我觉得应该什么都试试，最后知道自己是什么样的。比如咱们爸妈，一辈子就吃那几样菜，如果他们像我们一样，年轻时就开始吃各种菜系，就不会觉得全世界只有贵州菜最好吃了。"

"也对，也不对。有些是天生的，有些是后天可以改变的。我仔细想过，我从小就对别人的身体没有兴趣。"

"咱俩均衡一点就都是正常人了。"令曦笑。

盈盈起身走到窗边，让令曦看夜色中的村寨。夜晚的村寨像被墨汁洗过，只零星几点灯火。最远的一盏灯在山腰，盈盈说，那家有个特别的女主人。她来村里一段时间后，发现有个女人，每次在路上遇见她总是微笑，但从不跟她说话，一度她以为这女人是哑巴。可有时远远看见女人带着两个孩子，又在咿咿呀呀说着什么。后来她听说，女人是那家人买的越南新娘。村里有好几家都买过越南新娘，可那些女的来了没多久就跑了，她们有手机，悄悄藏起来，联络她们的线人，卖来卖去。这个女人一直没跑，不知为什么，还给那家男人生下两个孩子，一儿一女，到现在也五六年了。跟盈盈一样，她是这个村里少见的年轻女人。在这里，年轻女人基本都出去打工了，过年才回来几天，村子里平时只有看家的老人和留守的孩子。盈盈去过越南旅游，主要在越南南部和中部，保留着法国殖民风情的城市。那些城市里年轻的越南女孩身段苗条、笑容明丽，穿奥黛时美丽不可方物。跟村里这个越南女人不一样。这个女人既是被卖过来的，就是穷人家的孩子，不知家在越南哪里。盈盈偶尔也跟村干部谈这事，得知女人是中越边境的越南苗人。盈盈去找她，交谈起来，发现女人已经能讲简单的贵州话。她突然想，要不要教女人识字？这想法冒出来后，盈盈吓了一跳。女人偷渡过来，两万块卖给这个男人当老婆。这些实在操蛋，但她真能够按照自己的价值观去帮这个女人么？村干部的说法是，娶了没户口没身份的老婆，这家男主人没法像其他村户一样，带着老婆出去打工、把孩子甩给爷爷奶奶。留在村里就是种地养鱼，赚不了几个钱，可扶贫名额呢，也分不到老婆头上。盈盈只能给她些卫生巾、创可贴、止痛药。这家男人看起来老实，蹲在地上抽烟筒，见盈盈来了，就要留她吃饭。盈盈跟他们吃饭，三代同堂，坐在火塘边上，吃干板菜、鱼干，因为有客加了个炒鸡蛋。吃完了，女人送盈盈到门口，看她骑摩托，就问，骑摩托痛不痛？

令曦从火塘里刨出一个埋了很久的红薯，等没那么烫了，就剥开让盈盈吃。从小，令曦就喜欢说，不开心的时候，吃点甜的，就没那么难受了。

温热的红薯滑进盈盈嘴里，红薯的香甜冲淡了夜。

"你说咱们爸妈是不是也是这样的？在他们年轻的时候？那时候应该比现在更穷，更愚昧更落后吧。他们肯定也来了，也看见了，然后选择了。"令曦说。

"是啊，他们选择了，当公务员嘛，干好了是父母官，干不好就庸碌一生，跟这土地一起沉没。"盈盈说。

"沉默？"

"我到这里后慢慢知道，其实我们不少同学考了公务员的，也在乡镇工作。他们每天接触的也是这些。但我发现，对他们来说，虽然也累，但这是可以量化的工作，是可以用文件、数据、表格来判断的事。哪些可以解决，怎么解决，哪些无法解决。我和他们的烦恼不是一种烦恼。我好像总被一种大的概念笼罩，即使每天在过琐碎的生活、做琐碎的工作，但总觉得这些碎片会默默拼组起来，会有意义。而这个意义能指向我的愿望。我开始觉得是不是从小的教育让我陷入这种思维的死胡同里，总是要有个指向的，有个大的寄托的，不管这大的具体是什么。"

"有点这个意思。我想说的是，不只是你的问题，也不要把问题指向自己。"

"那我怎么办？逃走？从原来的公司辞职，到这里来盖房子，已经逃走了一次，真要这么一次次地逃下去么？选择让自己感觉更有意思的、更舒服的工作，本质是不是就在回避什么？还是说，我对工作能带来的东西寄予太高期望？但是，由劳作而带来希望，不是应该的吗？如果做一件事，持续做一件事，不断在这领域深入，越来越专业，并不能带给你更好地面对和处理世界的办法，那这种思路本身是不是错的？"

"我们的生活是有边界的。工作，或者说志愿吧，肯定可以给我们物质收益和精神安慰，但生活里更多的部分，不能由它们来解决。或者说，它们的延展效应并没有那么大。如果把生活简单切割为物质生活和精神生活两部分，你也会发现，工作所辐射的范围是有限的。你记得高考前填志愿么？名校都有漂亮的招生海报，贴在布告栏里。沿海的大学绿树成荫，北京的大学气派周正。老师们的标准是清晰、简单的，学校的排名就在那儿，自己量体裁衣，按照名单从上往下捋就可以了。但当时你想的可不是这些。你说要去海边，要考海边的大学。我问你为什么，不是只要走得远远的就可以了吗？你说，海边就是大陆的尽头了，要走到尽头才有意思呢，这才是够远。"

"我说的？那时候我确实全身都是力气，好像可以去任何地方，把自己在地图上摊开。把从婴儿床到高中的围栏全部打掉，去找一个理想的地方，甚至都不是某个城市，而是更美妙的东西。但现在我却有种感觉，我走得太快，走得太远，反复折腾，不知不觉把很多东西甩在了身后，但那些碎片里又还储存着我，至少是过去的我。继续往前，一片黑暗。往回走，那是自欺欺人。而且，就算往回走，也是同样黑暗。并不是把电灯关掉屋子里的那种黑，是别的，你知道吧？"

令曦拿起手机，把屏幕戳亮对着盈盈。盈盈不明所以。令曦又把手机电筒打开，白色光线把茶桌照彻，"没有灯，就开手机照亮呗。走夜路，就走呗"。

两人笑。

这个晚上，令曦和盈盈彼此说了很多之前未说过的话，但有一些话始终没说。比如盈盈没有问，令曦是怎么甩掉迈克的。自然是令曦动手，男人最后都是在等待。令曦能说出这些，经受的、需要的，都不再是事实及事实的相关。而盈盈只需停稳在风暴中心。飓风停歇后，令曦会在原地看见盈盈。

盈盈很清晰地记得，就是从那时开始，令曦开始又交女朋友又交男朋友的。但这些是后来的事了。

第二天，她俩骑个摩托车去镇上赶场。令曦骑车，盈盈背个背篼坐后座。天蒙蒙亮，雾在山和放干的水田间逡巡，还未被太阳破开。路上却热闹着。除了像他们这样骑摩托的，也有轮胎上沾满黄泥的小卡车，还有三轮拖斗嘟嘟嘟往前开。秋收近尾声，空气中已是清凉干爽的味道，人的脸上多挂着笑。盈盈说，今年天时好，收成让人安稳。停好车，先去小摊上吃两个炸得金黄的糯米粑粑，然后就开始在成堆的草药、鸡蛋鸭蛋、蔬菜水果和牙医算卦的摊子间逛起来。草药的味道，靛蓝布料交织出的这个小世界是她们所熟悉的，包括村民谈话时的乡音与节奏，都不会让她们自觉是外人。她们毕竟是在这方水土里长大的。

盈盈很认真地看挂在绳子上的绣片。这些帽顶、鞋面或腰带都刺着精美的图案，艳丽但自有拙朴的意趣。她尽量买，买不下来的就拍照记下图案。令曦陪了她一会儿，不久失去耐性，就自个儿在集市上转起来。在几个卜卦的摊子边，她遇到了荷兰来的摄制团队。他们在这儿的拍摄接近尾声，要坐火车去云南。说了没几句，他们邀请令曦去他们的住处喝咖啡。令曦也确实想喝咖啡了，就找到盈盈，拽了她走。

外籍人士到达后，镇上一般把他们集中安排住在一栋三层高的小楼里。小楼原是办公楼，每个房间虽大小不一，但都统一开门对着走廊，像筒子楼的格局。改成住宿点后没有辟出公共区域，住客们只能在小楼前的水泥坝上搭几条长凳子坐着说话。

太阳已渐渐升高，一条白狗和一条黑狗在闪着白光的水泥坝上摇尾走动，远处拖拉机和拖斗车的马达声此起彼伏。时近中午，赶场的人们陆续散场。这栋小楼周围的人家三三两两背着背篼回来，随口问着对方的收获。四围的门都大敞开，邻人们似乎对老外已见怪不怪，抱孩子的抱孩子，晒辣椒的晒辣椒。令曦和盈盈拖了张长条凳到树荫底下，等荷兰人的咖啡。其他几人则兀自坐在太阳底下，欧洲人总是晒不够太阳。

小楼一层的墙面上有块黑板，黑板上方红色油漆描出的字样"生男生女都一样，女儿更孝爹和娘"仍清晰可见，黑板上却不见其他宣传标语和告示，正中有张世界地图，地图周围贴着以往住客们的留言条，有点背包客聚集的客栈里留言墙的意味。

咖啡是用摩卡壶煮出来的，很浓。桌上有盒本省产的山花牛奶，有人加，有人不加。听令曦和这几个二十出头的荷兰人聊天，盈盈才意识到，令曦跟他们多少算同行，令曦还去过鹿特丹参加影展。他们有一搭没一搭地谈话，跟这四不像的水泥坝子和散落的阳光一样散漫。咖啡喝完了也没什么吃的，其中一个男生去主街上的小超市买回来几袋饼干，甜的咸的，大家吃得也开心。

不知谁想起，就要离开了，应该像其他来过的人一样，在那张被晒得褪色的世界地图上标出自己的坐标。

找到荷兰是容易的，但要准确标出几个人的家乡就有点困难。在盈盈的指引下，他们也找到了贵州，但只能找到这个县的大致位置，至于他们所在的这个镇，则只能用手指摁一下，用指纹覆盖住地理。

地图上布满或深或浅的笔迹，盈盈发现有一条红色铅笔画出的纵贯线。说是纵贯线，因为它主体是笔直的，但在靠近北极处，亚洲和北美洲之间的半岛和群岛间却是条折线，然后笔直向南延伸，到赤道附近又变成折线，绕开一些群岛，之后再往南极延伸。

一个男生说这是换日线，也就是国际日期变更线。他说，地球自转为一天，太阳照射的半个球面是白昼，背光的另外半个球面是黑夜，过渡带是清晨、黄昏。地球是个不发光、不透明的天体，它一刻不停自西向东转着，晨、昼、昏、夜也排着队，从东向西依次移动，一日复一日，周而复始。

他说的是常识，大家却听得认真，七嘴八舌议论起来。换日线是区隔，是时间的标记，是全球化后人类社会协作需求的产物。跟语言、经济、政治各领域都还可容纳中间环节、缓冲方式而让各文明体保持特性不同，时间容不得商量——你们得说好了，不然就要乱！于是，凡越过这条线，日期就变了。从东向西越过这条界线时，日期加一天，从西向东越过这条界线时，日期减一天。以换日线为界，地球划分为东西十二时区。北京时间就是东八区的时间。此时他们所在的贵州属于东七区。而荷兰在东一区。

对着这条歪七扭八的线看了半天，令曦突然说，可这条线是不存在的。

什么意思？有人问。

"是人假想出来的。为了维持人类社会的公约，在地球表面画出这么一条线。有意思的是，一旦被假想出来，人也就遵守这条界限。似乎是这条线规定了一天的开始和结束。"令曦说。

时间单位没有统一之前，地球上不同地方的人计时的办法是不一样的，有人说。但对太阳升起就是一天开始，太阳落下就是一天结束倒是公约。

"中国古代一天就分成十二个时辰。我们的钟表叫日晷,就是太阳的影子的意思,从太阳投射的影子来测定时间。"盈盈说。

"荷兰人也用太阳影子来测定时间,后来才有了摆钟。"

"万物生长靠太阳。"令曦说。

虚构的地理学线条让他们陷入奇妙的氛围,仿佛有什么东西在带领他们突破时空,去更自由的地方。他们的手指顺着经度线上下,滑动于所在的东七区,念出跟他们此时的时间相同的国家:蒙古、老挝、泰国、印度尼西亚、柬埔寨、越南……手指也掠过俄罗斯的部分领土,但有人说,俄罗斯官方用的是莫斯科时间,也就是东三区。

"巴黎在哪个时区?"盈盈问。

"东一区。"一个男生答道,"荷兰、法国、德国、挪威、瑞典……都在东一区。"

盈盈的手指在法国画了个圈,扭头对令曦笑了笑。

离开前,令曦和盈盈跟他们举杯,"为贵州干杯!""为荷兰干杯!""为地球干杯!""为太阳干杯!""为北京时间干杯!"

她俩骑摩托回村的路上,有人在身后喊盈盈。盈盈停下来,脚支在地上,回身看向远处说:"是她。"

很快,一个女人骑着摩托上前来,停在她们身边。

"会骑车了啊？"盈盈笑着说。"摔着摔着就会了！去我家吃饭！"女人跟盈盈一样，双手扶着龙头，一只脚踩着地面维持平衡。"今天有点事，改天好么？"盈盈说。"你要来啊，说好了。"女人答。盈盈跟女人又说了几句，问问粮食、孩子。女人往反方向骑走了。盈盈一边骑车一边唱歌。令曦说，你听过交工乐队《外籍新娘识字歌》吗？天皇皇，地皇皇，无边无际太平洋……盈盈对着风喊，没有呢！令曦唱了两句给盈盈听，又说，歌名我好像记错了，应该是《日久他乡是故乡》。

第二天，荷兰人们将往西，令曦往北，只盈盈继续留在东七区。

一年多后，盈盈从法国里昂给令曦发邮件，说着自己到里昂后的生活，"你还记得那张有换日线的地图吗？来的路上，我想到飞机在逆着时间跑，从东八区飞到东一区，时间的丛林在后退，我要去新的地方"。

盈盈在法国的四年，前三年在里昂读研究生，第四年在巴黎实习，因为谈了恋爱而犹豫到底要不要回国。开始时，她每周不定期跟男友见面，通常是在男友的家。除了因为那里更宽敞，食物一应俱全外，更直接的理由是，她不想让房东遇见男友。她的房东娜奥米也是学设计的，比她大三岁，从自己公寓里分租了一间给她，每月一千欧的房租倒是其次，娜奥米是个世界主义者，喜欢接触不同国别、种族的陌生人。盈盈和列维第一次见，就是在娜奥米的公寓里。列维来送东西，娜奥米不在家，但给盈盈留了字条——我父亲列维下午会来一趟。

从中国人的标准来看，列维是个名副其实的老人了，头发花白，修得整齐的短胡须也花白，戴黑色圆框眼镜，个子不高，以他的年龄来说身手相当敏捷。后来盈盈也曾反思，也许六十多岁算不得老，至少不如她想象中那般老，又或者只是她太年轻。

每次，当列维向人介绍她，说"这是盈，我的女朋友"时，她都格外留意对方的表情，尤其是女性。她想知道，法国人会不会跟中国人一样，看到他们这么一对搭配时，第一反应都会想到略有点不堪的性，以及同样明显的，种族和年龄的巨大差异。

但并没有什么戏剧性的场面。甚至后来，她时不时参加列维的家庭聚会，跟娜奥米、娜奥米的哥哥、娜奥米的母亲（也就是列维的前妻）坐在一张桌子上吃饭。她几乎要觉得自己跟桌子上的其他人是一样的，除了自己的账单是由列维来付，多少提示了他们之间的关系。

她没有跟列维谈过她选择这段关系的真正动因，或许也不需要谈。列维去过中国，筷子用得不好但也能用。退休前在一家历史杂志社工作，研究本民族也就是犹太人19世纪的历史。他博学，健谈，有一套13区的公寓和一辆雪铁龙小轿车，但真正让裴盈盈心动的是他的年龄。同龄的男人总是在要求性，没完没了的性。虽然没有直接谈过这个，但她跟列维之间从一开始就具有某种默契。列维在她身上寻找什么？两人拥抱在一起时她会想。显然也并不是性。想到这一点，她觉得轻松了。在巴黎这样的城市，一旦能体面地生活，乐趣将是无穷的，街道、博物馆、塞纳河和整座城市被几乎凝固的时间包裹出独特的样态。列维是她的好运，絮叨犹太历史时像课堂里的教授，吃点心舔掉叉子上的奶油时像孩子，但总归是爱人。

某天午睡起来，她坐在床上回忆梦的内容，发现梦里她在讲法语。那是个旧梦，一年或几年，她总会重复梦到那场景：她跟令曦在高中的操场上跑步，令曦跑得快些，她跑得慢些。跑着跑着就进入一片小树林，她们变小了，变成孩童的身量，树木骤然升高。令曦对她说，罚我们站？想得美！我才不站在那儿让人笑话。

似乎一直以来都是这样，令曦跑得快些，她跑得慢些，或者根本就是留在原地。她不知道令曦发的那些照片是不是向所有人公开。照片里，半裸的令曦拥抱着半裸的女朋友。女孩长得美，眼睛圆圆的，胸型也完美。盈盈琢磨这些照片的时间太久，以至于她怀疑自己是不是在嫉妒。令曦看起来松弛又性感，即使在镜头前，也不像在表演。没多久，令曦发了一组著名摄影师给她和女友拍的照片。令曦的女友是个女演员，虽还未走红，但毕竟是演员。盈盈意识到,她跟令曦确实是生活在两个不同的圈层之中。照片比之前更大胆了,或者说意象更有冲击力了。令曦和女友赤裸上半身相对而坐,腿交叉搭在对方腿上。过度曝光的色调几乎是去情欲的,却让盈盈想:两个女人之间的爱到底是什么样子?

电话里,令曦不谈这些。更奇怪的是,盈盈也不问。她们太过熟悉对方,以至于心照不宣地给彼此一个过渡期去适应。这么多年朋友,由时间炼就智慧之一种——留些余地,二人关系才能继续下去。毕竟,跟逐渐失去其他朋友不同,与令曦的关系是盈盈无论如何不想失去的。忍耐中有一丝苦涩,盈盈尽量让自己不去想。

戛纳电影节时,令曦来了,盈盈坐火车去找她。跟往常一样,令曦忙得只能带着盈盈去饭局。但当晚,令曦给盈盈单独安排了一个房间。盈盈接过钥匙,突然问,你女朋友在吗?令曦说,我现在不太习惯了。盈盈问,不习惯什么?令曦说,跟女人躺在一起,然后笑了。盈盈也笑了。独自回房后,盈盈意识到,她们的少女时代结束了。两人互换衣服首饰,躺在一条被子里的亲密,都不复了。她们仍亲密,非常亲密,但令曦的改变让她们相处的部分方式改变了。她们要像两个成年人那样,不仅有能力付各自的账单,也要住各自的房间,再亲密也要住各自的房间。或许这样没什么不好,可能更好。谁的房间失火,另一个人才可以来扑火。

就在盈盈接受了令曦的改变之后，令曦又交起了男朋友。此后反反复复，有男有女。盈盈一度生气，但看看周围，跟列维或其他人说这样的事，只会显得自己奇怪。她在介意什么？慢慢她说服自己：令曦可能真的找到适合自己的方式了。但又想，令曦在她身上要的是什么？既然令曦自己已有足够的能量去试错？

在那个梦里，令曦和盈盈一起跑着，直到跑出了操场，把该死的体育老师和学校甩在身后。令曦讽刺着复述体育老师对她们的训斥，盈盈回了句：cliché（陈词滥调）。这个梦重复出现过许多次，但这一次，盈盈开口对令曦说话了。直到她们之间隔了整个亚洲大陆，盈盈才有了真正的恋人。

刚来法国时，盈盈会想，她能像学习法语一样学习新的生活么？在这里，多少会有一种幻觉，她在进入某种想象的模具之中。

在她没有来法国之前，已经有过太多关于法国的认知和想象了。她不想变成那种住在中国的大城市，用青花瓷的洗手盆装点现代公寓的外国人。这是以前同事之间爱讲的笑话之一。接到外国人公寓改造、装修的单子，同事们会打趣：是哪种老外？要青花瓷的么？如果答案是肯定的，那么这套设计方案几乎不需要想新点子，元素拼凑起来即可。她也遇到过一些比法国人更像法国人的中国人，不能否认的是，元素的组接是技术也是艺术。但她终归不喜欢拼组的人生，她喜欢不能归类的，甚至有些混乱的生活表面，有颗粒感，不能平滑地滑过去的东西。

所幸，列维提供了空间，让她可以安置自己远未定型的人生。或者说他提供了一个答案，让她明白自己到底需要什么。她开始认真考虑要不要留下来，这样松弛的关系给她安全感，打消掉对未来的诸多顾虑。

列维的身体是突然垮掉的。小分子肺癌的确诊结果出来后，紧跟着就是化疗。列维的体力直线下降，躺在床上的时间越来越长。癌细胞吞噬他的时间，列维看起来像七八十岁般衰弱。

她请了假，跟列维去瑞士疗养，欧洲人迷信瑞士山区的冰冷空气对肺部治疗有奇效。列维的精神确实好了些，至少在疗养地的那两周如此。回到巴黎，继续去医院治疗后，却再不见起色。

她开始觉得，病是种残酷的玩笑。每天，每个小时，你都冀望着比前一天，比前一小时有起色，确实也会偶尔给你惊喜，但更多的是漫长的失望，直至某个临界点，她说不清楚，就是那轻微的一声，生命的原力从列维身上跑远了。他的手仍温暖，躯体也无恶臭，但他离那个叫列维的完整的人越来越远了。

她给令曦写邮件，"我身上有块地方空了。你相信两个相爱的人会结出无形的东西留存在彼此体内吗？属于他的那部分被冻结了。我像被劈成两半的磁铁。单极仍在释放磁力,但就像对着宇宙发射信号一样,你得不到回应"。

令曦给她打电话,说,嘿磁铁,磁铁被劈成两半,每半都有南北极,你把它劈成渣,渣也有南北极。

盈盈笑了,说你啥意思。

令曦说,我的意思就是你被劈成渣了也还是完整的,你一百斤重跟八十斤重没有区别,还是你。

盈盈说,你够了。

好了说正经的,你不能一个人待在那里,赶紧订机票回来。

她说我现在不能走。

令曦说,你留在那里有什么用?他会死的,你救不了他。

她说,我不走,不只是为了他,也是为了我自己。现在走,我不会原谅自己。

令曦沉默了几秒,继而说,以前我也觉得,爱最重要的体验是爱本身,是付出,是牺牲,是不计回报,但我现在怀疑,这是个骗局。列维如果现在是清醒的,他希望你待在那里看他一点点死吗?还是给你留下好的记忆,你更好地活下去?

她说,我做不到,现在走就是我抛弃他。我不能抛弃他。我要跟他在一起。

令曦说,他女儿呢,他儿子呢,这些才是给他送终的人。你赖在那里,没人会觉得你是因为爱。想想吧!一个老头死了……

他不是老头！她几乎叫了起来。

对不起，令曦说，对不起，我不是那个意思，求求你，冷静一下，回来吧。

你根本不懂，她说，你不知道我跟他之间到底是什么。

我怎么不懂？令曦说，我就是太懂了，才必须提醒你，他在，什么都好说，有人给你找补。可是他不在了，你就是一个人，你们的关系在客观上不存在了，你必须为自己负责。我知道你难过，这个需要时间，但你不能留在他遗留下来的生活里，那里面没有你的位置。之前给你的位置，是这个人给的，不是他生活的环境给你的。如果你真要证明自己，那就不要掺和后面的事，他有说有东西留给你吗？

没有。

那更简单了。到了这分上，他需要的只是护士和医生，而不是你变身成一个保姆。

两人又说了什么，盈盈不太记得了，令曦并没能说服她。她知道令曦是强者，而自己不是。或者说，令曦笃信理性，而她做不到。

但留下来，陪伴列维直到看见变成尸体的列维，确实给她的精神造成了持久的震荡。她的宇宙被打乱重组，不只是因为列维的灵魂进入了其中，而是她感知和理解世界的尺度变了。

失眠的夜里，她断续跟令曦说自己体悟到的变化，但说不真确。列维的死拓展了他们之间关系的维度，她不只是失去了爱人。

回国前她最后一次去列维的墓园，墓碑前比上一次来又多了几颗石头。她知道列维并不在这里，但这里又是列维存在过的证明。

她跟列维一起去过布列塔尼，在海边租了度假屋。邻居是个四十岁样子的女人，看起来是一个人住在这里。可几天后，有个十几岁的男孩在邻居的草坪上躺着晒太阳。

她和列维猜这是谁。列维说，是女人的情人。她说，我猜是她儿子。列维说，十几岁的男孩谁会想跟妈妈一起度假？还只有妈妈一个人？她想了想，说，因为他要刷妈妈的信用卡。列维大笑。

两天后，多了一个男人跟男孩一起在草坪上晒太阳。男人四五十岁样子，秃顶戴眼镜。

这次列维说，你要猜这是孩子的爸爸？她说，不，我猜这是女人的情人。列维说，我猜这是她丈夫。她说，那这男人跟男孩什么关系？列维说，男孩是男人的侄子（外甥），男人是男孩的监护人，这就是杜·加尔的小说。男孩是男人的儿子，这是个重组家庭，这就是无聊的美国短篇小说。她打断列维，说，男孩是女人的仰慕者呢？列维笑了，那这是侯麦电影，拍得再差也是西班牙电影。她说，男孩是女人的父亲，男人是女人的儿子，这是个时空混杂的小屋，说不定以后我们就能如此生活。列维笑着拍了拍她的手背。

列维去世后，她不断想起这段对话，觉得是列维遗留给她的启示。任何造景都关于时间和空间的组合，如果她要找到能安置自己的坐标，就得找到从时空中逃脱的办法，哪怕只是短暂的一会儿。

对着地图看了很久后，她给令曦发信息：有空去香港玩几天么？我突然想起，还没去过迪士尼。令曦说，好，我手头项目年前结束，我们去迪士尼过圣诞。

港铁地图里，迪士尼线是粉红色。整列车均特别订制，车窗是一个一个米老鼠头像，车门窗户是椭圆形，进入车厢座位则是蓝色的流线型沙发。盈盈和令曦夹在一堆妈妈和孩子中。行进的列车自有独特的时空风味，而迪士尼线从颜色到声音都强化了这一印象，无时无刻不提醒着人们即将抵达梦幻般的乐园。只听广播里的女声念道：

> 欢迎乘搭迪士尼线。（广东话）
> 欢迎乘搭迪士尼线。（普通话）
> Welcome to the Disneyland Resort Line.（英语）
> 我哋即将带你进入香港迪士尼乐园嘅奇妙世界。（广东话）

我们即将带你进入香港迪士尼乐园的奇妙世界。（普通话）

We will soon arrive at the magical world of Hong Kong Disneyland.（英语）

路途只3.3公里，北大屿山公路、跨线的桥、绵延的山和铁路旁绿色的护坡依次从窗外闪过，途经一段隧道后，广播里的女声再次念道：

迪士尼站，祝大家有奇妙嘅一天。（广东话）
迪士尼站，祝大家有奇妙的一天。（普通话）
Disneyland Resort Station. Have a magical day!（英语）

入园后，令曦给自己和盈盈各买一个米老鼠发箍戴上，这样她俩就与他人相同，也跟环境协调，是全然的游客姿态。常年跟演员打交道，令曦领悟到女性身体的权力关系，懂得要让精神松弛，唯有先让身体松懈，而身体与环境、与他人之间的壁垒是可以靠装饰来弥合或打破的。简单说，到迪士尼装扮成米老鼠，坐过山车时放声大叫，跟金发碧眼的公主合影握手，就可享受这半虚拟的时空所带来的快乐。怎么说来着，要入戏，要入型入格。陪盈盈来这里，无非是期待快乐的含量足够浓，足以忘忧。

关于在乐园的那天，盈盈的记忆是在灰熊山谷坐过山车，俯冲下来时她们俩被相机抓拍到开心得模糊的两张脸。五官像毕加索画里似的，悠悠然从脸的轮廓上跃升，马上要向四方突围，就在这瞬间被相机定格。

她们买下两张照片，边走边看，边看边笑。这是谁啊，自问自答，彼此评点一番，又笑个不停。原来她俩的五官就可给对方带来这么多快乐。自然，要足够熟知对方，熟知对方的眉眼、发丝，及每一处五官的线条和走势，才会从这错乱的照片中得到足够多的乐趣。

全然陌生的客体，是不会让她这样的人得到快乐的。盈盈看着照片突然想，心中凛然。即使是自然与风景，是异国人情，对她而言也不是陌生之物。在真正见面前，早已知晓了对方的局部。那么列维呢。她头脑里在超速倒带，想要回到他们最初的地方，彼此关系的起始处。奇怪的是，记忆的列车并不在娜奥米的巴黎公寓稍加逗留，似乎她跟列维的肉身的第一次相见并没有多重要，而像过山车俯冲般掠过，冲散一片色彩与光晕。还在更远的地方……等等，是那里么？是她童年时蓝色的积木，耐心堆叠就会出现一座公寓，公寓顶端的三角形门楣上写着——PARIS.

如此，她怎么可能失去列维呢？她不曾想象，眼泪也可以是反重力的。当过山车在灰熊山谷里颠簸起伏，她顺势甩出一些眼泪时，更多的眼泪却被反弹回到了身体里。

她放声大喊,谁都在放声大喊,没有人会注意到这里面有寡妇黑纱般哀愁的呐喊声。过山车上的呐喊、眼泪、失控的笑甚至尿意,都是平等的。她继续喊。

离开迪士尼之前,令曦说,很快上海就要有迪士尼了,你想玩,我们随时过去,只要你不嫌烦。盈盈说,好的啊。

沉默了一会儿盈盈又说,设计还是有点意思的,好的设计可以让人快乐,迪士尼就是个大盆景。我决定了,我要造盆景。

令曦说,你听没听过这首歌:神救赎世人/靠笑穴/能诱惑人笑/要够绝。

盈盈说,我是不是很没用?

令曦说,那我不是更没用?

"你这是撒娇。"盈盈说:"你知道自己,比谁都意志坚定。"

"那如果我说,你像定海神针一样有用呢?"

"定海神针?"

"就算有一天……中国与非洲大陆相连……你也不会改变。"

"我只是想要的东西太少。"

"就算河流飞过山巅……鲑鱼在街上唱歌……你也不会变。"

"嘿嘿,我也不会变。"盈盈知道令曦是在玩押韵的游戏，就配合着念白。

上海迪士尼开了后，她们一起去过一次，比香港迪士尼大很多，玩下来太累。盈盈出差去过一次香港迪士尼，人流骤减，有点旧园的味道了。

两人在各自的生活里忙碌，令曦自己开了影视公司，盈盈则跟大学同学合伙做景观设计。跟她们三十岁生日一起到来的，还有加速度的时间。

在香港的第二天，令曦比盈盈先醒来。

令曦问盈盈想不想出海，或者去离岛。

"我晕船啊。"盈盈说。

"你玩过冒险岛吗？"

"小时候那个电子游戏？"

"对啊。香港也是个岛，可讨厌的是走哪儿都有屋顶。"

"还有冻死人的空调风。"

"冒险岛里，你踩个滑板就在森林和瀑布里蹦来蹦去。"

"我们可以去爬山。"

"我讨厌太平山顶。尤其讨厌上去看夜景。"

"太人工？像假的？"

"太人工。像假的。"

在香港停留的第二天，她俩换了个住处，从铜锣湾的酒店搬到九龙塘的民宿。从三十几层高的塔楼搬入只三层高的独栋民宅，不止窗外的风景变了，甚至感知时间的方式也无声切换。港湾、摩天楼不再出现在视野之内，房间窗外正对后院的小块绿地，绿地边缘砌着围墙，围墙刷乳白色涂料，围墙之外是安静的后巷。窗户可随手推开，风灌进来，不再是高层建筑封闭的落地窗，靠中央空调保持室内温度和通风。时间的落点慢了些，指针走动的滴答声像在寻找心跳和呼吸的节拍，共同构成室内的和谐。

昨天晚上，令曦的呼吸声均匀、沉重，盈盈自己却睁着眼睛无法入睡。她给非非发信息："非非，再帮我一次忙。谁告诉你令曦的事的？到底发生了什么？"

可直到她昏睡过去，非非都没有回她。

早上醒来令曦就说要换住处，要搬到九龙。折腾到中午两人打车过海，一路上令曦未见异常。盈盈本身就安静，此时更留意令曦的动作、神情。昨晚她们聊得不算晚，其间令曦短暂情绪起伏，说到她们中学时代一个朋友竟已经死了，就突然哭起来。盈盈觉得这并不是令曦哭泣的真正理由，又或许她的情绪实在不稳定，哭泣只是保持平衡的一种本能反应。盈盈用毛巾裹住令曦，耐心等着她到底要告诉自己什么，可终究什么也没有说。

搬到九龙塘后，令曦眉眼间的沉郁似乎被清除了，整张脸苍白、干净，眼睛格外明亮。她们什么也没做，不过是躺在床上，坐到沙发上，烧开水泡茶，喝茶，间断地说话。让风从窗户进来，听着后巷里有人路过时说的粤语音节，车缓慢驶过时轮胎压着沥青路面的唰唰唰。

令曦说，已经过了正午了，她可以告诉盈盈昨晚她做的梦了。盈盈说，你怎么到现在还这样，以前就要在中午放学后抓着我说头天晚上的梦，还一定得过了十二点。令曦说那你想不想听嘛。盈盈白她一眼。

令曦说，我梦见跟非非一起去尼泊尔，要爬喜马拉雅山的其中一座。上山很顺利，我们的体力也不错，在规定时间前可以到达山顶，然后休息一下就可以下山。但突然下雨了，雨很大，我怎么也睁不开眼睛，看不清前面。非非说要再往前，上到一个山坳等雨停，但我觉得会被雪埋在山坳里，我要下山。非非很生气，但还是跟着我走了。我们开始往山下走。但不知道为什么，走着走着他就不在我身后了。平行世界里的另一个我在脑子里跟我说话：都怪你，你把非非丢在山里了。

盈盈想了一会儿说："非非讨厌冷的地方，他不会去爬雪山的。"

令曦被逗笑了，"裴盈盈，我那么悲伤的一个梦就被你戳破了"。

"要想非非回来就去找他。你想他回来吗？"

"不想。"

"那是什么？"

"跟非非或者任何人没有关系。说出来你可能不信，我已经有很久没跟人睡了。我对要跟人睡才能有那种完全失去自我的感觉已经厌倦了。那种感觉，就是身体的失控，你的精神在渐进过程中最终选择身体的沉沦，某个瞬间就能达到绝对自由。可我厌倦了需要人配合，需要人一起才能体验这种自由。"

"那文身呢，多出来那么多文身是怎么回事？"

"最开始……最开始不就玩呗。"

"痛吗？"

"痛……也不痛……看你怎么想。"

"我觉得这事跟其他会上瘾的事一样，程度只会加深。抽烟上了瘾，戒了，复吸。喝酒上了瘾，戒了，又越喝越多。你有了第一个文身，就会有第二个，第三个……"

"你说得对，也不对。抽烟喝酒，让你上瘾的都是某种化学物质。化学物质会遗留在身体里。睡，不是化学。"

"睡也是化学。人会残留化学物质在彼此身上。分手了你忘不了对方，也是这种化学物质在你血管里像荧光剂一样到处流动。你觉得不少人分了手还继续搞在一起是为什么？就是化学物质！"

"我要说这些根本不是问题，你相信吗？"

"那问题是什么？"

"问题是，我感觉不到任何东西。像以前那样对待别人和我自己，也感觉不到东西。他们总是配合我，宠着我，最开始我是有感觉的，甚至觉得幸福，慢慢地就恨他们，恨他们为什么要配合我。他们就没有自我吗？你懂吗？我喜欢什么，他们就做什么，那还有什么意思？"

"你觉得他们就没有自己的想法和感受吗？如果他们性格里没有这一面，最开始就不会跟你在一起。这些我们先不谈。他们是怎么样的，都不重要，但就像你说的，你觉得不对劲。"

"你知道好笑的是什么吗？到后来，他们都会拿死来威胁我。我一提分手，他们就说要去死。但事实上，没了我他们是会痛苦一阵，但也只是一阵，慢慢就变成跟我认识前的样子。该结婚的结婚，该生孩子的生孩子。这些事，让我觉得他们只是在表演。我不想被他们利用。"

"我觉得至少非非不是这样的。他退回到原来的生活里去，并不一定心甘情愿，只是因为不能跟你在一起！"

"你想听我真的想法吗？先不要否定我的说法。"

"好。"

"我觉得我们就是失败了。"

"我们？"

"我，失败了。你，失败了。局部失败也是失败，我们要勇于承认。当然我们的失败是伟大的失败。没有几个人能做到这些。"

"不要跟我说单身就是失败。你想过吗，可能是年纪大了些，或者见识过的东西多了，就不再觉得这样的生活有意思了？"

"我一直觉得生对应的不是死，或者说像巴塔耶说的，色情是对生的肯定，至死方休。我也觉得自己的活力就在这种可以说是折腾的运动里。但不知道哪一天，就突然被按了停止键。如果这么说并没有什么说服力的话，那么想想你，你呢？从十几岁到现在，别人眼里你从广州到法国，从法国再回来，换了工作，换了身份，没人说得清你是什么样一个人了，但你为什么还想要去生孩子？"

"我觉得还是想试着跟人建立长期的关系。如果另一个成年人不可以，那么一个从我身体里出来的孩子或许可以。我知道你会觉得这是自私。我自己也怀疑。所以到现在也没有真的付诸行动。如果一个非婚生的孩子法律上是不允许存在的，那么他生下来的合理性是什么？我还没想清楚。"

"你要真想生就生吧，我跟你一起养。真要生下来了，总有办法养，关键还是你想不想，这个想法有多强烈。"

"我就是有点警惕这种drama。可能现在，不像以前，我们的生活里有相对戏剧性的情节。比如我跑去贵州做营造，又跑去法国学设计。你可以从律所辞职，去做电影。甚至更细节的地方，我们跟谁在一起、不跟谁在一起，都不再需要说服自己，没有所谓既有生活的套路。因为套路一次次被打破了。有没有这种可能：接下来很长时间，我们的生活表面看起来都会非常平静，但只有我们知道它仍然向着某个无法预知的界限航行。"

"所以，接下来怎么办？"

"你突然来找我，我太开心了。昨晚我想起，我们好像已经好几年没有住在一起，一直说话一直说话了。我也想到，如果我被什么巨大而无声的东西压住，也会跑去找你。昨晚你说到那个死掉的女同学，哭了。不知道为什么，我想到她也会想哭，但并不真的哭得出来。她跟我们那时候关系也不好。只是她留在那里，留在我们十几岁时就已经知道的生活里，然后后来莫名其妙死了。这本身让我觉得难过。不是可怜她、同情她，我没有资格做这些。只是觉得，我们走向不同面向的世界，验证不同式样的人生，本质上却都被什么在等待着。"

"我不相信什么狗屁旅途终点。死也不是终点。组成我们的身体的，是宇宙大爆炸后的粉尘。我们由原子构成。我们死了，原子也会回归宇宙。"

"令曦啊。"

"裴盈盈啊。"

"干吗学我？"

"嗐，也不需要时时刻刻有原创性吧。"

两人笑。

半岛酒店在九龙半岛最南端，坐北朝南，可一览维多利亚港及对岸的香港岛。令曦和盈盈从九龙公园过来，沿汉口道往海边走。正午的阳光热烈，温暖，让人和其他事物都一览无遗。她们就在猛烈的阳光下走着，把自己的影子踩在脚下。

走着走着，令曦在左手边一道玻璃门前停住，门童旋即拉开对开的玻璃门。圆形拱门下，一条走廊通向另一道双开门的玻璃门。盈盈还没来得及从走廊两边的精品商店摆设中回过神，已步入第二道玻璃门中。双门对开，挑高的大堂由高耸的柱子支撑，柱子与天花连接处是雅致的镀金雕花石膏模型，天花上石膏雕饰同色系，整个大堂阔落、雅静。服务生将二人带至桌子前，拉开椅子安排入座。盈盈看着菜单上的英文，才说，半岛酒店啊？令曦说，下午茶要排队，午餐就不用，怎么样，喜欢吧？盈盈点点头。

午餐可选套餐，但也需在菜式中逐一选定。盈盈从头盘看起，牛面颊肉冻批配杂香草及辣根酱、烟苏格兰三文鱼，或者甘笋汤配栗子炖蛋。广东人把胡萝卜叫甘笋，最喜欢拿来炖汤，盈盈不觉莞尔。抬头时，发现令曦正跟远处靠窗边的一桌人招手。盈盈有些近视，只见那桌人中，一个红衣女子起身，款款而来。

整个大堂的米白、奶油和金色调中，穿红裙的女子引人注目。及至五官看得清晰了，盈盈亦惊亦喜，谁不认识这个女明星呢？她就是传奇本身了。女子拉住令曦的手问候，声音轻而甜美。盈盈印象中，她应该已过了五十岁，但女明星就是有让时光停驻的魔力。红衣女子也有皱纹，但脸仍小巧，腰也纤细，与令曦说话的间隙，眼睛不时看向盈盈。明明是水光般的眼波，推动时却有磁场，让人不舍得将目光移开。科普知识不是说，人上了年纪后，地心引力加上胶原蛋白流失，就会让五官失去轮廓么？可眼前的女子五官与她早年在电影或照片中并无出入，甚至，真人更明艳，不可方物。虽是短发、淡妆，但跟大堂中其他短发淡妆的女性相比，一眼可区别开来。盈盈想，这就是星光吧。更让盈盈意外的是，女子寒暄一会儿后，竟坐了下来，跟令曦手牵手聊起天来。两人笑得放肆，旁若无人。

菜上得不慢，头盘之后主菜跟着来。令曦点的杂锦海鲜，搭配酥皮盒、藏红花忌廉，盈盈点的是鸡胸配鸭肝忌廉汁及花椰菜。餐具讲究，盈盈也就专心切鸡胸肉，眼角余光瞥到令曦叉了个虾仁送到女子嘴边。女子张嘴吞下，托腮等令曦继续喂食。盈盈手中的餐刀打滑，刀刃重重切在盘子上，咣的一声。鸡胸跟鸭肝吃起来一个味儿。直到甜品上桌，女子才跟令曦拥抱道别。令曦起身，扶住女子双肩，轻轻吻一下面颊，很轻，但女子长长的耳链随令曦的动作晃啊晃。

盈盈不吭声，喝自己的咖啡。咖啡是好咖啡，淳而冽。令曦喝霞多丽干白，喝完又叫红茶。服务生端着茶具过来，倒好一杯茶即离开。盈盈抬手去挪茶壶，迷迷糊糊被茶壶烫了一下，手指含在嘴里止疼。令曦说着什么，盈盈耳朵里却一片嗡嗡声，听不真切。手指堵住她的嘴，问不出问题来。令曦的神情不像在解释，似乎刚才发生的，跟她一点关系都没有，或者是，太过平常。盈盈直觉是后者。她迅速在记忆里检索，令曦有没有发过任何一张跟这名女子一起的照片。

正午的海面将强光反射到高楼的玻璃幕墙上，玻璃折射光线，被折射的光线在空气中聚合、交会，氤氲成薄雾，又蔓进室内，让人恍惚今夕何夕。盈盈的记忆如童年没有信号的电视荧幕，低声躁动着雪花点。

"她没结婚？"盈盈问。

"没有。"

"好像从没结过婚？"

令曦想一想，说："是没结过。怎么了？"

"她这个年纪的女明星，没结过婚的，少见。"

"也不是没有的。"

"她是个什么样的人？"

令曦笑了，"你真关心么？"

盈盈也笑了，蓦地放松下来，"其实不关心"。

"我说呢，你什么时候关心过人结婚不结婚啊。"

"知道你是干那行的，但还是吓一跳。有点怀疑自己认识的到底是个什么人啊。"

"什么人？活人。"

"但你知道，他们就像画面，不像真的。一个画面里的人跟你热闹成这样，就不像真的。"

"那你画的那些图纸，你觉得是真的还是假的？"

盈盈想了一会儿，说，"某种意义上，图纸比房子更像真的"。

"房子是在模拟图纸。还不如图纸精确。"

"忘了在哪里看到过一个小故事，国王让画师画地图，画师技艺高超，可以把一棵树、一座房子都画下来。这么过于精细，地图就变得无限的大，单单一个省的地图就覆盖了这个帝国的一座城市，而帝国的整张地图则覆盖了一个省。这么一张太大太大的地图变得毫无用处，慢慢就成了碎片。"

"界限失控了。地图画出来，是为了能让人既形象又抽象地认知，但地图一旦无限接近现实世界，人的认知和现实之间的界限，或者说秩序，就打破了。"

"地图本身是一种现实，或者说地图自身中包含一部分现实。"

"反向来说，是这样。"

"所以，你是真的吗？"

令曦笑了："你说呢？"

盈盈也笑了："如果你说，你跟她在一起过，我会觉得，半真半假。事实层面是真的，但又有种虚假的无关感觉。"

"我和她在一起过。"

盈盈看令曦捧着茶杯，放慢语速："我没经历过的事，就算你告诉我，一五一十告诉我，我也只能理解部分。跟这样的人在一起，是什么感觉？"

"不存在所谓这样的人。你会把她归类，就是错的。她也只是一个人，是具体的。或者你想问的不是这个？你是想问，床上么？"

"你知道我做不到，像你这样，什么都能说出来。"

"你不觉得，女人跟男人最大的不同，就是不会把床上的事当谈资么？简单说就是，你不会觉得这是一种值得炫耀的事。跟谁上床，可能是好的，也可能是不好的，性本身是平常的，是可讨论的。但现在，如果我要跟你说这个，只有一个原因，像昨天我说的那样，我遇到问题了。"

"那我这么说吧。这件事，你跟她，或者到了现在，不管是什么状况，你开心的吧？"

"开心的。像你感觉到的，她跟我无关。我们彼此都不是对方重要的人。如果对这点心知肚明又不介意，就可以继续做朋友了。我来之前可能是不开心的，但到现在，我是开心的。"

盈盈突然想起，高中时，她去令曦宿舍玩。不知谁在网上找到了《情人》的资源，两人就坐在电脑前一起看。也是这么一个阳光强烈的中午，看着看着，全宿舍的女生围了过来，凝神静气看着珍·玛奇和梁家辉在西贡的阳光里打开身体。有人说把窗帘拉上吧，有人说把门闩扣上吧。几个女孩躲在宿舍里，分享了115分钟的秘密。算秘密吧，对那时的她们而言。但在女孩们之间，这又是公开的，是从此以后可谈论、回忆，甚至调侃的话题。忽然来了一阵风，风从窗户缝灌进来，窗帘被吹起，胡乱切分着太阳的光线。女孩们尖叫着伸手压平窗帘，哄笑着把窗户关上，把太阳锁在窗帘后面。快乐像海浪，她们被推至浪尖，至今不曾跌落下来。

就是这样的局部吧。局部已是全部。

从半岛酒店出来，她们回头往旺角方向走。盈盈让令曦猜，如果把城市里拆除的建筑所占的地块涂成黑色，那么整座城市是黑色地块多，还是未涂色的地块多？令曦想了想说，黑色多。盈盈说，绝大部分城市都会变成黑色。就算老城区保护下来了，但城市不断扩张，未涂色的地块在整个城市中所占比例也微乎其微。

令曦说，油尖旺是旧区，已算幸运，拆掉的启德机场、九龙寨城才可惜。

盈盈说，如果建造是从地平线往天空走，而把拆除想象为把曾有的建筑体埋入地下，两者以地面作为界限的话，那地下的是昨日世界，地面上的是今日世界。如果把时间的维度考虑进来，时间与空间共同构成世界的话，地下加上地上，才是整个世界。

"你们设计师总想这么抽象的东西吗？"令曦笑道。

"电影不抽象吗？"

"电影,大俗。"

两人笑。

"破坏才是真正的创造。"令曦说。

"怎么讲?"盈盈问。

"破坏一切吧!如此一来,不仅心情舒畅,你也能做真正的自己。"

"这是你写的台词么?"

"是台词,但不是我写的。怎么样?"

"我在想,破坏和创造哪一个更需要力量。"

"大部分时间势均力敌,但终有一战!"

"破坏和创造的界限在哪儿?还是都在界限之外?"盈盈问。

"好问题。"

"我想说的是,我们学那么多东西,不会没有用的,会让我们没那么慌的。"

"你说的我都信。"

"是不是啊。"

晚上,令曦睡着后,盈盈给非非发信息:她都好,谢谢你,放心吧。发完后删除了非非的账号。

一早,她们决定离开香港。收拾完东西,直接打车往红磡去,两人一路无话。

在红磡火车站过海关,比不得在罗湖或者其他人流众多的口岸有仪式感。但盈盈还是觉得,跨过这条界限,等待她们的是明天的世界。发生在界限这边的,像是奇妙的缓冲沙带,把她们的记忆、情感和想象搅拌在一起,期许她能穿过界限回到又旧又新的世界里去。

有什么不一样了。当令曦来到她身边,带着呼吸、眼泪和笑声出现在她眼前时,很多事不一样了。也许这是再一次的确认,或者更大的意外,提醒她在彼此身上储存着多少自我意识的残片。而当对方出现时,意识的残片在两个身体之间的电流下重组,幻变成比世界更巨大无声的力。盈盈紧紧抿着嘴,担心自己不小心发出哪怕一丁点儿声响,就会惊动这隐秘的幸福。她像是从令曦那里借到了一个全新的身体,或者被刷新的身体,可以承载自己一人无法全部吞下的东西。这跟她从列维或一个未知的孩子身上冀望的东西不同,不是渴念,而是实得。接下来会是什么呢?盈盈抬头看了看她和令曦一起放到行李架上的箱子。不会再是这么一个超载的箱子了。

令曦从包里拿出什么东西来。是她在香港买的纪念品,几张印着九龙寨城地图的明信片。盈盈觉得这明信片设计得不怎么样,但令曦买下,此刻正拿出一张递给她。

令曦调皮地对着盈盈笑了笑。盈盈把明信片翻到对面的空白页,发现令曦只写了她们俩的名字,然后是"2016年1月28日—30日,香港"。她又翻转到正面看,令曦用绿色荧光笔把寨城地图上那些通往天台的入口标了出来，一个个荧光绿的小圆点。在那个已被拆除的城里，真实的道路在地图上是黑线。天台上的道路，是虚线。通往天台的入口，是圆点。

盈盈把明信片拿在手上随意翻动，直到她想好了，把明信片侧立在小桌板上，让它变成一条线。似乎当它抽象为一条线，它就可以更直接地被收纳进盈盈的记忆里去。

火车过罗湖时减速，车厢近乎静止，窗外的风景像超低速播放的录像，时间并非匀速，而她们再一次靠近边界。

消失的巨人

母亲让我待在房间里别出来。她挂断门警话筒,看了看监控屏上的身影,又看看我说,"进去吧"。家里时不时就有客人,我讨厌见到那些人,没多问,起身进了屋。躺在床上,我胡乱点着手机屏幕,选定一部电视剧,可进度条才刚开始滑动,母亲就推门进来了,说人走了,我可以出去了。我翻身,不耐烦地问:"谁啊?"母亲吞吞吐吐,"吴珍珠。"我放下手机,跟母亲确定这名字,"吴珍珠?"母亲点点头。

吴珍珠在我们家做过保姆。从我七岁到十岁,她吃住都在这个家里。她先是做保姆,后来又帮家里看店,算小工。看店看了几年,她跟母亲说想去广东打工,见见世面。母亲跟她说,看店只是打打苍蝇收收钱,你去工厂里,可没这样的好日子过。她说已经下了决心,要跟几个小姐妹去广东,吃苦她是不怕的。母亲嘴上责怪,说她翅膀硬了就要飞了,女大不中留,心野了,但也给她置了套新衣,算作她外出的行头。吴珍珠离开我们家,离开小城，我再也没听过她的消息。后来电视剧《打工妹》《情满珠江》风行一时，挤挤挨挨的女工人头里，有一颗就是吴珍珠吧。

母亲端起茶喝了一口，并不想跟我说什么的样子。我却好奇了，"我见不得她？"

母亲放下杯子，"见什么见，烦我还不够啊？"

"怎么就烦你了？"

"她就是阴魂不散。"

我正要说点什么，门推开，父亲回来了。母亲迎上去，跟他絮叨吴珍珠的来访。父亲一边换鞋一边说，"我们哪能帮她女儿安排什么工作！"

"就是呀！"母亲确认了父亲的意思，不再关心这事，进厨房去了。

父亲母亲午餐都吃得简单，但我回来待产后，母亲换着花样给我做营养餐。最开始我也抗议，一个多月下来，现在也就老老实实喝鸡汤、吃坚果。他俩陪我坐着，看我吃完才午休。我随他们的心意，也就随了他们的作息，早睡早起，午饭后小憩，清早和傍晚一起散步。这天的午睡，我却被梦魇住了，怎么也醒不来。等母亲终于把我晃醒时，倾斜的金红色阳光已经快从墙面消失了。突然起了一阵风，窗帘鼓起，刘海在额头上拂动。我想起了吴珍珠是谁。

她到我们家时，应该还是个孩子。那时候找保姆，都是托在乡下有亲戚的熟人介绍，所以吴珍珠，大概也是父亲或母亲某个信得过的朋友的远房亲戚。院子里常见着跟吴珍珠差不多年纪的乡下女孩，肤色黑红黑红的，背着主人家的孩子。我那时已七岁了，按理说，我们家是不需要一个带孩子的保姆的，但凡事总有点例外。二年级暑假快结束时，母亲领着我去了好几次医院、好几家医院。八月底入学注册那天，母亲又领着我去学校。她钻了好几间办公室，跟老师们说着什么。我趴在阳台栏杆上看大扫除的同学们。大扫帚把灰尘扬得漫天飞舞，盛夏的梧桐树翠绿又阴凉。劳动委员指挥力气大的男生提水、洒水。水扑洒在飞舞的灰尘上，灰尘聚变成泥球，滋啦滋啦响。我伸长鼻子，用力吸着这些好闻的味道。那之后我就不用再去学校了。除了时不时要去医院外，我对不用上学的生活非常满意。班长和学习委员、生活委员几个班干部，来家里看我，借给我他们的作业，可他们一走，我就把作业的事全忘了。慢慢地，他们也不再板着脸扮小老师，要督促我的学习，反而，我可以告诉他们很多事。比如毛毛虫从梧桐树叶的一头爬到另一头，需要1分20秒。星星都拖着长长的尾巴，因为地球和星星都在运动，星星的尾巴就是它们走过的路。或者，美国有条密西西比河，最勇敢的小孩，比如汤姆·索亚和哈克贝利·费恩，就沿着密西西比河冒险。我喜欢上胡思乱想、胡说八道，每次都能把自己看到或者新编的故事跟他们唠叨半天。吴珍珠也跟着聚精会神地听。她长得矮，虎头虎脑像个假小子，听到激动时跟着我们一起手舞足蹈、吱哇乱叫。

每时每刻，七彩的泡泡都从我的脑袋顶上冒出来。这样的我，看待周围的一切，似乎都跟准确的"记忆"关联不大。对我来说，吴珍珠就像被飓风吹来、撑伞而降的玛丽阿姨，我不关心她从哪里来，而只想知道，她能为我的世界带来什么魔法。我研究她的眼睛鼻子嘴巴和耳朵，每一样都跟我有些不同。她识字，能看书，但嘴里说的总是牛啊苞谷啊母鸡啊什么的。而我都没有见过一头真的牛。这对我来说新鲜极了。于是我缠着她，让她跟我讲牛的鼻子怎么喷气，舌头怎么把草卷进嘴里去，吃饱了后还不够就会美滋滋地把草反刍细细嚼。觉察到她几乎不会拒绝我的任何请求后，我开始耍赖，睡觉前总是抱怨太黑了害怕，台灯根本无法让我安静，央求她陪着我讲故事。那之前，母亲已经勒令我自己睡一个房间。而吴珍珠的到来，让我又可以做一个赖皮小孩子了。她只会几个故事，很快，我就能重复它们，并给它们添油加醋。在她的族人世代相传的故事里，我对去山里寻找巨人的故事特别着迷。巨人几岁啦？他的手掌有多大？他有爸爸妈妈吗？巨人自己在山里住了多久？很久是多久，是一直吗，是永远吗？我给巨人采撷食物，云朵是棉花糖，蒲公英是柔软的床。

他一脚就能跨越山头，松鼠用尾巴给他挠痒痒。当吴珍珠发现她的故事变成了我的故事后，吃惊地张大了眼睛，但并不生气。我接收到这善意，开始觉得，啊，吴珍珠是我的好朋友吧。

搓泥球、捡树叶、捕螳螂虽然好玩，但只能消耗我的部分精力，我像恐龙一样吞食家里所有的书籍。有些书看得我头脑发昏，字一个个被认出、从视网膜进入我的身体，却无法被消化掉，只石头一样堆积在某处。慢慢地，我开始忘掉上学的滋味，觉得这样跟父亲母亲一直生活下去也非常好。那时我们家住在临街一栋四层高房子的顶楼，虽不能随便出门，但宽大的露台就是我的乐园，梧桐树的枝干密密覆盖，蚂蚁、尺蠖和蚯蚓不时出没。从露台看下去，推车卖西瓜的小贩、倚在三轮车上打盹的车夫、小卖店装满"大大"泡泡糖的玻璃罐子都能引我遐想。而露台的另一边，可眺望远山林景，时不时可见小动物蹿动。市声和风景给我半封闭的小世界增添了布景，再说，我还有吴珍珠这个朋友呢。每天一小时，吴珍珠按母亲的规定打开电视机，跟我一起看《西游记》。孙行者从石头里蹦出来一飞冲天，我也跟着他斩妖除魔一路奔向天竺国。我们每天讨论妖怪和神仙，知道他们不只是在小小的电视机里存在。就像吴珍珠讲的故事一样，当我重复着《西游记》的故事时，精怪和神力慢慢结成了我和她之间的秘语。跟爸爸妈妈相比，吴珍珠更明白我在说什么。而她低着头听母亲训话时,我也更明白她是在听还是跟我一样在神游。

在我们家的屋檐下,吴珍珠是新房客,要学规矩。家务、卫生、看护种种之外,她最好奇的是戒尺。不尊敬长辈打一板,不友爱小朋友打一板,撒谎打两板……父亲在竹片上写了字,吓唬我用的。跟我们家其他规矩相比,戒尺因写了字,就把规矩成了文。跟母亲每天琐碎吩咐的大小事务相比,吴珍珠对无声的戒尺似乎更在意。而我,虽然试图忽略这块挂在墙上的竹片,但也不像玩鸡毛掸子或者扫帚一样,从不把戒尺抓在手里当武器挥舞。白墙上,戒尺像永远指着六点钟的指针,一动不动。但我们仍可以像叽叽喳喳谈论其他事一样谈论它。"你挨过打吗?"她问。我说没有。"那为什么要做这个?""我太皮了。"她半信半疑看着我:"可这字写得清清楚楚,你要是犯了怎么办?"我盯着戒尺细看:"我爸不会打我的……他最后会原谅我的。"吴珍珠吃惊得张开了嘴。我"嘘"了一声:"拉钩,不要告诉别人。"得意之余,我又问她:"你挨打吗?"

除了我们家的两室一厅,吴珍珠也走下楼,走到街上去。偶尔,我能跟她一起下楼,比如去邻居陈老师家借书。陈老师家住一楼,在中学教数学,母亲说也许以后我会是他的学生。但对我来说,陈老师暂时只是邻居叔叔,他比父亲年轻,蓄着小胡子,他的孩子还是个小婴儿。陈老师家除了酱油、醋和经年的油烟熏出来这些跟我们家一样的气味外，还有他客厅里一整面墙的书发出的好闻的味道。每次去借书还书，我总是故意拖延时间，跟摇篮里的小婴儿说话，虽然他还根本不能说话。吴珍珠站在门口等我，并不踏进屋内。一次书有些重，我喊她，帮帮我呀，她还是定在门外不动。我有些急，喊她，珍珠姐，珍珠姐，喊了几声没用就大喊，吴珍珠！她踢掉鞋子，光脚跑上前来捧起书。一回到家，我还没问她为什么磨磨蹭蹭，她却劈头盖脸冲我一顿数落，说我不换鞋就进陈老师家"不对，不好"。可是他们家没让我换鞋啊，我说。那你也该主动换，吴珍珠说。为什么？我气鼓鼓地问，陈老师自己也没穿拖鞋。吴珍珠说不上理由，只怯怯地说，都是要换的啊。我没法理解，只对她说，换什么换，我都没换你换什么换！

偶尔，母亲会让吴珍珠出去采买。去得远了，就要坐公共汽车。头一次她回来时哭丧着脸。跟我说悄悄话时才告诉我，她晕车，怕坐车。售票员挺凶，说没零钱找不开不给她买票。她在车站边上买了五毛钱的糖，才把票子破开。好不容易上了车，人多挤来挤去，她个子矮，够不着拉环，刹车时踩了人的脚，挨了几句骂。我想了想，说，你不知道坐车要零钱吗？她摇摇头。你怎么会不知道呢，我说。她看起来像要哭了。我只好不再说什么，开始画我的地图。既然不能随便出门，我只好在纸上画出想去的地方。地点一个个串起来，就变成了我的王国。公园、河流、游乐场、小卖部之外，还有沙堆、运动场和松林坡。不需要门票、没有围墙的地方更得我心，不仅进出随意，还可以被脚印、搬运和胡闹改变形状与边界。吴珍珠看我画，指着公园说，不对，公园过去是市场，不是沙堆。我不理她，继续画着。过了会儿她又说，松林坡没有这么大，你画的松林坡比公园还大了。我停了笔，气呼呼地说，吴珍珠，你管我呢！我想怎么画就怎么画，想多大就多大。她说，你画的不对。我突然觉得委屈，趴在画纸上，不许你看了！你倒好，坐着公共汽车出去，想去哪儿去哪儿，我呢？哪儿也不能去！吴珍珠拉拉我的胳膊，想像平时我们吵嘴那样跟我议和，我却不动，死死趴在画纸上捂住我的地图。捂了很久，我有些累了，就起身往卫生间走。吴珍珠不知怎的，笑着跟我开玩笑说，懒牛懒马屎尿多！我怔了一下，回身看着她哭了。我哭得伤心，甚至忘记了自己站起来是为了什么。那天我没再跟吴珍珠说话。我没法说出为什么她开玩笑式的打比方会让我伤心，要很久以后我才知道，才能说出，伤心是因为粗俗刺痛了我，冒犯了我。虽然才七岁，但我已不想像动物一样活着。而吴珍珠呢，收拾起我画的地图后，在晚上试着跟我搭话——你去过最远的地方是哪里？是上海吗？再跟我说说吧！轮船、巧克力……世界上最远的地方是哪里？是北京吗？

每天傍晚跟父亲母亲一起散步，步履回到小时候的节奏，让我不知不觉想起了很多以前的事。但更多的却是漂浮的板块和碎片，记忆既不完整也不确定。

我问父亲："后来我怎么又回学校去了？"

"回学校去？"

"我休学了一年多……"

"你的眼睛好了。"

"好了？"

"彻底好了。"

父亲放慢步子，要跟我和母亲一致。母亲挽着我，我们仨慢慢绕圈散步。他们在迁就我，就像小时候。那时候我是个病孩子，现在我是个临盆在即的孕妇。

"吴珍珠女儿多大了？"我转头问母亲。

"十七八了。"

"要找工作？"

"什么年代了，还想给女儿找个主家。我说，现在不时兴这样的了，钟点工一周来两次，谁还请个小姑娘在家里住着？再说，小姑娘心思活络，也待不住啊！"母亲说。

"就让她女儿自己出去闯闯呗。十七八了，吴珍珠自己不也去过广东打工嘛。"我说。

"出去了迟早还不是要回来？"

"回不回来以后再说。"

"都是打工,在哪里打都差不多。"

"见见世面总是好的。"我说。

"这种小姑娘,出去心就野了,回来也过不好的。"

"什么年代了,我说你怎么这么封建呢?"

"我封建?"

"可不?她女儿现在就嫁了就好了是吧?"

"他们那种人,早结婚不是坏事。"

"哪种人?"

"吴珍珠和她女儿啊,没文化,就干干体力活,还能干什么?"

"你怎么知道人家不能干什么?说不定她女儿就出人头地了!"

"我不知道?你才是什么都不知道。"

"你知道什么?"

"吴珍珠离了结,结了离,离了三次,我不知道?"

"离婚了不起啊?"

"他们可不像你想的那样。"

"哪样?"

"他们乌七八糟的事情更多。"

"你就是看不起人。"

父亲打断了我和母亲的争论,"好好跟妈妈说话"。

"我在好好说啊。你们只关心自己的小圈子,对普通人根本不了解。"我说。

"吴珍珠是什么人，我可是了解得很！"母亲扔下一句话，快步往前走了。父亲追上去。

我一个人留在原地。夏夜的风打着旋，卷起细小的树枝、花瓣的碎片。这样的小夜曲里，我应该像小时候一样，乖乖坐在窗边弹电子琴，让父亲母亲高兴。我们可以闲聊，但关于吴珍珠之类的人和事，都该被剪成平淡的谈资，淡化为我们家平常夜晚无关紧要的背景。但我毕竟不是小孩子了。

我挺着肚子、垂着手站在路边，看父亲渐渐追上母亲，两人开始往回走。回来待产是不是一个错误的决定？这念头像水面冒起的气泡，倏忽出现又消失于更阔大的空气中，而我却发现了水面下的鱼群。

母亲不理我。父亲走在我们俩中间，左一句右一句地拉拢着。我没法像以往那样，跟他们俩争吵后扔下一句"我就不该回来，我这就走"，然后订机票离开。肚子里的孩子像抛出的锚，已被我选择落定在父母的家里。她跟我一样，要在这里出生。似乎父母的任性都要孩子来承担后果。我没有存够钱，我嫁了个没钱的丈夫，所以只能回父母家生产。虽然没有在饭桌和电话里谈过，但从我说要回来待产开始，我们仨之间都默认了接下来将发生的事，父母会照顾我和即将到来的孩子。这笔钱对父母来说不是多大的事，却是失业的我无法解决的难题。丈夫的父母早已过世，在农村老家只有一个哥哥一个姐姐。我们没有选择的余地。可一旦真的回来，事情跟想象完全不同。因为孩子的存在，父母和我的谈话间多了个中介。他们慢慢习惯了对着我的肚子喊话，虽然话是对着我的耳朵灌进去。这些是新的事，如线团般缠绕，就快遮住原本的颜色。但我知道那些旧色并未褪去，至少不像我曾以为的那样，一切将归于平静。反而，我在这个家里经历过的事、被遗忘已久的记忆如远久的回声般反射，在房间四壁发出铿铿锵锵的金属声。吴珍珠只是砂砾，却在金属表面滑动，让平滑的沉默的一切不再如常。

父亲说："这些年我们跟她没少打交道，你该听听你妈的话。"

我"哦"了一声。

父亲又对母亲说："你们母女都是暴脾气，来，燃烧我照亮你们。"

母亲说："我可是去过农村，在基层工作过多年的。你女儿呢，不知道哪里学来的，就觉得我们说的有问题。"

"我跟她说过，不了解农村谈不上了解中国。"父亲应道。

"是不是？卖土地的卖土地，赌钱的赌钱，农民什么样子她知道？"

"你知道的只是一部分农民。"我说。

"那你知道的是全部农民？网上看来的还是书上看来

的?"母亲说。

"吴珍珠不是你说的那样。"我说。

"我直接告诉你吧。她可没少给我找麻烦，骗我买保险……"

"你买了?"

"我怎么可能上当?"

"那怎么知道是骗你?"

"保险和传销有什么区别?"

"妈妈……"我吸了口气，停了半拍，"算了吧，她毕竟救过我。"

"算了吧！把你带去那个山洞本来就是她的错。"

"这么多年，我们没少帮她，要说报答，早就扯平了。"父亲说。

"好，好好好。"我看着他们俩。什么都没有改变，父母是一体的，我只是个指手画脚的局外人。

吴珍珠带我去山里，是夏天快结束时。父亲喜欢钓鱼，平时都自己跟钓友们去扎帐篷野钓，那次却兴起带我和母亲同去。我去，吴珍珠就也得去。看父亲钓鱼看了一整天后，我开始无聊，跟吴珍珠在河边的小树林里四处跑。爬到小树林的坡顶，可见河道蜿蜒的走势。吴珍珠说，河像蛇蜕的皮，太阳一照就闪闪发光。又说，我们在蛇尾巴，往前一直走，快到蛇头的地方就是她家。也许母亲也觉得看钓鱼太无聊，就决定带着我去吴珍珠家玩。反正也不远，当天就回来。我们先从河边走到土路上，等了许久，土路尽头扬起一阵烟尘，小巴车开过来了。母亲挥手，我们就跟其他乘客、公鸡母鸡和许多麻袋一起挤在小巴上了。吴珍珠坐在小板凳的加座上，我坐在吴珍珠腿上。吴珍珠的大腿和胳膊有力地撑起我，就像人形的椅子。可她的胸脯和脸颊，又柔软得让我走神。玩"你抓我逃"或者"叠罗汉"时，吴珍珠也会跟我滚作一团，可在游戏里，我并不曾真的触碰或者认识她的身体。我们就像彗星，围绕各自的太阳，在既定轨道上画出抛物线、双曲线或椭圆，只有尾巴呼啸着交错而过。而在乡村小巴上，我们的身体服从于相同的律动，气体和尘埃从头顶蒸发而出，让我们朝向或被推离同一个太阳。母亲近在咫尺，可吴珍珠陌生而甜蜜的柔软，就像一声微弱的哨音，预警着我们将进入全新的领地。

小巴车扬尘而去。吴珍珠带路，我和母亲开始爬山。怎么会有人将家安在大山深处呢？途经山脚短暂的平地，我们开始在植物荫蔽的山路上徐行。越往前，山势越陡。稍平整处都垦作梯田，种苞谷。田埂边垒着大小石块，吴珍珠说是开山时刨出来的。开山是什么，我问。就是砍树、放火，吴珍珠说。我似懂非懂，来不及再想注意力已滑到对面山腰处瓦片般叠起的屋子上。瓦深黑，屋檐两端微翘。瓦下是木头拼成的墙板，远远看去也是黑色。村寨倚山势而上，像龙身上的鳞般浑然天成，也像鳞一般闪着微光。林木掩盖去路，村寨像悬于半空的堡垒。这样的景象，我只在动画片《天空之城》里见过。但在动画片里，得坐飞艇才能上去。我们的飞艇在哪里？

我不肯再走，扯着吴珍珠的衣角问，蛇在哪里？

蛇？

你不是说，快到蛇头的地方就是你家么？

你上去就能看见蛇头。

真的？

远远能看见。

蛇头什么样？

一个比你家房子还高很多很多的大山洞。

河从里面出来？

河从地底下出来，山洞里面。

我还是不肯走。母亲和吴珍珠轮换着背我。我既高了许多，就注意到平地上没有的风景。比如进村时最先遇见的是黄狗和白狗，黄狗脑袋小，白狗脑袋大，叫声都一样响。水井边砌着六边形的石栏杆，石栏杆跟井眼隔得很开，中间铺着石板。又有炊烟从几户人家升起，妇人和孩子喊话应答。而不知名的植物叶片擦过我的脸，像冰凉的小手掌。我抬头看了看，太阳像是赞同我的发现，虽然这里的物事我几乎一样也喊不出，但沉默里自有欣喜，就像阳光本身。

我们的到来像开启了一个节日。吴珍珠的父亲母亲姐姐从地里回来,堂兄堂姐表弟表妹也围在院子里。他们之间说我不能听懂的话,但能感觉到与我和母亲有关。最后上四方桌吃饭的,只有母亲、我,吴珍珠的伯父和父亲。母亲把我抱去跟她坐一张条凳,招呼吴珍珠的母亲上桌。等一切安排好,我已饿坏了。肉放在我和母亲面前,就等我们下筷。这真的是肉吗?我从没吃过这么难吃的肉。没有油,没有盐,只是把肉片在锅里跑熟了。吴珍珠并不吃,她站在一旁等着什么。我不知道母亲会喝酒。但她喝了几杯。又让我把糖和巧克力分给院子里的孩子们。太阳明晃晃的,我回身看着屋檐下的四方桌和母亲,决定不再回去吃饭。

吴珍珠啃着苞谷,带我往山里去。我嚼着她掰给我的几粒苞谷,烧苞谷甘甜软糯,比那盘肉好吃多了。我也就迈大了步子,要像她那样轻轻松松走在布满石头的小路上。间或有人加入我们,慢慢地,我们就变成一支六个人的队伍了。领头的自然是吴珍珠,然后是两个跟我一般高的男孩,一个比我矮些的女孩,还有个比吴珍珠更高的男孩。他们管我们要去的地方叫"波喜",而我们在的地方叫"波举"。吴珍珠给我翻译说,她的族人都住在深山里,水要靠人从井口背回家去。而住在山脚,也就是波喜的人,是另一些人,不像他们喜欢黑色,那些人喜欢白,他们的水就在脚边。而我们现在就是要去波喜，白色的地方。孩子们和我互相打量着对方，他们步伐轻松，随手扯下树上的叶子就能吹奏。而我呢，在穿过一片苞谷地时脖子火辣辣地疼，皮肤被苞谷叶子擦伤了。为了不掉队，我加快步子紧跟吴珍珠，很快忘记脖子和手臂上的细小伤口。

山洞看起来并不大，一条小路通往洞口，像蛇的信子。还离得远，洞里沁凉的空气已阵阵涌来。洞口的植被跟覆盖山体的植被颜色不同，前者像春天，后天是夏天。待越走越近，洞口鲜绿得像要破裂的颜色终于可以一一看清，是苔藓以及各式各样的蕨类。

洞内是干的。光线虽只能照见洞内不远处，但目力所及都是干燥的泥土和石块。

我扯住吴珍珠的胳膊说，这里没水。

她回头看着我笑了，并不说话。

水滴骤然打在我的额头，顺着我的鼻梁往下滑。我抬头，洞顶密密麻麻，全是倒生的石头，像笋又像塔。又一滴水打在我的脸颊。洞内幽深，一片黑暗。

要往里走才看得见，吴珍珠说。

其他孩子已往前走去，全然不知我的惊惧。他们燃火把，一路遗下松明的清香，往蛇的头颅里去。我突然想念蛇尾巴处平缓的河滩和河滩上的父亲。那里的无聊是我能应付的无聊。

这里不好玩，我们走吧。我对吴珍珠说。

你不是害怕了吧？她在笑。

我才不害怕。

一定让你大开眼睛。

是大开眼界。

我们斗着嘴，一点点往深处去。我能听见自己的呼吸和脚步声，急促、蠢笨。但降龙的勇士不都是呆头呆脑的笨瓜吗？我有了点勇气，拽住吴珍珠的手，似乎她的手是不会灼热的火把。而我空着的左手，正握着隐形的宝剑，等待着斩下龙头。

龙的身体内是我想象不出的炫目。跟日后我看过多次被七彩灯管映照的钟乳石窟不同，这里没有色彩，无须牵强附会的想象，只有火把显影出的水与石。水既不像河，也不属于湖，它几乎不流动，清澈却深不可测。吴珍珠说，这水在地底下要流很远，才会在波喜涌出，变成河。我回想来路，父亲钓鱼的河滩平缓，河床辽阔，两岸是苍翠的小土丘。而上了小巴车后，路都像是从山与山之间挤出，贴着山体凿出的公路侧面是深谷。确如蛇身一般，身体优美地盘曲，从颈部昂扬而起，正是高原陡峭的海拔落差。我有些嫉妒吴珍珠了。

除了我们，这里也有别的呼吸。倒挂的蝙蝠，闪着银光的鱼。孩子们趴在水边，把手伸进去捉弄鱼。我很快学会这个游戏。水面是起点也是终点，手入水后先静止不动，等鱼靠近后突然袭击。伙伴间可随意组合，目标就是那闪着银光的鱼。驱赶到位，鱼闯进两只手之间，谁捂得久谁就是大王。我们玩了一轮又一轮，直到我的袖子都已湿透，才想起吴珍珠来。

她在我身后一块大石头上，最大的男孩跟她坐在一起，火把立在二人身边。他们什么时候退出了游戏？还是从一开始就没有参与，只是远远地看护着我们——像大人那样？我闭上眼睛，任手臂浸泡在水里。很快又睁开，悄悄回头看他们。男孩的手在吴珍珠身上游走，以我从没有过的方式，然后停留在她耳朵上，轻轻地抚摸她的耳垂。吴珍珠笑了，是我知道她快乐时胆怯而轻微的笑声。她不想跟我在一起。

我用力把手伸进水里。柔滑的水草环绕我的手臂，而整只胳膊入水后，彼得·潘呼唤我像学飞一样滑进水里。学飞不是件难事。先团团转，待彼得·潘从窗口进来给你指点，就能飞出窗去。飞越海与天，飞向永无岛。在梦里我练习过很多次。于是，我滑进了水里。

我看见了以前没看过的东西，像半梦时看进万花筒，世界摇晃斑斓。耳朵眼像塞进了棉花，只觉得其他人的声音离我越来越远。水冰凉，但奇怪的是，我并不感觉冷，反而愿意随那只温柔的手缓缓沉下去。

吴珍珠挨了打。她父亲冲进灶房，从火塘里拎出翻火的铁钩，打在她背上腿上。我看过邻居孩子挨打，多半是男孩，他们像奇怪的昆虫，单脚或双脚跳着躲避父亲手里的衣架或火钳。吴珍珠却不动。她跟我一样湿透了的衣服上留下一道道白色的印痕，是火塘里陈年的灰烬。母亲的手刚要伸向我，我大声哭起来。哭声是我的金钟罩，把我隔离起来，让我可以慢慢看清楚自己。耳穴贴药被泡出了黑水，沿着脖子往下蔓延至我的两条手臂。鞋子丢了，袜子上都是黄泥。眼镜也丢了，母亲的眼眉化成一团。跟我们同去的孩子远远站在墙根底下，等着有可能的受罚。还有什么呢？吴珍珠竟然一声也没有哭出来。不尊敬长辈打一板，不友爱小朋友打一板，撒谎打两板……父亲的戒尺会怎么判定这个下午？

"有人推我下去的。"我听见自己说。

"谁？谁推的你？"母亲问。

"巨人。巨人住在山洞里。"

大人们像是听不懂我的话。

"是真的巨人，"我直起脖子大声说，"你们知道的，你们见过他。"

"你吓坏了。"母亲接管了我，让我回到她怀抱的世界。

我看着吴珍珠，她也平静地看着我，听我继续胡扯，就像平日我随口瞎编的故事一样，她总是耐心地听。但我自己知道，这次的故事跟平时不同，平时的故事里没有秘密。

回到城里，吴珍珠的床头多了个七彩的圆球。起初她不肯告诉我是什么，也不愿意给我玩。后来某天她说，这是个绣球，在他们的世界里，绣球是给心上人的。什么是心上人，我问。就像你爸爸妈妈，你爸爸就是你妈妈的心上人，她说。我突然觉得很没劲，把圆球掷在她床上，不肯再玩了。她忘记了对我说过，不是谁都能找到巨人的，只有你自己知道你找到了他。

我出院的那天，月子中心的车早早到了楼下。母亲、父亲、丈夫三人商量一番后，女儿由母亲抱。月子中心的两个小护士开路，父亲在后面护送，丈夫扶着我跟上。商务车门拉开，母亲抱着孩子先钻进去，父亲殿后。

有人在喊，"袁叔！袁叔！"一个矮小的胖女人，四五十岁的样子。父亲回身，点点头，并不热络。女人却像是管不住自己的嘴，机关枪一样扫射出话来。父亲只能举起一只手压住她的话头，再点一次头上了车。

"她怎么在这里？"母亲对父亲说。

"说是她女儿被人打了，住院了。"

"女儿被人打了？"母亲声音高了些。

"好像还挺严重。"

"她还一眼认出你啊。"母亲嗔道。

"怎么成了这个样子……"父亲头往后仰，靠到座椅上。

我忍不住问,"谁啊?"母亲从观后镜里看我,"吴珍珠呀!"我盯着镜子里母亲的双眼,说停车吧,我要跟她说话。母亲按捺住脾气说,你吹不得风,司机走吧。我抬起身还想说话,漏气气球一般沉甸甸的身体拖拽住我,伤口也疼痛着阻止我。我只好歪着头,从后视镜上看着那矮小的身影迅速消失。她的头发染得太黄了。

我想象过孩子的到来,可当她真的到来后,世界并不只是爱丽丝掉进兔子洞,钟表时针在加速回转,变化让人目眩神迷。更多的是平静,比山间溪流与巴赫平均律给人的安慰更甘甜。我开始反思,是什么影响了我过去二十年的人生,让我觉得理性比本能更能让人满足?女儿粉红色半透明的手指微微蜷缩。我已很难复盘当我还是个女婴时,父母决定给我什么样的教育,让我成为他们理想人生的一部分,是的,长大,然后成为独立又坚强的女性,接受最好的教育,直到与他们越走越远。谁能想到这些呢?而所谓满足不过是,女儿睁开眼睛看着我。我和她什么也不做,只互相看着。

父亲和母亲轮换着,把女儿抱在臂弯唱歌。他们只做过一次父母,从三十多年前我的到来开始,一直持续至今。这"一次"未免太长了,像人生的其他半永久选项一样,一旦按下开始键,就无法终止。他们也不像我的一位基督徒朋友那样,"祷告了两年,上帝终于给了我一个女儿"，会把孩子视作上帝的礼物。他们跟那个年代其他年轻人一样，二十来岁结婚，很快生下唯一被许可的孩子。很多人都没有想过唯一的机会意味着什么，并没有参考答案。而我现在又能回答何为理想人生的一部分吗？如果没有计划外孩子的突然到来？自我教育训练了我的头脑，从生活的体验进深为某种生活研究，但事到临头，选取方法论显然荒唐而仓促，人纵然复杂，很多时候也只是一撇一捺。

月子中心四十来平的套间里，我一边变成一头奶牛，一边紧紧曳住理性的风筝线，才能让过去的我和现在的我不至于分割。或许我该接受这么一个混乱的新我，怀疑只是认知的影子，没有那么截然对立。就像丈夫休了假来陪我同吃同住，消灭我吃不下的月子餐一样，谈不上好或不好，庸俗或高雅，他跟我一样只是在经受生活的局部。但女儿毕竟是全新的存在，她是投进玻璃杯的泡腾片，嗞啦嗞啦激活了我，改变我的颜色。我闭眼装睡，听母亲哼着歌给女儿拍奶，记起了被我忘记很久的曲调。而一旦想起，调子就在我心里萦绕不去，提醒我童年时的欢乐和满足，它们打着旋回到我的身体里。

母亲和护士又在给女儿洗澡了。我轻轻拿起母亲的手机，走进洗手间。

W开头的通讯录里，并没有吴珍珠的名字。我放下手机，打开水龙头，任水哗哗地流着。终于，在B打头的通讯录里，看到了"保姆吴"这个不能算名字的名字。

我没有马上联系她。要等我从月子中心回到家，跟父母又住了两个多月后，才又想起这个号码来。我在网店下单买了咖啡粉，那天快递到了。水烧开后我把咖啡粉冲泡开，端着杯子闻。未经过滤，杯壁上粘着的咖啡渣有点恶心。我把整杯深褐色的液体和渣滓倒进水池。这下好了，厨房几平米的空间里，有了熟悉而长期让我上瘾的味道。只差一支烟。我走去客厅，从父亲的云烟里抖落出一支，拿着火机走回厨房。

母亲隔着厨房的玻璃推拉门与我对视。我们的对话是这样的：

妈：你有什么问题？

我：什么什么问题？

妈：你在干什么？

我：没干什么。

短暂沉默。

我：女性对身体有自主权。生孩子、抽烟，都是我对自己身体享有的权利。

妈：你自己看着办。

我：我们之间没必要这样，妈妈。我不想自己很紧张。

妈：为什么要紧张？

我：如果在这套房子里，不能做我在自己房子里想做的事，对我们都不是件好事。

妈：我在你那儿也不能什么事都合心意。

我：所以你每次住一个星期就走？是这样吗？

妈：我对自己的行动有自主权。

我（笑）：不互相逼迫不是挺好吗，是不是？

妈：你要住到什么时候？我累了。

半夜我突然醒了。凌晨两点多，不知梦见什么，醒来后却再也睡不着。我该去求父亲么？他似乎对外孙女有更多兴趣。或者他只是没像母亲这样被照顾婴儿搞得精疲力尽，才能把祖孙之情保留在合适的距离中维持浓度。母亲的抱怨合情合理，我未尝不是在剥削她，虽说剥削的同时在用外孙女补偿给她我已不能给予的东西。但就像母亲所提醒的，我有自己的房子和家庭，在这里我只是短暂停留，该为自己负责及做打算。我是父母的孩子，他们对我应尽的义务早已完成，我不能一厢情愿地进入他们的生活。这是平时的我认同甚至引以为傲的价值观，但此刻却让我自觉愚蠢。那些我平时嘲笑的、待在父母身边一辈子没有"独立"过的人，经受的人生并不比我肤浅。甚至更深刻。亲人之间逃无可逃的不就是近距离的生命凝视么？厌弃到了尽头也要继续下去。可我现在能做什么改变？什么也不能做。至少在我和父母之间不能。刻意的讨好、补偿，都会让我们之间变得滑稽。父母对此心知肚明。如果有完全遂我心意的地方，那是他们权衡之下对我的宽容。

是牺牲他们的个人生活对我的付出。半夜醒来想着这些，我又怎么能睡得着？

很难说是不是这些影响了我。第二天，我打电话给吴珍珠。

我在老城区的巷子里找到麻将馆，再在麻将馆七八桌人头里找到她。这里离我家二十几年前住的地方不远，也就是吴珍珠在我家的时候。二十几年前城区还像一块摊开的饼，中心和边缘都清晰可辨。我们家还住老城区时，虽已有卖了土地的农民自建三四层高的小楼，但这里依然还是有单位的人的天下。整齐划一的宿舍楼和守大门的大爷构成了一个个封闭自足的小世界。后来新城区规划转移，有单位的人为了上班方便、子女教育去新城区买房子，也顺便买车子。老城区没落了。说郊县或郊区口音的人填充进来作它的居民。而我也几年没来过了。

除了头发染得太黄，她看起来并没有穷人的局促。上衣款式虽不入时，但也不是广东厂商大甩卖几十块钱一件的货。下半身是条黑色皮裙，在这个天气里穿稍微早了点。皮鞋的边缘和鞋跟都是干净的。她从背后抽出自己的小包，把钱折换成扑克作赌码，并不离桌，只说"你先玩着啊"就继续战斗。我没进过这种巷子里的麻将室，倒也新鲜，坐在破沙发上四处打量。除了我，不上桌的闲人只有一个负责茶水的老人，戴副蓝色袖套。还有两三个孩子在地上爬，口水兜发黑发亮。虽最大声的是推牌的哗啦哗啦声，但赌客们讲话的声音也听得分明。大部分口音我都听辨困难，从困难程度判断，他们的老家离这里有一百公里以上。可这时，有人用本地口音喊我的名字。

"我是郑文豪，记得不？老同学。"男人看起来有四五十岁了，并不像我的同学该有的外表和年龄。

"郑文豪，"我重复道，"你怎么在这里？"

"我开的啊，"男人随意指点着麻将桌，"你来玩？"

"等人。"说完，我觉得自己的话短得有点冷漠，又说，"生意好"。

"不行，"郑文豪说，"找不到什么钱。"

"开多久了？"

"本都没回呢。"

"咋开在这里？"

"我爷家的房子，我爷死了，空着也是浪费。"

"你没上班啊？"

"我有个拖车。离婚的时候老婆要钱，卖了。"

"不怕啊，这是你家土地吧？等征拨，拆了就有钱了。"

"老城区拆迁太贵了，他们不会拆这里的。我就随便混口饭吃。和老同学聚聚不？我拉你进群。"

"先不拉。你加我。"

加了后郑文豪笑着看我："我说你咋有点富态，姑娘还是儿子这个是？"

"姑娘。"

"姑娘好。儿子都是些丧门星。"

为了阻止郑文豪再说下去,我起身拉吴珍珠。她这回倒也配合,结了钱跟我往外走。走出来才说,姓郑的欠一屁股债,你可小心点,回头他就找你借钱。

"你怎么大白天的打麻将?"我说。

"哪个规定麻将只在晚上打?"吴珍珠笑。

说得也对,我对麻将并不知道什么。在这里,麻将是社交,是娱乐,也是极少数人生计的来源。我有同学父母离婚后,无业的母亲靠打麻将养活她,还买了房子。吴珍珠是哪种?

"想吃什么?"她问。

"随便吃点。"这附近还有什么馆子我已不确定了。

她去推一辆电动车,"上来啊"。

吴珍珠骑着电动车,载着我在老城蛛网般的小巷里穿行。偶有下坡,我扶着她的腰。我们分开后,我长高长大许多,她却没有变过。现在,我就像只大螳螂,弓着身子伏在她背后。太阳对此视而不见,把我们的影子揉成灰黑的一团。

"你要住到什么时候?"她突然问。

"你怎么说话跟我妈一样。"

"总要回去上班吧。"

"不急。"

很奇怪的，我跟她之间虽被剪除了二十多年的时间，但并不觉得有去打探的必要。又或许这时间太长了，要找到开始的线头并不那么容易。

吴珍珠给我点了炸火腿肠、炸豆腐、炸洋芋、冰粉，她自己只点一碗素粉。我已经很久不吃火腿肠了，就没怎么动筷。

"早知道你在，我就不找你妈碰钉子了。"

"给你女儿找工作的事？我也不认识什么人。"

"把你同学给她介绍介绍也行。"

"郑文豪呗。"我笑。

"呸！正经给她介绍个男朋友。"

"我同学都三十多了。"

"成熟的好，最好读过大学的。"

"你是给自己找还是给女儿找？"

"有适合我的也行。"

我很难判断吴珍珠哪句是玩笑话。她又絮叨着让我看她手机，让我帮忙转发卖保险的广告。我嘴上说好，却只是拿过她的手机看她发的广告。除了保险，她也卖玩具、扫地机器人、减肥药，还有些不知道哪里生产的化妆品。

"你在广东那么多年，没存点钱么？"我问。

"给你们家打扫清洁的，一次多少钱？"她问。

"两百，好像是。"

"一个月来几次？"

"一周一次。"

"八百块钱能干啥?"

"她不止给我们一家打扫,天天都在打扫啊。"

"全城有多少搞清洁的?像你们家每周请人打扫的又有多少?"

"卖这些来钱么?"

"比随便找个工作好多了。"

"那让你女儿学学就好了啊。"

"她能像我这样?"她突然停顿,继而说,"我多少年才认识了那么多人。她除了跑腿送货还能干啥?如果不是只生了这一个,我何苦呢?"

接下来,吴珍珠的嘴像梭子,把我知道和不知道的名字织在一起。她比我更清楚我们家老邻居们的去向,以及他们子女的现状。包括我们家开文具店时,对街的福来饭馆老板前几年中风死在自家卫生间、她女儿快四十了还没有对象,等等等等。我疑心她也对其他人这么评点过我们家,以及她对我强调的,"每次去看你爸妈我都不是打空手的"。

在我看时间看了第三次,准备说要回去喂孩子时,她从包里摸出个红色缎子小口袋,执意让我收下。

"不值钱,就保个平安,你拿回去给孩子。"

我打开袋子,"我不信这些"。

"不信哪些?这是弘福寺开过光的。我大年初一去烧头香才请回来的。"

"孩子太小,戴不了这些的。"

"大了戴嘛,开光又不会过期。"

我收下了那块小玉牌,却没有提醒吴珍珠,多年前她也送过我差不多的东西。那是她离开我们家前不久,卖吊坠和牌子的小贩扛着挑子沿街叫卖。红线拴住的吊坠整整齐齐摇摆,把红线荡出一片微小的海。吴珍珠喊住他,选了很久。送我的是"健康",自己留的是"如意"。小玉牌是塑料做的,深绿色。

从山里回来后,夏天加速终结。比夏天进度更快的,是我蹿高的个子。吴珍珠也有些变化,她胖了,看起来胀鼓鼓的像个馀头。我只能像发育太快的雏鸟,勉强吊着她脖子,等待她庇护的翅膀。靠在她身上,我可以名正言顺地弓腰驼背,不因突然蹿高的身体而无所适从。我长得太快,看起来比谁都健康。即使在医生面前,我故意指错视力表的方向也无济于事,大人们认定,我该回学校去了。我的病并没有痊愈,但这得等,等到我十八岁,用一次手术来彻底解决它。十八岁,是比吴珍珠还大吗?到时候我就可以是个正常人了吗?吴珍珠像是知道我在怕什么,医生问话时总为我帮腔。

我不跟她提山里的事,也不再要她讲巨人的故事。似乎秘密一旦出现，就只能用谎言或沉默来保护它，保护它不被人发现。

八岁生日那天，我得到了一份大大的礼物。先是在家里吹蜡烛、吃生日蛋糕，然后父亲母亲就领着我出了门。走着走着就到了我们家店门口。父亲弯腰去开卷帘门的锁，哗啦一声，店门开了。吴珍珠之前来没来过我不知道，但这时，她跟我一样，目瞪口呆看着直升到天花板的书架。我几乎是冲了过去，抚摸着亮锃锃的封面，把鼻子埋进书页里深深吸着气。从那以后，这个文具店有一小半的地方变成了书店。而每天父亲母亲出门上班时，也捎带着我到书店，我就在这儿消磨几个小时，到了饭点他们再骑着自行车把我带回家。吴珍珠也是从那时开始看店的。我坐在小板凳上一页页翻书的时候，她坐在柜台后面监督人打电话，或者点算抽屉里的零钱。打一次电话五毛钱。电话上有计时器，过了时间就开始噌噌跳表。吴珍珠盯着跳动的数字，听着客人嘴里乱七八糟的话，在话筒挂断的那一刻报上金额。作业本、铅笔、笔记本琳琅满目，平铺在小桌子上任小孩的黑手摸来摸去。但柜台里不能轻易摸到的东西却最受欢迎。橡胶味道的涂改液、水果形状的橡皮、米粒大小却能让整个文具盒变得芬芳的香珠……每当有小孩指点着玻璃柜面时，吴珍珠都会先报上价格，等小孩点头确认后，才轻轻地把那些神奇的文具放到柜面上来。小孩往往只摸了一下，或者才看了一眼，就紧张地掏出皱巴巴的角票，或者一张崭新的大钞。吴珍珠接过钱，念咒语一般说，"这一盒是最好的"。小孩于是像捧着一只雏鸟般双手捧着崭新的文具走了。母亲对吴珍珠看店的表现很满意，喜之郎果肉果冻一袋十个，我吃八个，两个给吴珍珠。

那是带着魔法的日子，金色的斜阳把整条街变得透明，而我站在街的中段，恍惚看见了整个世界。我的爸妈拥有一间小文具店，而街对面的梅姐烟酒批发部、福来饭馆，街尽头的枕木啤酒屋，则属于其他爸爸妈妈。如果这不是你的愿望，那么，像阳阳妈妈那样，开一辆拉风的"绿壳壳"，当个飒爽的女出租车司机，也是蛮好的选择。人们走进新的背景里，声音是快乐的，轻扬的，有滋有味的。而我也不再困在自己家的两室一厅与露台上，我可以走到街上去，可以在人来人往的街道上、自家店铺里想待多久待多久。

我们家店隔壁原先是个早餐铺子，卖粉面。某天不知怎么就变作了发廊。门口红白蓝三色柱子转个不停，跟店里的姑娘们一样让人头晕目眩。她们穿时髦的连衣裙，露出圆润的胳膊，跟冬天凝固的猪油一样雪白丰腴。只是毕竟是夏天，多少有点融化发䐴。吴珍珠时不时站在门口跟她们说话。她土气的长马尾坚持不肯烫卷，但还是被哄笑着拖了进去。我不敢离开，只站在两间店中间探身看了看。并不见吴珍珠。过了会儿，她冲了回来，脸上却厚厚敷了层泥，白乎乎的像要唱戏。我大笑起来，看着白脸壳下森森一双黑眼珠，又觉得害怕。她拧开水龙头冲洗。隔壁姑娘尖笑着看她把衣服都弄湿了，"乡气！"我没再笑，伸手拉拉她胸口湿嗒嗒的衣服，却是硬邦邦的。我拉开她领口，"你怎么也穿妈妈罩？"她生气般推开了我。推开我的力气太大，这下我生气了，"你结婚了吗？！"小孩子，以为说谁结婚了就是最大的羞辱。吴珍珠红了脸，笑了。

我回学校去了，是班上唯一没有同桌的学生。我认真听其他人讲话，却跟我在意的东西统统无关。我只好钻进书的世界里，开始对身边的世界反应迟钝。吴珍珠突然剪短了头发。短发的她虽还穿着往常的衣服，但抱着手在店门口跟其他姑娘们聊天时，有种不一样的神气。她不再陪我入睡，我也不需要她陪了。每天上床后，我都翻开一本书，目光炯炯，经常趴在书上就睡着了。她在书柜后面支了张折叠床，说是开店方便，就在店里过夜了。母亲对此的反应是，告诉我喔喔佳佳奶糖不用再分给吴珍珠了。母亲说，小孩子才爱吃糖呢。

除了我，开始有别的人跟吴珍珠一起坐在柜台后面。她说是同乡。而某天从书柜后走出个女孩来，她才求我不要告诉母亲，这是她二姐，母亲不准她留宿别人。天没有下雨，可二姐穿着双紫色的雨靴。跟吴珍珠刚来时一样，她也是长发扎成马尾束在脑后。第二天见到二姐时，她的头发烫卷了。卷曲的大波浪披散在肩上、背上，让她看起来老了十岁。买了新衣服,新衣服是红色的。雨靴也不见了。然后二姐就不再来了。我问吴珍珠她去了哪儿?吴珍珠说她嫁人了,走了。

"走去哪儿?"

"浙江。"

"浙江。"我重复道。

"很远。"

"你可以去看她,坐火车就能去。"我说。

"火车票多少钱?"

"五块吧。"我张嘴瞎说。

吴珍珠让我不要告诉母亲,她晚上关店后去帮人做手工挣钱。我没说。可她做工要做到晚上十一点,第二天看店打瞌睡,苍蝇拍拍在书的封皮弄脏几本书,母亲还是知道了。

"妈妈不喜欢你晚上去做工。"我说。

"你每个星期多少零花钱?"她问。

"三块,"我顿了顿又说,"不算你偷偷让我在抽屉里拿的。"

"那是你家的店,我可没让你拿,你自己拿的。"

"你要告诉妈妈吗?"

"不。"

"你想让我给你保密吗?"

"你妈妈已经知道我在做工了。"

"你想走。"

"走去哪里?"

"坐火车去看你姐姐。"

她的脸抽搐了一下,"她是卖给人做老婆的"。

无所事事的小孩在街上游荡,脖子上不见红领巾,应是放寒假了。而这一天,从早上开始,不断有农民背着背筐从店门口经过。这都是近郊的农民,背了蔬菜、水果、大米或者药材、兰草,要在赶场天换点钱。所以这是个星期天。店里挤满了人。我只能不情愿地躲到柜台后面去,暂时跟吴珍珠待在一起。她的布鞋还算干净,可衬衫下摆都是油点,身上也发出馊馊的汗臭。住在店里,只有一个冷水龙头,可她为什么不回家住呢?我歪着头看她梳得整齐但已经很脏的头发。饭倒是每天母亲都给她送。我撇着嘴不说话,只悄悄看她,发现她的耳垂上不知何时打了两个洞,洞里塞着比火柴棍更细的小木棍。她面前的小板凳上扑着一本书,封面上是个凶神恶煞的金发女人,作者的名字让人过目不忘——雪米莉。我正琢磨这本书怎么从没在书架上看到过,吴珍珠突然站了起来。

她三两步绕过柜台,走到一个正盯着书架发呆的男孩身后,一把揪住他的领子,几乎是把他提了起来。男孩身子摇晃、失去平衡,双手却紧紧护住胸口,任吴珍珠半拖半拽把他扯出店去。街面上人来人往,吴珍珠揪起男孩的前襟用力一抖。一本书掉了出来。男孩用双手在胸前护住的，竟是一本书。失去了书，男孩的身子一下瘪了下去，像节日傍晚的气球。过大的衣服松垮垮套在身上，太不合身了。男孩还来不及逃走，或者他没想逃走，而我还来不及说出一个字。吴珍珠冲回店里又冲到街上，手里拿着不知哪里来的一条绳子。男孩双手被拧在身后，吴珍珠用绳子把他绑了起来。绳子很细，是绿色的尼龙绳。吴珍珠打了几个结，像套牛嘴一样打横绕过男孩双手的虎口，捆死了。在那些我还需要陪伴入睡的最初的夜晚，她讲过不止一次，怎么用绳子套住牛的头。套好了，牛就老实了。

围观的人嗡嗡发出比蝉更聒噪响亮的杂音，声音像涌起的海浪，像飞起的石块，就要把男孩钉死在圆心中央。警察到来前，男孩就这样被缚住双手站着，绳子的另一头系在不知谁停在路边的一辆自行车上。血液在我身体里发烫、加速度奔流，我的脸、脖子、双手都被涨红了。我扶着柜台，盯着那跟我一般大的男孩。他脸膛很黑，皮肤上散布不规则的白点，应该是蛔虫斑。除此以外，他不合身的衣服、橡胶底已经变黄变硬的布鞋，都跟围着他踱步的吴珍珠如出一辙。吴珍珠从哪儿学会了这套呢？是那个凶神恶煞、叫雪米莉的人吗？我的目光扫过那本扑在柜台下的旧书。

很快，母亲赶来了。跟警察说着什么。看热闹的人换了几拨，男孩还像牛一样立着。让一切终止的，是警察的喊话——散了散了！各回各家！他喊话前，俯身把男孩身上的绳子解开了。被解开的绳子像蛇蜕下的皮,有软塌塌的肮脏感,慢慢从男孩手上滑落。吴珍珠一言不发,只对着男孩吐了口唾沫。唾沫啪一声打在男孩脚边,不知道吴珍珠使了多大力。

母亲吩咐吴珍珠关店、回家,然后把我驮在自行车后座,蹬着车先走了。天很冷,我紧紧依偎着母亲的背,搂着她的腰。我用力闭着眼,不想看到街道、房屋、梧桐树、小贩。不想有任何再看到那男孩一眼的机会。

进了门,母亲说:"今晚珍珠姐在你房睡一晚吧。"

"我讨厌她!"我用力踢掉鞋子。

母亲被我激烈的语气吓了一跳:"哪来这么大脾气!"

"我就是讨厌她!"我拧身进了屋,把房门反锁起来。我才不要跟吴珍珠睡一个屋。我恨她,或许是怕她。我一直忘记了她是个大人,这样我们才能做朋友的呀。可是现在,她就像个巨人,从山顶上砸下大石头,让我不能靠近她。

把关系具化在空间里,或许就像阿布拉莫维奇和乌雷干的那样,朝对方小跑,偶尔擦身而过,最后不可避免二人激烈冲撞,直至某人被撞倒在地。把关系具化在时间里,也可以想象为这对曾经的情侣所演示的那样:背靠背而坐,两人头发像榕树的气根般绑在一起,一动不动十七个小时。

我和父母是这样又不完全是这样。至少，在我们一起生活了四个月后，冲突、愤怒、妥协、感动重复上演，慢慢磨掉彼此身上的刺，从伤口处长出柔韧的藤蔓让我们再度相连。十八岁我离家去外省读大学后，就没有这么长时间地跟他们相处过了。他们，我生命中不可选择的存在，我的父母。而见了几次同学，吃过饭聊过天后，我开始能像看待和分析自我一样面对父母。把我放置到他们的身份和环境里，我也许会是个糟糕的人。我和母亲还是会互相讽刺，衣着、口红颜色、菜的口味，不一而足。而讽刺开始变成语言的游戏，像我和丈夫及最好的朋友间经常进行的那样，只是无关痛痒的玩笑。我愿意跟父母一起坐在客厅看电视剧，边看边吃瓜子、水果、零食。过去我大概会在这定格画面外注解：贫瘠的精神生活。但现在，精神生活的本义和外延对我来说已大大扩展，身体所携带和被寄予的东西则更加神秘。身体与精神交界处尤其。这跟软弱或无能无关，生命的河流中，我的主题仍是那几个，但已被注入更多的原料。

而松弛一旦发生，相处不再是对立与和解的二元模式。塑造我们的成分是可以分解、从试纸上析出的，如果我先认可某种意义上我与父母并无差别、都是试验品的话。这些成分配比虽不尽相同，但制作过程却大同小异，或者说，其中都伴随着艰难的自我进化。试管可以贴上标签,但也可大而化之统一以"文明"命名。既然在我们的环境里,阶层、贫富、教养、智识都失却了词本身存在的合理性与讨论的必要性。我们不过是三只猴子,跟剩下的十四亿减去三只猴子差别不大。

但迟早,猴子要进入山林。虽然求学、工作的十几年里我已经历过类似的场景,但整体来说,每次都不一样。如果硬要总结,可能是在我进入的时候,本能都会警觉,随之是精神和身体的高度敏感。这一次的场景是:吴珍珠的家。

吴珍珠领着我穿过农民房挤出来的窄巷,在一栋四层高的房子前止了步。说是四层高,却在四楼顶上砌了半截空心砖墙,犬齿般高低不齐。农田被扩张的城区挤占包围后,农民开始种房子。在原本三四层楼高的房子上加建,指望着拆迁赔偿能多一些。脑子迟钝的,种得晚了、慢了,房子还没长出来就被贴了违章告示,再种就要罚款,只好任墙和泥沙荒废。我们就踩着有碎沙的楼梯往上爬。推开门后,一张双人床挤在窗边,给房间留出一条过道。吴珍珠的女儿躺在床上。

前天深夜,我手机突然响了。吴珍珠在电话那头说,女儿跟人吵架,手腕被菜刀砍了几刀,现在在医院急诊室,让我赶紧过去。我连着问了哪个医院、伤势情况、警察有没有到场后,突然清醒了点:"为什么要我过去?不用手术的话缝好伤口就能回家了吧?"

"她不听我的……"

"谁?"

"我姑娘。"

"让警察跟她说。"

电话那头很安静:"你真的不能来么?"

"不行,孩子哭了。"我挂断电话。

两天后,我还是来了。我包里带着个信封,里面塞了两千块钱,准备视情况决定要不要给吴珍珠。

天已转凉,但吴珍珠女儿穿着热裤和吊带衫,脚趾上蓝色的指甲油脱落斑驳。听她妈的话,喊我姐姐,然后又低头玩手机了。吴珍珠走去床边,指给我看手上的纱布,又絮叨说那男人歹毒,说着说着大声训女儿:"你是猪吗?他打你你就打他啊!你砍自己干什么?"她女儿不抬眼看我们,却并不闪躲。

"你给报道报道,这人渣!"吴珍珠突然说。

"我不写这些。"我语气还平缓,但吃了一惊。

"你不是做记者吗?"

"没做了。"

吴珍珠像是没听到,兀自说,男人不肯赔钱,入院那天只扔下一千块钱就走了。那是女儿的男朋友。为什么打架,她语焉不详。说了一会儿,她不死心般又问:"那你能让电视台来吗?"

我更吃惊了:"让电视台来干什么?"

"让他们拍拍这些伤。让那个畜生赔钱!"她说着,起身拉扯女儿的吊带衫,大半个背、胸脯晃出来,白花花一片,"你看看!你看看!"

"她是自己砍伤的,是吗?"我向吴珍珠确认。

"也是那个人渣逼的。"

"什么样的男朋友?"

"三十多岁。"

"我是问,已婚还是未婚,有单位还是没单位?"

"有单位,离婚了。"

"怎么认识的?谁介绍的?"

吴珍珠不说话,隔了几秒起身去拎暖瓶冲茶。

"能读书还是继续读书吧。"我说,"很多事可以以后再做的,妹妹。"

"跟你说话呢,你聋了?"吴珍珠冲女儿吼。

她女儿终于说了我进来后的第一句话,"我的事你少管"。

茶叶在油腻的玻璃杯里下坠,我推说孩子要闹了。见我起身,吴珍珠似乎也不介意。一时无话。像我跟她曾经玩过的游戏,两人面对面,不许说话不许动,谁先动谁就输了。

我开口:"这里养身体也不好,不回乡下去吗?"

她瞪了我一眼:"回去也进不了宗谱。死了就是孤魂野鬼。不回去!"

我站在路边等车，她陪着我。雨后的空气已经有初秋的冷肃味道了。准备好的两千块钱就在我包里，却找不到理由拿出来。她再也不说牛啊苞谷啊母鸡啊之类的话题了，但也不说她见过的世界和我们的此时此刻。我疑心这并不是我认识的那个吴珍珠。母亲的通讯录里，她是保姆吴，没头没脑的名字，不是吗？

我只想车快点来。

上车后，她突然拍了拍窗户。窗户摇下半扇，她说，"你是要收钱才会写吧？能不能不收我的？伤口你看到了，都是真的……"

我的太阳穴跳着疼，一下一下地，"是我让你去的"。我突然说。

"去哪里？"

"我看见他偷书，让你去把他捆了。"

她看着我。

"我说我讨厌他。如果你不去，我就要连你一起讨厌。一辈子讨厌你！"

"你在说什么？"

"你都不记得了吗？都忘了吗？那你还记得什么呢？"

"可是我抓到的，是我绑了人。你为什么要这么说？"

"吴珍珠，我说是我，你听不见吗？是我啊！"

"你为什么要这样啊？为什么还要说这件事？！"

"如果是我叫你去的，一切就不一样了，不是吗？"

"怎么会不一样？什么不一样？"

"我们就能……"我说不下去了。

"我们是一样的。"她说。

车开了。模糊中是吴珍珠在喊吗？我的朋友吴珍珠。我捂着包，或许我该把钱给她，哪怕这会愈加暴露我的贫弱。我大概什么也不能给她。她却能坦然将开了光的玉牌给我的孩子，祈求神灵庇佑她的平安。

母亲和父亲坐在客厅里，电视静了音，可他们认真看着。我换上拖鞋，慢慢走到他们身边坐下。搬到这套新房子后，客厅阳台能看见山景。这里离老城区有二十多公里，窗外除了山一片空白。显然，这座山里没有巨人，但谁知道呢，也许有。童话故事里，人总想跟巨人做朋友，坐在巨人的肩头一起去看世界。但巨人挥挥拐杖，就把什么都破坏了。除非像那个口口相传再记录下来的故事一样，你先是个拇指大的小孩，遇见巨人后跟他一起逃走，然后你长大，变成年轻的巨人。又或者像王尔德试图让人相信的那样，巨人遇见神，就有了一颗人的心。

我把视线放在山起伏的绿色线条上，追寻着风或时间的脚踪。山峦在上升，跟随这上升的不止灵魂。

峡谷边

我又梦见了父亲。不过这一次，在梦里我是他。在梦里过另一种人生并不是难事。我变成过忍者，在连绵起伏的屋脊上俯身跳跃。也梦见变成女人，与其他男人或女人在梦里暧昧直至亲热。甚至变成动物，有狗、牛、鹦鹉和壁虎，在梦里爬行、摇尾、用被修剪过的舌头发音。这些我都能自圆其说。比如，我整天玩电子游戏，又看古龙小说，才会变成决战紫禁城之巅的忍者。我喜欢班里的女同学又迟迟不敢表白，才在梦里变成了她的朋友，两人躺在一张床上时我终究没能控制住自己的本能。至于动物，也可以解释为漫画里兽人、半兽人和会说话的动物的延伸。这些梦的内容本身就是意义，是醒着时的我印象和意识的堆积，所以也不需要解释。就算梦完整得像一个故事，像平行世界里我的一段经历，我也不会把它看作预兆和象征，顶多醒来后反刍般回顾一下，然后大脑就会自动把这些意识的碎片扫空、归档。

跟父亲有关的梦却不是这样。起初，我在梦里守规矩，只配合梦里的那个父亲完成他的动作。他提出要去一个什么地方，或者要我去做什么时，我都按他的意思办。最多我要求他跟我一起去。这样的话，在梦里我就能延长跟他在一起的时间，他就不会像梦里其他模糊的人一样一闪而过。所谓模糊是，我清楚地知道对方是谁，但并不能像醒着时那么立体地感知对方的存在。似乎对方只是一个投影，或者我的五感被遮蔽了大半，没法全息摄取对方的一切。

每个晚上入睡前，会不会做梦、会梦见什么都是无法预知的，父亲何时进入我的梦里自然也没有预告。但随着我对梦里的他日渐熟悉，每当梦境降临，未完全失去控制的我的意识总提醒自己——抓住它。

这个阶段里，梦运行一会儿后，梦里的我和我本身，会同时意识到这是梦。而我已不想绝对地顺从。不是顺从于梦里的父亲，而是这里面或这之上，自始至终存在的某种能量。

我的意识挣扎越顽强，越能确认它的边界。是的，在梦与梦之间，在印象、想象和意识看似孤岛般漂浮着的板块之间，有无数条精密的链条擦出金属的合音，也有这之外隐形的边界。我的意识与它交锋，尝试反抗和搏斗，但当意识的能量或成就超出一定范围时，我的身体会被唤醒。

醒来即意味着梦的结束，也就是我被踢出了那个世界。它觉察了我的企图，像拖动一个文件夹一样把我放进别的磁盘分区。

于是我试着不要用力过猛，比方说，在即将醒来的边缘，我慢慢松开试图抓住它的冲动，试着再次顺服或至少伪装顺服，任由自己在意识海里下坠。这种态度或者说行为会被它接收，很多时候，我可接续梦境，绵延那不知终点的旅程。

那段时间，我研究有纪录留下的自体实验者。或许由于现代以来自然科学作为一种思想模式的影响甚嚣尘上，我能轻易找到的资料里，这些疯子、先知、狂人或祭司多半是科学家。他们割开自己的皮肤，主动感染未知的病菌；或者把恶病患者的"坏血"注射进自己的静脉。也有把自己暴露于辐射物之中，或者吞下吸血虫。

与其说他们在用自己的身体冒险，不如说这是一场狂妄的搏斗。他们往往天资过人，早早摸索出一套规律与法则。但如同天才的棋手在放下一颗棋子之前，心中已演练了无数次棋路仍跳不出棋盘格恒定的格局，他们的挑衅也预设了法则的完整和暗藏的缺失环节。缺失就可以补全，隐匿就能够显影，科学家跟同一个对手博弈。

了解这些，对我有用，也没用。梦是领地，更是酵母，也可视作炼金的要素。虽然古希腊人在神庙里孵梦时，手术是不可或缺的一个环节，但进入神庙接受梦的安慰和启示仍不可被手术代替。

随着我对梦的训练和控制越来越深,我开始愈加清晰地看见意识和身体连接的边界。而我手中的砝码,除了年轻的躯体、与父亲共有的记忆之外,还有可靠的大脑。

我不再喝咖啡和茶,每天去山林里徒步四十分钟,我申请去药房工作。换工作意味着每天不再是坐在办公室里看诊,而是读取处方、来回走动、配比药剂。跟上手术台时的眼、手、脑的配合不同,在药房我感觉不到损伤,感觉不到手和器具进入病人身体时,病人器官和血液传递的触感和温度。我的身体和精神不用再承担对病人身体负责的直接压力。

慢慢地,早晨醒来时,我能感受到绝对态的清醒——头脑和身体的摆针叠合归零,等待我的指示。而我要做的是若无其事地等待,等待梦境再度降临。

那天下午快下班时,电脑传来一张加急处方。我刚取出苯妥英钠注射液,窗口的紧急铃已被按响,取药的护士已就位。药拿走后,我盯着电脑屏幕看了一会儿。这是张一模一样的处方。父亲颅脑损伤后曾引发癫痫,处方上也是苯妥英钠。癫痫发作往往毫无预兆,他的半边身子猛地抽搐起来,像失控的玩偶。父亲睁着眼,看得出在努力克制,但无济于事,他只能任由肌肉过度收缩、体温升高,与此同步发生的是大脑缺氧和电流紊乱,而癫痫就会越剧烈。药剂注射进父亲静脉后、直至抽搐平息之前,父亲的眼神像哀伤待宰的兽。偶尔会有一两滴泪从他眼角滑落,他的意识和情感仍留有尊严的余地。最好的时候，我和母亲一人拉住他一只手，而他的手指已强直蜷缩。更多的时候，也就是父亲漫长的康复期里，我只能透过手机屏幕跟那头的母亲连线，母亲总是把镜头杵得太近，父亲的脸卡通式地变形。

我望向药房窗外高大的桉树群。医院建在平缓的山丘之上，隔绝开市声与公路，此时国内是冬天。而在这里，南半球的夏日阳光正炽。从医院所在的山丘开车下去不远就能望见海。消波块堆积出几何形状的海岸线，人以此防卫自然的喜怒无常。我闭上眼，设想苯妥英钠从静脉进入身体，体内的躁动被阻断，我像父亲一般安睡过去，脑电波复归平滑的曲线。

抓住它。它——知道这些吗？

当晚，我再次梦见了父亲。不过这一次，在梦里我是他。最开始，我以为跟往常一样，我只是梦的参与者，从梦的拼图里分取属于我的份额。但从峡谷升起来的雾阻断前路，我无意识地踩刹车，而车戛然停在断崖边时，我明白了我的位置。

我接管了父亲的身体，接通了他的意识。我不再是David Tao，不再是神经外科医生，不再是全然的我。我成为陶勇，一个在峡谷边生活的年轻人，一个司机，一个新与旧的意识体。

而跟在梦里延续使用我自己身体的感觉不同，进入父亲的身体，我似乎同时在两条车道上驾驶。车道A让我用父亲的眼睛往外看，车道B让我与其脱离，悬于空中。与这种多重的共时存在相比，这个时空本身并不让我恐惧，因为在此之前，父亲已经跟我讲过太多次了。

峡谷边多雾。车在七拐八弯的盘山公路上蛇形，越靠近峡谷，雾越浓。天还未亮，路上不见其他往来车辆，陶勇弓起背，看黑色路面一点点缩短。黑色即将消失时，当机立断就得左转。下山都是左转。跟陶勇一个车班的老陈，曾因漏掉最后一个左转弯，车头直冲撞上石墩，断了左手。隔着车窗，峡谷水流声仍盛大。及至谷底，水声震耳欲聋，陶勇有些恍惚，不知行进在哪个结界。陶勇将车拐下车道，想停在杂草丛生的黄泥地上歇口气。驶下水泥路面时，车胎被湿软的泥土吸住，像滑入巨型动物的腹部。

石墩下面即是悬崖。峡谷两壁对峙，山势陡峭。大坝建成前，两岸鸟啼猿啸，险滩湍流搅起如雷水声。如今大坝既已建成，昔日被唤作"雷公河"的河段似被驯服，除非雨季涨水泄洪，平常日子里，已不见波涛连天的凶险。人胆子慢慢大了，这才把路修到谷底，架桥，过桥后沿盘山公路爬至坡顶，从水电站进城也就用不了一个小时。像陶勇这样年轻力壮的司机，开四十来分钟，就能把来勘察的领导或技术人员平安送回城。

水雾如蛛网，陶勇比平常更用力地抽烟，吐出的烟雾在浓重的水雾中几乎凝滞。一口气抽掉三根烟后，陶勇拍打身上细微凝结的水珠，转身看见了道路尽头一辆黑色的小轿车。

引擎发动，轰一声之后，陶勇再次上路。车开得慢，跟黑色小轿车擦身而过时，隔着雾蒙蒙的窗玻璃，陶勇仍看见了车里的人。一个男人在驾驶座上，身子后仰。陶勇有时也会把车停在路边打个盹，这边路况差，山高得遮天蔽日，翻一座山少说也要一两小时。也有跑长途的卡车司机，管不住嘴喝了酒，在路边一盹就当过夜，还省了住客店的几十块钱。车轮轧上桥面唰唰作响，带起桥面的积水。桥的尽头，一只白狗闪出，横穿而过。陶勇猛踩刹车，桥面震颤。想了几秒钟，陶勇驶下桥，掉头往那辆黑色小轿车而去。

陶勇拍打车窗，车内的男人没反应。拳头印在车窗留下的印子破开水雾，得以看清男人的脸。车门没锁，拉车门时太用力，陶勇身子歪了一下，险些跌进黄泥地里。陶勇伸出左手，靠近男人鼻子，触电般缩回手，转身走开。在医院守夜照顾病重的父亲时，陶勇有时也会把手靠近父亲的鼻子，父亲会猛地惊醒继而咒骂他。眼前这个男人显然不会了。

警察来得太慢。陶勇不知不觉抽完半包烟。太阳出来了，雾气慢慢散去，峡谷如平日般苍翠，险峻之美摄人心魂。警察问话，陶勇可讲的不多，直至警察翻着驾照问他，死者姓巫叫巫延光、是否认识时，陶勇想起了这个名字。陶勇看着已围蔽、尸体已搬走的黑色小轿车说，不认识。

陶勇赶回小车班时，王主任已经在等他了。陶勇把车钥匙放在桌面上。王主任说，明天你不用跑电站了，北京的专家由小刘去接。陶勇愣了一下说，我闲着也没事啊。王主任说，你赶回来有事？陶勇说，有场喜酒。王主任抬手看看表说，接亲怕是赶不上了。陶勇嬉笑着说，领导，没跟你打过招呼，我也不敢随便拿车出去用啊。王主任鼻腔里似有似无嗯了一声，过了一会儿又说，喝喜酒好，去去煞气，又拱卒子一般把车钥匙往陶勇方向移了一步，说，还是开去？陶勇连忙起身、摆手说，不用不用，背朝门口退去。王主任站起来，送他到门口，又递了根烟给陶勇。烟抽过一半，主任说，那个人是不是你同学？陶勇说，哪个人？主任说，峡谷边那个。陶勇说，主任，人家开桑塔纳的。主任说，你开的不是桑塔纳啊？陶勇说，主任，我是给公家开车，就是个出力气的，人家是自家车子，比不成。主任笑了，拍拍陶勇肩膀。

陶勇去吃喜酒。新郎已听说了上午的事，还跟陶勇开玩笑说，撞上这种事，去买彩票说不定要中大奖噢。陶勇揽着新郎，也就是他的朋友王小蛮说，彭坨坨呢，彭坨坨怎么还没来？小蛮叹气道，等会儿他来了你自己问他吧，这个彭坨坨，是不是脑壳真的少道拐？陶勇说，巫延光，峡谷边那个人是巫延光。小蛮说，听说是自杀？陶勇歪了歪嘴说，法医都没出结果，你消息怎么这么快？小蛮扬了扬下巴指指不远处坐着的一个男人说，今天过了那就是我姐夫了，公安局的。陶勇说，还有什么消息？小蛮压低声音说，他不是一个人，巫延光不是一个人。陶勇说，放屁，车里车外我都看了，有第二个人我跟你姓王。小蛮笑了，说，大坝边上有农民报警，说河边发现一个女的，死了。女的，多大年纪？身份有了么？陶勇问。小蛮又笑，说陶勇你搞刑侦啊？巫延光长什么样我都不记得了，就晓得他比我们高三届，但这个女的嘛，你肯定认识。陶勇顿了一下，说，不会吧。小蛮这下不笑了，只嗯了一声。

客来客往，小蛮被叫着往别处去了。陶勇站在迎宾处，从堆得满出来的花生果盘里拣一颗糖剥开吃了。等了一会儿，陶勇看见彭宥年跟在服务员背后进来了。新郎新娘、新郎新娘双方父母都在迎宾，彭宥年却没上前去，三步两步走去侧边挂礼的台子面前，俯身掏钱。待他回身，陶勇堵住了去路。彭宥年讪讪笑着说，我有事，先走一步。陶勇不言语，夹着彭宥年胳膊就往新人面前去。陶勇把恭喜贺喜的好话又说了一遍后，死死揽住彭宥年的肩膀往婚宴大厅里去。彭宥年想在最靠近门口的一桌趁势坐下，只动了半边身子就被陶勇箍住，拽着他往靠近舞台的前方去。亲属主桌之外最近的一桌还空着。

两人坐下后，彭宥年自言自语道："百年好合，早生贵子，幸福美满，白头偕老。"

"彭坨坨，我记得你是教生物的啊，怎么教起语文来了？"陶勇说。

"这是吉利话。我自己说还说不得啊？"

陶勇作势要扇自己耳光，"我啊，不就是嘴巴跑得快。抢了你的话啊？来，来，长点记性"。右手扇下去时，左手稳稳接住右手，啪一声作响，两人都笑了。

新郎王小蛮的姨妈来了，穿了件紫色的旗袍，正在把脖子上红色的丝巾往下拽。她不像要坐下，只是站着跟陶勇说话："人一老啊，出点汗就喘不过气来，我这像什么样子？"陶勇半唱半念道："啊啊啊啊牡丹……百花丛中最鲜艳。"姨妈笑了："你们小年轻，懂什么？"背挺得更直，丝巾在手上绕了几圈，转头对彭宥年说："今天的菜好得很，小彭老师你多吃点。小彭老师，都说你上课上得很好。"彭宥年像是吓了一跳，连着摇头。姨妈走到陶勇和彭宥年之间，两只手一左一右搭在他俩肩上，略微压低声音道："我十六岁那年就考上歌舞团，都是我爸，说我要敢去就打断我的腿。现在他老人家也不在了，留我在这里，别说专业了，连个舞伴都难找。小彭老师，趁年轻……"话还没说完，新郎的妈妈过来把她拉起来，姨妈不情不愿，但也被自己姐姐拖回主桌去了。

"她是不是知道了？"彭宥年问陶勇。

"你上课上得好，大家都知道啊。"陶勇说。

"我还是走吧。"

"你要是敢走，老子打断你的腿。"

"我头有点痛。"

"头痛，老子才头痛。马小芸死了，你晓不晓得？"

彭宥年嘴角抽动。

"跟巫延光两个一起，哪个先哪个后现在还不知道。你还别扭啥呢？这些人都搞出人命了，谁还管你那点破事？"

彭宥年掏出手机打电话。电话通了，接电话的是个男的，他说，我找马小芸。对方说，我是马小芸的哥哥，马小芸今天上午已经去世了。

挂了电话，彭宥年复述电话内容给陶勇听。陶勇拍了拍他的肩膀说，是我发现巫延光的。

像是被猛地拔掉梦的电源，我醒了。眼睛适应了房间里的黑暗后，我确认了仍在房间之中，门在左手边，窗户在右手边，墙上的地图在黑暗中仍看得出色彩。双手手指僵直，似乎紧张了很久。我试着让连头皮都绷紧了的身体放松下来，四肢下沉，陷入床垫之中。不久，我闻到了从窗户缝里灌进来的潮湿的海味。我还在珀斯。此时此刻，我还在珀斯。

我躺着不动，试图控制呼吸的节奏，让身体的频率不至于完全脱离梦的频率。然后我闭上眼，脑子里重复演练梦最后的片段。彭伯伯打电话，跟父亲说话，父亲伸手拍了拍彭伯伯的肩膀。但无论我怎么努力，以怎样的倍速重播这段梦的残片，我已无法再度进入梦里，直至完全清醒。

我坐起来，打开电脑，开始记录刚才的梦。其中多半是父亲说过的，也有父亲没说过的。比如，父亲回到小车班交钥匙，跟王主任的那段过手，就是某次我跟父亲一起时亲见的。只是父亲远没有我梦中这般灵活狡黠，递给王主任的烟也因对方迟迟不接而夹回自己耳后了。还有那场喜酒，记忆里，母亲抱着我也在席上。同桌的人边吃边说闲话，打趣彭伯伯的丑事，父亲嘴快多回了几句，差点与对方动起手来。小蛮叔叔和新娘子薛阿姨一起来敬酒时，彭伯伯已经有点喝多了，舌头囫囵着，说自己不是脑壳少道拐，他就是舍不得女儿，要能争取到女儿的抚养权，他什么都愿意。席间吵吵嚷嚷，没人听彭伯伯在说什么，母亲放下我，拽了拽彭伯伯的衣角，让他坐下了。

我把记忆里父亲说的部分标成蓝色，我自己添加的部分标成明黄色。文档变成蓝色和黄色色块的堆积，分属父亲和我的意识体。光标在最后一个字节后烁动，提示着选项：我可以写下去，补足这个梦；也可以打出一个句号，让这个梦暂停。

　　我起身，光脚在房间里走了一圈。房东贴在墙上的世界地图已有些泛黄，但并不妨碍我在上面迅速找到了自己的坐标。在珀斯，语言、季节甚至色彩，都提醒我这是国外，但有些时候，比如现在，我又会因珀斯跟北京处于同一时区而恍惚。在刚才的梦中出现的所有人，包括被隐去的我和母亲，此刻都应在睡梦中。自然，除了父亲。我不确定他现在是否需要睡眠，或者他所在的世界还有没有睡眠这回事。

　　我走回电脑前，坐下，统计了蓝色和黄色色块的字数，各是1387和1401。我添补进去的部分超过了父亲传递给我的记忆。所以——是这样吗？它发现了。发现我在用自己的色块覆盖父亲的色块，而如果我继续下去，一路推进至章节的终点，我将改变后来的事。

　　后来的事，父亲也说起过。大部分时候，父亲跟我讲他的经历，多是为了让我体会其中的道义，简单说就是，遇上事的时候，怎么做个人，做个什么样的人。但这件事，从父亲讲述的起始，就不完全是让他得以自证价值的说辞，他被其中圆环般的关系困扰，即使一遍遍重复事情的经过也不能解释到底发生了什么，以及到底是怎么发生的。

　　他第一次跟我说起这件事，是我大学放暑假回家的时候。我跟父亲第一次一起喝酒。那时父亲的酒量已大不如前，只喝了二两，夹花生米就变成慢动作了。他试着问我有没有女朋友，得到否定答案后，就说起他的女朋友们来。有些我从母亲嘴里听过，更多的让我有些意外。比如母亲一直念叨马小芸是父亲的前女友，但父亲说，马小芸喜欢的是彭伯伯，从中学开始就喜欢，但马小芸那疯样，彭坨坨怎么会喜欢？彭坨坨啊，不是喜欢脖子像鹅的，就喜欢眼睛像鹿的。父亲这神叨叨的比方只能让我想到长颈鹿，于是我说，彭伯伯又不是动物饲养员。父亲摆摆手说，他一天到晚搞那些花花草草，早就是草食动物了。我说，大象也是草食动物，狮子老虎还不敢惹呢。父亲不听我的话，兀自说，彭坨坨不要马小芸，马小芸不要巫延光，彭坨坨老婆跟人跑了，彭坨坨还是不要马小芸，马小芸跟了巫延光，巫延光跟老婆离婚了，马小芸等不得跟别人了，巫延光把马小芸杀了，巫延光又把自己杀了。

我听完想了一会儿，问父亲道，这是彭伯伯的事啊，跟你有啥关系？父亲想了一会儿说，是啊，跟我有啥关系？顿了顿又说，你还不懂，我的事就是他的事，他的事就是我的事。

后来这故事我听过好些遍，每次父亲的重点都略有不同，不变的是主角永远是他和彭伯伯。虽然在我看来，巫延光杀死马小芸再自杀，这件事离父亲和彭伯伯都有点远。像父亲说的，这事发生前，他和彭伯伯连巫延光长什么样都忘记了。如果说彭伯伯还有马小芸这层关联，马小芸和巫延光的死对他是个刺激，那父亲切身的，不过是在峡谷边发现了巫延光的尸体。父亲只有高中文化，讲起故事来平铺直叙，毫无吸引力。最开始我以为这是本地罕见的情杀加自杀案，父亲才会讲。慢慢又觉得父亲可能有些同情马小芸，毕竟她罪不至死。但随着细节越堆越多，甚至离题千里，跟故事里的人有关没关的亲戚同学都被讲了个遍，我开始觉得，父亲对我隐瞒了什么。我不经意间跟母亲提起过，想让她说一个她知道的版本，可是她毫无兴趣，还说，你爸啊，不就因为那之后，彭宥年就走了么？走去哪儿，我问。调动走了，去农学院了，以前不是在附中教生物么，后来才慢慢成教授的呀，母亲说。

我是不太理解。彭伯伯虽然工作变动了，但跟父亲还是好朋友，家里没事两人就在一起消磨时间。项目单调，不是斗地主就是喝酒，持续到父亲生病前。即使后来酒吧多了，他们也不爱出去，还是把对方的客厅当自己半个家。两人见面从不预约，想起了随时拔腿就往对方家去，扑空的话才想着打电话。遇上对方家里有客人，也不回避，坐在那里自己看电视喝茶。

我一度对父亲失去耐性，烦他不懂人和人，准确地说是成年人之间该有的距离。大概因为我长大了，有一套自以为合理的行为逻辑。比如我总反驳他说，什么事那么重要非得见面？时间多么宝贵，你为什么一定要跑到人面前才能说话？跟我越来越多对他的反驳、否定激起的反应相同，他总是怒不可遏，不断提醒我，三岁看老，我从小玩过的玩具转头就扔，没心没肺。我自然不甘示弱，甚至有意刺激父亲，说我的手是拿手术刀的，不是抓方向盘的，我是靠脑子吃饭的，不是靠卖力气。父亲竟然沉默了，然后让我有多远就滚多远。

我也确实滚了。凭实力滚到澳大利亚，够了。直到现在，我只能用黄色和蓝色色块来区分和联结我和父亲。或许不止于此，如果我和父亲之间真如黄色与蓝色色块一般泾渭分明，我不会介意我竟然不了解他，更不会觉得因为对他欠缺了解，所以我自身的许多地方也渐渐不可解释。

我打下句号，另起一段，犹豫着要不要把梦的结尾、我复归自己身体时的感受打出来。

与父亲的身体脱离前的片刻，我的手拍在三十出头的彭伯伯的肩膀上时，他的肌肉反作用于我的手掌，轻微地震颤。即使是在梦中，我的手掌仍被导入了一股电流，传至我的中枢神经激起一阵波动。我知道大脑在迅速比对，这一经验有无类比，该如何归档及储存，也很快告知答案——这体验是我没有过的。不只是亲密，还有别的，是两个颜色极接近但又不同的色块的相互覆盖，彼此一部分的消融。能量在其间涌动，循环，边界消逝，归于平静。

或许父亲说得对，我太无知了，根本不懂一生的朋友意味着什么。

一种思维的积习是：当身体出现疾病，人要到身体以外去寻找救助方法。我的问题不是由身体原发的，但很难界定病灶的位置。苏格拉底的看法是，大部分人终生都在梦游，从来没问过自己在干什么，以及为什么要那么做。他们吸收了父母的价值观和信念，或者父母的文化，毫不质疑地接受下来。但如果他们刚好吸收了错误的信念，他们就会生病。

我是这样么？不是这样么？

记下那次我变成父亲的梦之后，我再没做过梦。梦神在惩罚我。我竟然用人类的语言和文字来与之对抗。但除此之外，没有别的办法。渐渐地，我失去了边界感，昼与夜，醒着与做梦，说话与呓语，它们之间甚至不需要衣橱里的一扇纳尼亚之门，而是豪华酒店的旋转门，流光溢彩间，你被推送出来，再推送回去。而我既然无法再做梦，对意识的控制力就平移到醒着的时间里。很长一段，我不确定什么是真的发生过的，而什么不是。

乘务员推着酒水车过来了。成年人大多要了啤酒。天气正热，从珀斯到新加坡的飞行时间是五个多小时，啤酒是最佳选择。车推到我面前，乘务员问道，先生，也是啤酒吗？我说，不，谢谢。那你想来点什么？他是个亚裔，但听不出口音。噢不用了，我说。邻座的女人先给儿子来了杯牛奶，再给自己来了杯冰茶。"多一点冰块。"她说。

乘务员把冰茶从我脸前递过去时，我听到了冰块的滋滋声，"给我一杯啤酒吧，谢谢"。

淡黄色的泡沫涌进嘴里，我才意识到，这新鲜的感觉几乎像第一次尝到酒的滋味。我的梦境控制计划持续了七个月，也就是说，从至少七个月以前开始，我就再没喝过茶、咖啡和任何含有咖啡因的饮料。酒断得更早。如果没记错的话，第一次起念要戒酒，是在看了父亲的脑部CT之后。从考进医学院开始，八年求学、四年工作，似乎我所受的训练就是为了让我能看懂这张该死的CT图。外人都以为父亲是因为肺癌死的，毕竟，谈癌色变。但我清楚，跟癌症相比，真正让父亲放弃希望的是大脑的萎缩。如果他没有意外摔破脑袋去检查，答案不会那么早就被给出。在医生群体里，有些可以并愿意给自己的亲人做手术，另一些则不能并拒绝。我属于后者。但父亲的脑部CT图仍印刻在了我的记忆里。我有该死的好得不得了的记忆力。

"是去旅行吗？"邻座的年轻母亲问我。

"看亲戚。"我说。

"我也是。你是新加坡人？"

"中国人。"

"我也有亲戚在中国，上海。"

"你是新加坡人？"

"马来西亚。"

孩子打翻牛奶。她左手抱起孩子，右手用纸巾擦拭小桌板。突然靠近我的孩子有一双蓝眼睛，是个混血儿。眼睛之外的五官很像他的母亲，这张脸对于男孩来说太好看了些。

等她收拾停当，我主动说，"我可以帮你抱他一会儿。如果你想喝完这杯茶的话"。

她把孩子递给了我。孩子的脑袋刚好在我下巴下面几寸，我忍不住低头闻了闻他的头顶。

"我猜你还在读书吧？"她笑着说。

"我是个医生。"

"这孩子看起来很健康吧？"

"闻起来健康极了。"

我们一起笑了。我让乘务员再给她加了点茶。她叫朱莉安娜，在一家石油天然气公司工作。我开玩笑问是不是该买更多的能源股票，她很认真地给我推荐了几个公司，建议我关注，还说其中没有她所在的公司。

乘务员把杯子收走后，她给孩子讲起了绘本故事。孩子叫罗伊，三岁了。机舱远处响起鼾声，慢慢地，孩子睡着了。朱莉安娜抱着孩子也闭上了眼睛。我捡起那本故事书，书名叫《大卫，不可以》。书里，一个头发像毛刺、龇牙咧嘴的小男孩正在搞破坏。用锅碗瓢盆奏乐、用棒球打碎家里的花瓶、把盆子里的鸡腿和土豆组装成小人……作者就叫大卫，在短短的作者自述里，大卫说，这本书来自母亲的礼物。

"几年前，我的母亲寄来一本书。那是我还是个小男孩时期的作品，书名叫作《大卫，不可以》。书里的画全是我小时候不被允许做的事。里头的文字则几乎都是'大卫'和'不可以'（这是那时我唯一会写的字）。重新创作这本书的主要原因是，我猜想这会很有趣，同时也是纪念'不可以'这个国际通行、在每个人成长过程中必会听到的字眼。'可以'、'很好'当然是很棒的词，不过，它显然没有办法阻止蜡笔远离客厅的墙壁。"

客厅的墙壁，嗯，父亲受民营电站行贿受贿案牵连后，曾被调到电站三年。说是调动，其实是下放，从小车班的副班长，变成电站工地上的拖斗车司机。他自己住在电站的宿舍，母亲带着我还住城里。每次去电站看父亲我都很高兴，没人管我在不在墙壁上乱涂乱画。那段时间母亲的心思不在我身上，她到处托人求人，想要把父亲弄回城去。很快，我跟电站的孩子们熟悉起来，在打了几次架，而我胜多败寡后，我们沿着峡谷一路往前，无论是白天还是夜里，大坝都像张着嘴的怪兽吞吐着河流。很快我们也发现，在水电站下游不远的地方还有一座火电站，遍地的煤渣、煤燃烧后喷出的黑烟让那一带肮脏不堪。火电厂的孩子连挂着的鼻涕都是黑色的。我问过母亲，发那么多电干吗，母亲说，卖给用电的地方。我问，哪里？母亲说，珠江的下游。母亲保留着我小时候的玩具和涂鸦，其中一张画印证或加强了我的记忆。一条黑色的龙在喷火，喷出的火焰是一个个三角形，绿色的。虽都是三角形，但涂上不同的绿色，深深浅浅，长大后我看着这幅画，想起了绿色是什么，绿色是峡谷的雨雾、水滴，所以绿色三角形才覆盖了整个画面，似乎龙不是主角，而三角才是。我把这幅涂鸦带回珀斯，在装框时才发现了背面有一行小字，"爸爸37岁生日快乐"。这行字提示着，遗忘比记忆残酷许多，如果没有保留下这幅画，我将忘记当自己还是个小男孩时，如何笨拙地想要让父亲高兴过。

那时，也许母亲意识到了嫁给一个司机的风险与后果，她不再为父亲忧心忡忡，开始把重心放在督促我学习上。我的手指很长，母亲曾让我跟着彭伯伯学小提琴，但不知哪天开始，母亲说我不用学了，说手指长可以干别的更有用的活儿，比如像外公一样，当医生。如今看来，我的人生有多符合母亲的设想，就多偏离了父亲的阶层和轨道。

跟大卫一样，我的规矩都是母亲立的。

到樟宜机场排队过海关时，朱莉安娜和我交换了Facebook账号。有机会再见，她说，去小印度转转。

我入住乌节路的酒店。豪华酒店的空气、植物甚至光线，都透出钱的底色。母亲来珀斯时，我给她买了头等舱机票，事先没告诉她。她在飞机上拍了不少照片，还发朋友圈。可能女人还是比男人乐观一些，或者母亲对父亲了解得足够多，彼此身上堆叠的时间足够长，才不会像我一样，只能在记忆的碎片中费劲拼组，得到的仍是一个不确定的父亲。并且，我是父亲遗留给母亲的某种纪念，而从母亲身上，我并不能索求父亲。同时我发现，当我把话题稍微触及自我的痛苦或父亲留给我的痛苦时，母亲就迅速滔滔不绝说起她的麻烦事来，她对自我的痛苦过于沉溺，对她自己之外的痛苦缺乏耐心。每个人都想讲述自我，不是么，可是没有那么多耳朵。

从地图上看，离植物园已经很近了。我不确定是不是应该马上动身往植物园去，还是需要做点准备。落地玻璃窗外是乌节路的车水马龙。除了街道上偶尔闪现的简体中文，这里跟珀斯没有区别，跟北京上海也没有区别。我真的来了吗？

就在我犹豫不决时，手机响了。我接起来，彭伯伯问，毛毛，你到哪里了？

我来过新加坡两次，但每次都没想到要去植物园。这里本身已是植物蓊郁的热带，跟树木花草的相遇无须刻意。但进入植物园后，我才意识到，如果没有在这个马来半岛最南端的城市拓殖，这里会一直是植物与鸟兽的天堂。

彭伯伯在电话里说，我到了雾园门口就给他打电话，他来接我。但进了植物园没多久我就放弃了地图，只任意走着。去彭伯伯家学琴时，我总是抄小道。弯弯曲曲的巷子走多了，变成连接彭伯伯和我相处的那些时间的通道。那时候我还不知道，我那么喜欢待在彭家客厅里，是因为那里有我们家没有的氛围。虽是一样的沙发、茶几、边柜和电视机的布局，但这屋子里没有女人的气息，不会有人让我把香蕉皮马上扔进垃圾桶里去，任它摆在桌面也没什么问题。但类似摆在桌面的香蕉皮这样的细节多了，我发现了彭伯伯和父亲的不同。父亲那时已从电站停薪留职，去广东做生意。最开始进了一批牛仔裤，卖得不错。后来又不知从哪儿拉回一车椰子，大赔。运气最好的时候，父亲靠电饭锅、电磁炉这样的小家电赚了不少。彭伯伯却一直在教书。我练琴的间隙，他点支烟，坐在窗户边翻书，像是不知道世界的变化。母亲不让我学琴后，我还是时不时溜达到彭家去。那时我对彭伯伯的女儿平平嗤之以鼻，女孩子，整天就给洋娃娃穿衣服脱衣服，穿了脱、脱了穿。男孩可不是这样的。一次，我偷了父亲五十块钱，父亲在游戏室把我抓出来当街打了两耳光。我跑到彭家去，彭伯伯照旧问，吃饭没有。我说没有。彭伯伯就给我下面条。又从冰箱里端出半盘回锅肉，全擀进我碗里。我说不想上学了，想出去挣钱。彭伯伯说，进工厂怕是都不要你呢，年龄不够是犯法的。又问，零花钱不够吗？是不是有女朋友了？我说，我不想用陶勇那个狗日的钱了，花他的他就瞧不起我，老是骂我：有本事你养活自己啊，没有你爹你得睡大街去。彭伯伯起身进平平房间去了，抓着几颗巧克力回来塞给我吃。我吃了一颗，继续说，我要给陶勇看看，我跟他是不一样的人。彭伯伯笑了。我说，你是不是也不相信我？彭伯伯说，要被别人看得起，不是力气大、挣钱多就可以的。力气大、挣钱多，别人只是怕你，或者趋利避害，有求于你，当然，你现在也可以用零花钱、漫画笼络些人在身边，但这样的人不会是你的朋友。我说，陶勇不会是我的朋友的。彭伯伯起身，在书柜上找了半天，抽出一本书递给我，你是个聪明的孩子，我相信你会有出息的。

到了雾园我没急着给彭伯伯打电话，先自己转了转。细密的水雾从四面八方喷出，蕨类和苔藓遍布。指示牌上说，这是模仿高原云雾缭绕的低温环境，以适宜于兰花的生长和培育。沁凉湿润的空气是模拟出来的，雾的漂流状态也是，但我仍有瞬间恍惚，这里就像我梦里峡谷的切片。雨雾大的天气，峡谷里也有人背着背篓寻找野生的兰花。野生的兰花颜色并不艳丽，往往平平无奇，但如果你闻过它的香味，就很难忘掉。跟梦里不同的是，在这里，峡谷只是一种氛围和想象，而在梦里，峡谷是峡谷本身。

彭伯伯从木板铺成的道路尽头走来，穿着工作服。几年没见，他头发几乎全白了，脸却没太老。彭伯伯伸手用力拍我的肩膀，说我壮实了。

你在干活啊？我问。

他们照顾我，让我也能用实验室。

要我等你下班吗？

不用，没有任务。我带你看看？

好。

彭伯伯很高兴，边走边跟我介绍雾园的布局和植物，还说他来之前，平平担心他不会英语不方便，给他买了个新手机，里面装了好几个翻译软件。他举起手机，说了句，欢迎毛毛。手机回答他说，Welcome Maomao。彭伯伯指着玻璃大棚说，那是岚烟楼，低温温室，里面是兰花，兰花的种类很齐全，按旧世界、新世界分成两部分，我们进去先会看到旧世界的兰花，就是亚洲、非洲的兰花，然后慢慢就是新世界，美洲的兰花。原种兰花有一千多种，杂交的就更多，有两千多种。彭伯伯时不时扯低叶片，让我看颜色、脉络和花纹。他跟我一样，有一双灵活的手，这样的手可以用来弹琴、画画，也可以像我一样用来做手术。

彭伯伯蹲下身，手指戳进土里，捻碎一些青苔说，这里的土用的是调配土，松软，跟我们那儿的土不一样。起身时他喊了声头疼，我问是不是颈椎病犯了，他说老毛病了，时好时坏，又问我，听你妈妈说你一直在休息，现在怎么样，好点没有？我说，你不是还夸我壮实了吗，在澳洲就是运动得多。我一个劲儿往下说，沙滩啊冲浪啊，徒步啊游泳啊，就欺负彭伯伯没去过澳洲。等我终于不说了,彭伯伯说,工作要是不喜欢,就换一换。我愣了一下说,也不是不喜欢,就是想调整一下。

"他们都说是我害死了我爸,你觉得呢?"我对着棵不知道是什么的植物说。

"谁说?"

"我接我妈去过澳洲,他不肯去。怎么说都不去。"

"年轻时跑东跑西,折腾坏了。光是在广东那些年,他就没少受罪啊。"

"我自己过不了的是,我好歹是个医生,可自己爸的病一点办法没有。"

"那你外公不也是医生,自己的病也没办法。"

我对着一丛淡黄的兰花站着不动。我不确定自己到底要不要告诉彭伯伯,我像个神经病一样在搞梦境控制练习,而我梦见和没梦见的东西,会不会一旦对着另一个人说出口,就像肥皂泡泡一样噗一声破了。我要赌一把么,还是再等等。

"彭伯伯,陶勇到底是个什么样的人?追悼会上,好些来跟我握手的人,都要说几句对他的评价。说他软弱,说他窝囊。但我疑心那根本不是他。我盯着那些人的眼睛、嘴,心想你们怎么还不他妈闭嘴?"

"老陶啊……"彭伯伯的视线升高,一群鸟低空飞过。

鸟群扑打空气,空气中遗留下动物的气息,一片绒毛缓缓下坠。我们俩都发现了那片绒毛,谁也没作声,直至绒毛在水雾中比平常更加慢地坠落。

是不是对着认识父亲的人说出他的名字，或者在心里默念"不要害怕不要害怕不要害怕"，父亲就能从语言中显现。还是说，我和父亲共同拥有彭宥年这个朋友是我们最好的运气，如果没有彭伯伯的存在，我再不能找到一个人，一个活生生的人，却是时空的容器。想到这里，我几乎不想说话了，只要彭伯伯还是彭伯伯，而我能在这里再待一会儿。

我们绕着岚烟楼又走了几圈。顺时针。顺时针绕圈的次数如果足够多，就能形成隐秘的能量场，我的瑜伽教练告诉我的。我记得这一点是因为我相信。但现在我不确定我和彭伯伯要用这些能量做什么。我们能对兰花做些什么。

沉默许久后，彭伯伯开口说话。我虽想到了，他沉默是因为在想跟我要说什么，但当他真的开口，还是让我意外。比如他说，父亲之所以能在峡谷边发现巫延光的尸体，是因为父亲那阵老失眠，半夜三四点醒了就再也睡不着，那天早上才天不亮就开车回城。父亲觉得是巫延光和马小芸替他挡了煞，虽然他说不准到底这煞是个什么煞，但彭伯伯确定，父亲已经被那个东西逼得快走不下去。还有，他们俩每年都会在那个日子聚会，是约定，也是秘密，似乎他们认定，在多年前的那一天，发生的事比实际的更多，而他们只是侥幸从峡谷边生还了。那么比实际更多的是什么事呢？

"那时候我呢……也跟团烂泥一样。平平判给我了，我高兴，可怎么带她？出了那种事，人看你的时候只一眼你就知道他们在想什么了：你没资格做个男人了，连老婆都管不住。也不是没有想过死。胆子还是小。死了可能更让人笑话。但你管不住别人的嘴。我们明明是平常人，但什么东西却在失控。就是你所有的事情都在该在的位置，结果你就一动不能动。可能那个年代，人都那样，钉死在格子里。你见过昆虫标本的，就那样。

"王小蛮婚礼上，你爸打了人。何止那次呢，后面几次三番，都是差不多的事，都是你爸上。开始我觉得他是替我生气，慢慢我明白了，不劝了，让他打。

"马小芸被杀死，对我刺激太大。我觉得不能再这样下去了，可是要怎么下去，我也不知道。老陶也一样，一样找不到出路，找不到办法。

"后来平平被她妈藏起来，我差点疯了。老陶跟我到处去找人，找到的时候平平妈撒泼，她男人也作势要打人，老陶这才把他打坏了。我听见那男人骨头断开，咯嘣一声。老陶也听见了，停手了。我知道，他这次会停手了，警察要来了。

"那是个特殊时期，人想的事、做的事，离疯狂近一点，但反过来说，是生存的本能。不这样，就会真的疯狂。后来你也知道了，我下决心走了，反复几次终于走掉了。老陶没走成。他想过走,但各种巧与不巧……最后他说这是他的命。我不信。"

我蹲下,把手指像彭伯伯那样戳进土里。湿润的,松软的。"什么特殊时期?"我问。

彭伯伯没回话,继而笑了,"1992年春节前,我记得很清楚。老陶弄了一车椰子回来,分了两筐让我帮着卖。我没胆子摆摊。好笑吧?摆摊都不敢。找了小蛮,把椰子拖去他的烟酒批发部门口寄卖。反正是按个数卖。卖到大年二十八,批发部要放假了,椰子还剩一筐半。那时候,过年哪有什么花样,全部店铺关门,大家躲在家里。大年二十八没卖出去,到正月十五也卖不出去。老陶拿个砍刀,椰子给砍出个洞,把水倒在玻璃杯里,瓢子掏出来让我们尝。问我,这是不是好果子,我说是。他说那咋没人买?小蛮说,不是外来货都灵的。你卖牛仔裤火了,有人也去广东进货回来,现在人人都买了牛仔裤,也不好卖了。老陶说,骗人的事我不想干。小蛮说,把钱从人兜里掏出来,这事哪有那么简单。他俩越说越多,后来小蛮请客,吃饭喝酒,椰子么,老陶也不要了"。

"我爸死,王小蛮没来。"

"小蛮嘛,后来挣着钱了。"

"骗得了自己?"

"他也可怜。"

"我爸后来不疯了?"

"要是我说，老陶自始至终都一个样。你能明白吗？"

我摇头。

"你看我，疯不疯？"

我摇摇头，但又迟疑了。

"也有人说我有病，是不是？"

"谁没病？"

"他不变，他不走，他代我把一半补上。很多人没这运气，才会失魂落魄。"

"我妈倒是说过，你走了，他是失落了。他想像你那么活。"

"老陶问过我，要不要留在广东，那边生活容易些。我当时觉得，他一个人留在广东，日子长了，你和你妈就麻烦了，就劝他回来。但现在回头看，那时候谁也想不到中国会变成这样，留在广东算什么呢？如果老陶不回来……"

"我倒希望他不回来。"

彭伯伯低下头，踢走草的断茎，"在哪儿，老陶都是强人"。

我抬头，想看看彭伯伯的脸，他是不是在骗我。过于善良的安慰，跟欺骗没有区别。他引我看高大的蕨类。

"植物有智慧吧？"我问。

"有，但不是动物，尤其不是人类的智慧结构。"

"光合作用算吗？"

"植物是向光而生的，光合作用可以获得养分，但向阳植物为了追求阳光都拼命纵向生长，放弃横向发展，有时候会病态。"

"可能因为根扎在土里跑不了吧。"

"也有树冠羞避。起作用的是风。风吹过来，树冠和树冠之间自然留出缝隙来。这是智慧吗？我觉得是。"

"陶勇到底是个什么样的人？"我似乎陷入循环之中，不自觉地重复之前的问题。

"我有时候也会想这个问题。后来我发现，每次我想这个问题的时候，其实我是在想：我是个什么样的人？"

"那么，你是个什么样的人呢？"

"你妈送你来跟我学琴的第一天，你就问我，弓重要还是弦重要？我说，弓和弦各自摆着，是不会有曲子出来的。得上手，把位，握弓，运弓，才会有声音。要奏出曲子，那就更复杂了。如果你真喜欢小提琴，得勤学苦练，才能奏出曲子，让人感动。然后你问了个让我吃惊的问题，我没有想到你是这样一个孩子，以至于回答了你之后，我开始高兴又担心，老陶有你这么个儿子。你问我，陶伯伯，学琴这么辛苦，就是为了感动人吗？我说，是，就是为了感动人。"

我没有提那些跟父亲有关的梦。临别时，我伸出手揽住彭伯伯，像梦里的父亲那样，想拍拍他的肩膀。彭伯伯给了我一个男人的拥抱。短暂，有力。像我们的谈话一样，绕行于雨雾中，但止步于峡谷边。来之前我就明白，不能指望任何人。但此刻，有些东西微妙地溢出。不属于梦，也不属于世界。

有那么一秒，我想起很久以前，我在一个域名为iaskgod.com的网站上玩问答游戏。页面只有一个对话框，你输入问题，God就会回答。最开始我像测试算命先生一样问他我的性别、年龄、性格，后来慢慢地，就跟他讨论更深入的问题。他回答了些什么，现在我已经不记得了。只一次，当我像厌倦父亲一样厌倦他，而想关掉窗口结束对话时，他突然说，祝福你孩子，记住常常来跟God谈话。我不信神，可一股电流穿过身体直击心脏。跟我对话的真的是一个计算机程序么？

此刻，我看见空气中的省略号浮现、消失，又浮现。对方正在输入。

彭伯伯的身体跟父亲不同，他的拥抱传导出的肌肉还是肌肉，骨骼还是骨骼。

最后的日子里，我把双手插进父亲腋下就能轻松抱起他。我的左手揽住他的背，右手掌握住他的脖子，这样就能扶住他的头。他轻得像个小孩，耷拉在我身上。小孩才需要别人做决定。而我的决定是，等待。

在峡谷边，总有雾。天气不好时，雾就变浓。我和陶勇之间，雾越来越厚，越来越浓。语言、动作、情绪再无法穿透。

我知道母亲要我回去的原因。她走出病房，轻轻带上了门。医生向我确认，我确认。半小时后，陶勇的身体停止了呼吸。我把手松开，从被单底下缩回来，揣进兜里。陶勇的手指保持着被我握住时的形状，在被单底下鼓起一块。手指是陶勇的手指，手指属于陶勇。手指和陶勇的关系如此确定，几乎让我嫉妒。它们之间至死不渝。

在岚烟楼门口，我转身走开。彭伯伯问我，你想好了吗？

他的话激起回声，像从我内部发出，被许多个我反射，再回到我耳朵里。

回到宾馆，我打开电脑，把那个关于父亲的梦的文档打开，另起一行加了一段：陶勇没有告诉彭宥年，看见巫延光的脸时，他看到了自己的后半生。即使没有马小芸这样的变数，他也跟巫延光一样，迟早会结果在这峡谷边。峡谷边没有什么不好，也没有什么好，只是他本不该在这里度过一生。陶勇还没想好去哪里，但无论去哪里，他都决定，不要再回头。

我跟朱莉安娜约在小印度见面。约会前，我看到她Facebook上的状态写的是单身。有点意外，更多是高兴。她推着车来了，罗伊坐在上面。我们沿着小印度有些混乱的街道随意走着，沿途路过供奉天后娘娘的天福宫，后座供有孔子像，也经过印度教神庙，主神是破坏女神迦梨。朱莉安娜说她不信教，问我信么。我开玩笑说，听说墨西哥有玉米神，我喜欢吃玉米，如果玉米神来考验我，我愿意相信他。朱莉安娜指指不远处花柱一样的印度神庙说，我应该相信象鼻神，我长得像他。我笑了，问她知不知道象鼻神为什么长了象头人身？朱莉安娜说不知道。我说，象鼻神的爸怀疑他是私生子，一怒之下把他的头砍掉了，还跟他妈说孩子死了我们可以再生一个，但他妈不愿意，非得让他爸把孩子救活。他爸到人间走了一圈，把大象的头接到了儿子身上，儿子复活了，成了人见人爱的象鼻神。朱莉安娜说，还是印度人有意思。

罗伊说要撒尿。找到公共厕所后，我说可以带罗伊去。朱莉安娜看着我笑了一下，把罗伊从车里抱起来递给我。罗伊像小猴子一样双腿夹住我的腰。进了男卫生间，把罗伊从我腰上掰下来，我才意识到他还没有小便池高。我愣了一下，抱起罗伊，让他的小鸡鸡对着小便池，"对准了，发射！"父亲就是这么教我的。

后记

心的终端

2017年夏天,《拱猪》在华文世界电影小说奖得了首奖。50万新台币的奖金不算少,得了这个奖,不管算不算出道了、入行了,至少会让人觉得,暂时饿不死了。那时,我从报社辞职一年,待在家里写作。我曾是个好记者,也是个好编辑,这我知道,但能不能写出小说来,我并不确定。人生大部分时候需要瞻前顾后,但某些最重要的时刻,我总是孤注一掷。我感激周围的朋友,他们关心我,劝我别走这条路。我的朋友们多半是同事、同行,他们跟我一样,见多了各行各业的名人,也看惯了名利场的凉薄,况且作家这行实在薄利。写小说赚不了什么钱,或者说,跟同等强度的脑力劳动相比,太不划算,还容易伤身伤己。所以,得这个奖,拿到这笔奖金,朋友们比我还开心,跟写作没有止境的投入和不可预估的产出相比,这笔钱有明确的数目,等我花光了,自然不会再对写作执迷不悔。他们也用倒推法:我既然没有网恋被骗,也没投资网络信贷,就算花光奖金最后从头再来,在整个人口基数中，财务损失也只能算中间水平，活这么大了，总要栽点跟头吧。老朋友们是可爱的。

《拱猪》这篇小说给我带来了好运气。此前，我以《格林童话》为线索去德国田野调查后完成的书稿四处碰壁，无法出版。那段日子很难，但大脑似乎有种自我保护机制，太过痛苦的记忆会被自动删除，让我更多地记住了这本后来叫作《我愿意学习发抖》的书的馈赠，以及旅途和写作中的奇迹与甘美。这段经历多少给日后的我打下预防针，得与失，褒奖或批评，都不会太在意。《拱猪》得奖后，手头两部书稿都签了出去，慢慢也有了约稿和发表的机会，似乎，我可以写作养活自己了，但这并不能让最开始的问题得到解答，那就是：到底为什么写小说？

记忆里，我第一次从小说中得到其他任何事物都无法替代的乐趣，是阅读马克·吐温的《哈克贝利·费恩历险记》。那时我读小学三年级，那之前，我从家中书架上抽出《罪与罚》《红字》，但只能囫囵吞枣，直至遇见那个叫哈克贝利·费恩的男孩，跟他一起离开家，乘木筏漂流在密西西比河上，从此书页上印刷的每一个字活动起来，每一次翻开书开始阅读，头脑中的神秘电流就被激活，带我奔赴广袤无垠的幻想之国。全情投入的阅读如此快乐，乘载最杰出的头脑编织出的想象力之翅，可上天入地，遨游寰宇。握住一本书，就是紧紧抓住那巨大翅膀上的羽毛。跟语文课堂上全班几十人齐声诵读名篇不同，阅读小说，

后记 心的终端

是独自一人的冒险,惊心动魄或黯然神伤,风声在耳边响起,而永远不会担心从羽翅上跌落。

这就是完美的游戏吧。作者肩负创造的责任,怀着雄心,要让与之缔结阅读契约的读者闻所未闻,见所未见。我慢慢成为一个忠实的读者,要用手中的长矛捍卫想象的风车。而伟大小说里永动机一般的故事驱动力,如雄狮如大海般的力量与情感,总能赶走角落里的阴霾。每个孩子都经历过这样的时刻吧,专注于蚂蚁的长队,泥巴的堡垒,或者用镜子在墙面反射出圆形跳跃的光斑……恍然抬头,树叶纹丝不动,空气里的灰尘仍在光柱中旋转,时间滴答,孩子触摸到存在深处的经纬。现实世界的引力仍在,但游戏让人脱离,让人可以灵魂作舟楫,在时空的湖面荡出一笔。

很多年后,当我试着写第一篇小说时,脑海里就是镜子在墙面反射出的圆形光斑。准确地说,是手表表面、文具盒盖子、钢笔金属笔帽……小学生们从书包、课桌抽屉里翻找出武器,经由太阳助攻,让光在墙面涂鸦般折射跃动,欢天喜地。手表不再只是时间的刻度仪,正如小学生们也不再只是点名簿里的一个个名字,在光的游戏里,首要的是想象力,其次是行动,最后要一颗敏感的心。但无论如何,是对静止画面的不满足。

第一篇写出来的小说叫《把戏》,接着是《拱猪》《鲍时进》,后来这些小说收到《正午时踏进光焰》里,我出版了第一本小说集。那是2018年，辞职两年后，不用再朝九晚五上班，但我的生活却比之前更节制了。每天打开电脑，敲打键盘，日复一日。这背后除了对写作的信念和热情之外别无他物，但我知道，那是跟时间赛跑般的写作，知道它惘惘的威胁，不肯认输。父亲在我辞职那年突然病倒，我开始频繁地回老家，经常是清早出门在医院耗一上午，下午回家写作。偶尔我会想，如果当时没有执意辞职写作，我既不能回家照顾父亲，也不会把时间封存进小说里。这四年会像之前的若干年一样流逝。毕竟谁会知道，从父亲第一次发病到去世，上帝只给了四年时间。

2018年小说集出版后，父亲身体好了些，2019年夏天，我们一家去外省旅游。当火车一点点把熟悉的家甩在身后，而家人围在一张小小的餐桌前吃着各自的泡面时，我再次感到了脱离的自由。跟以往是独自游离不同，现在我长成一个可以带着父母出行的人了。时间是等量的，我大了，父母自然老了，但人生终究不是单机游戏，入场离场，组队的人不同，每一次开局都可期待别开生面。

在海边，家人们走着走着就各看各的风景，明朝修筑的石头卫城，木麻黄树掩映下的沙滩，或者胡乱搭建的土地财神庙。我以为我们看到的风景是不同的，直至整理照片，才发现彼此互为背景，看似走远，但仍回转身耐心等待。

海滩之旅结束，我很快写出《月球》，接着是《消失的巨人》《离萧红八百米》。2019年11月，父亲再次入院，很快，新冠疫情暴发。内忧外困，我开始写《挪威械》《换日线》。小说写作的魔力在于，即使在困境中，它仍赋予写作者重建的能力。重建盼望，重建理想，重建美。写小说这一持续的、长久的行为终究改变了我，即使在困难时刻，我仍在敲打键盘，靠写作支撑自己。直到某一刻，月球从心的湖面升起。它沉默自在转动，是庇护所，是心的终端，是界外。

这世界上从没有过哈克贝利·费恩这个人，他由马克·吐温创造而出，永久地活在人心里。没有谁见过黑色方碑，除了在阿瑟·克拉克的小说和库布里克的电影里，但见到它之后，人都觉得，黑色方碑已经存在很久了。很多人声称遭遇过爱，但读过奥斯卡·王尔德、玛格丽特·杜拉斯或者王小波之后，部分人获得了爱的能力。

小说是狂想，是现实之外的澎湃，是不可解释，是一往情深。而当我抬头与月对视，决定要用小说造一艘船，让人可以去月球时，月球从此与我有关。正如海风中拧身等待对方的家人，浩渺时空中，他们是微茫的点，但他们相关。

十七岁时，我考上大学离开家。老家房子里，我的房间四壁写满字、画满画。离家这么多年，房间还是老样子，家人保留了它的原貌，也让我得以审视，从父母家里自己的房间，到伍尔夫所说一间属于自己的房间，我走了多久，走了多远，而又是什么让我跟四壁上的文字和图画，跟这个房间里曾经的我紧紧相连。写完《峡谷边》，写完这本书，我知道，这个在写作的我局部完成了自己，可以回到这个房间，邀请年少的我去银河边了。我们握手，她会触摸到我手上，为凿木造船而长出的茧。她会见到小说之船，见到小说里的角色们在甲板上挥手致意，邀请读者们登船启程，去见所未见的月球。

再没有什么比这更自在的了。每个人都可以去自己的月球，只要你开始想象它。

图书在版编目（CIP）数据

月球 / 郭爽著. -- 上海：上海文艺出版社, 2021（2023.4 重印）
（单读书系）
ISBN 978-7-5321-8095-0

Ⅰ.①月… Ⅱ.①郭… Ⅲ.①中篇小说—小说集—中国—当代 ②短篇小说—小说集—中国—当代 Ⅳ.① I247.7

中国版本图书馆 CIP 数据核字 (2021) 第 171328 号

发 行 人：毕　胜
责任编辑：肖海鸥
特约编辑：罗丹妮　刘　婧
书籍设计：张卉 / halo-pages.com
内文制作：李俊红

书　名：月球
作　者：郭爽
出　版：上海世纪出版集团 上海文艺出版社
地　址：上海市闵行区号景路 159 弄 A 座 2 楼　201101
发　行：上海文艺出版社发行中心发行
　　　　上海市闵行区号景路 159 弄 A 座 2 楼 206 室　201101　www.ewen.co
印　刷：山东临沂新华印刷物流集团有限责任公司
开　本：850×1092mm　1/32
印　张：9.75
字　数：150 千字
印　次：2021 年 10 月第 1 版 2023 年 4 月第 3 次印刷
ISBN：978-7-5321-8095-0 / I.6411
定　价：49.00 元

告读者：如发现印装质量问题，影响阅读，请与出版社发行部门联系调换。